Alexander Dumas · Die Kameliendame

Alexander Dumas

Die Kameliendame

Roman

KOMET

Besuchen Sie unsere Seite im Internet

www.komet-verlag.de

Umschlagfoto: Szene aus gleichnamiger Verfilmung
mit Greta Garbo und Robert Taylor in den Hauptrollen,
Cinetext Bildarchiv

Satz & Layout: GEM Gesellschaft für
elektronische Medien mbH, Ratingen

Gesamtherstellung: Komet Verlag GmbH, Köln

ISBN 3-89836-365-1

Erster Teil

Erstes Kapitel

Richtige Charakterschilderungen von Menschen zu geben, ist nach meiner Überzeugung erst nach langen und eingehenden Beobachtungen möglich, wie jemand erst nach anhaltendem Studium im Stande ist, eine fremde Sprache zu sprechen.

Ich habe noch nicht das Alter erreicht, in dem man erfindet, und begnüge mich daher mit dem Erzählen von Tatsachen.

Die folgende Geschichte beruht durchaus auf Wahrheit; ich habe nur die Namen der vorkommenden Personen verändert; denn alle leben noch, mit Ausnahme der Heldin dieser Erzählung.

Überdies gibt es in Paris Personen, die Zeugen der hier gesammelten Tatsachen waren und die bestätigen könnten, wenn mein Zeugnis nicht genügte; ich allein aber wurde durch besondere Verhältnisse in den Stand gesetzt, diese Geschichte zu schreiben, denn nur ich wurde mit den Einzelheiten so vertraut, um eine genaue, verständliche und vollständige Erzählung geben zu können.

Diese Einzelheiten kamen auf folgende Art zu meiner Kenntnis. Am 12. März 1847 las ich in der Rue Lafitte einen großen gelben Anschlagzettel, der die Anzeige eines Verkaufs von Möbeln und Luxusartikeln enthielt. Dieser Verkauf sollte „infolge eines Todesfalls“ stattfinden. Die verstorbene Person wurde nicht genannt, aber die Versteigerung des Nachlasses sollte am 16. in der Rue d’Antin von zwölf bis fünf Uhr nachmittags vor sich gehn.

Am 13. und 14., hieß es auf dem Anschlagzettel, könne man die Wohnung besuchen, in der sich die Möbel, die Gemälde und alle zu versteigernden Gegenstände befänden.

Ich war stets ein Liebhaber von Merkwürdigkeiten; ich nahm mir also vor, diese Gelegenheit zu benutzen, um die Sachen zu sehen und vielleicht etwas zu kaufen.

Am folgenden Tage begab ich mich in das bezeichnete Haus in der Rue d'Antin. Am Haustor sah ich zwei noch größere Anschlagzettel, die über die bevorstehende Versteigerung genauere Auskunft gaben als jener, den ich in der Rue Lafitte gesehen hatte. Der Hausmeister sagte mir auf meine Frage, dass die zu verkaufenden Gegenstände im ersten Stock zu sehen wären und dass die Wohnung offen sei.

Es war noch früh; doch waren schon Besucher und sogar Besucherinnen da, die, obgleich in Sammet gekleidet und in Kaschmirs gehüllt, den vor ihren Augen ausgebreiteten Luxus mit Verwunderung betrachteten.

In der Folge begriff ich diese Verwunderung und dieses Erstaunen; denn bei genauer Beobachtung dieses Luxus, der nicht immer von völlig tadellosem Geschmack war, erriet ich bald, wer diese Gemächer bewohnt haben müsse. Überdies erkannte ich in den drei oder vier Besucherinnen, deren elegante Wagen vor dem Hause hielten, galante Damen, die in der großen Welt ziemliches Aufsehen machten; ich wusste mir daher ihr Erstaunen und Lächeln zu erklären, sooft ihnen ein Gegenstand von großem Werte vor die Augen kam.

Kurz, es unterlag keinem Zweifel, dass ich in der Wohnung einer durch ihren Luxus bekannten *Femme entretenue* war. Wenn es etwas gibt, was galante Frauen zu sehen wünschen, so sind es die Wohnungen dieser Rivalinnen, deren Kutschen täglich an den ihrigen vorüberrollen, die, gleich ihnen, ihre Logen in der Oper und im Italienischen Theater haben und ihre Schönheit, ihre Brillanten und ihre Skandalgeschichten ohne Erröten zur Schau tragen.

Die Bewohnerin der Prunkgemächer, in denen ich mich befand, war tot; daher konnten die tugendhaften Frauen bis in ihr Zimmer dringen. Der Tod hatte diese glänzende Kloake gereinigt, und überdies konnten sich diese Damen – wenn sie wirklich einer Entschuldigung bedurften – damit entschuldigen, dass sie zu einer öffentlichen Versteigerung gekommen seien, ohne zu wissen, wem die Sachen gehört hatten. Sie hatten die Anschlagzettel gelesen, sie wollten sehen, was in dem Verzeichnis aufgeführt war; dabei aber konnten sie mitten unter allen diesen Wunderdingen ungehindert die Spuren jenes koketten Lebens aufsuchen, von dem sie ohne Zweifel seltsame Dinge gehört hatten.

Unglücklicherweise waren diese Geheimnisse mit der Göttin zu Grabe gegangen und viele Damen vermochten mit dem besten Willen nur zu erforschen, was nach dem Ableben der schönen Sünderin zu verkaufen war, aber nichts von dem, was bei deren Lebzeiten feil gewesen war.

Es gab übrigens sehr viel zu kaufen. Der mit Korduanleder tapezierte Speisesaal hatte zwei prächtige Schränke aus der Zeit Heinrichs des IV., in denen silbernes und vergoldetes Tafelzeug glänzte. Große gestickte Vorhänge verschleierten die Fenster, und Sessel von dem gleichen Stoff umgaben einen kunstvoll geschnitzten Tisch von Eichenholz.

In dem mit groß geblümten Stoff ausgeschlagenen Schlafzimmer stand auf einer Erhöhung ein prachtvolles

Bett, auf Karyatiden ruhend, die Faune und Bacchantinnen darstellten. Auf den platten Säulen dieses Bettes waren Wasserkannen angebracht, mit Weinranken verschlungen, aus denen Liebesgötter hervorlugten. Die Bettvorhänge waren von demselben Stoff wie die Tapeten, und die Fußdecke bestand aus der schönsten Spitzenstickerei.

Nach diesem Heiligtum zu urteilen, musste die Göttin schön gewesen sein; gewiss war, dass die Priester den Altar geschmückt hatten.

Zwischen den beiden Fenstern stand ein großer Glasschrank mit chinesischem Porzellan und einer Menge allerliebster Spielereien; darüber hing eine Originalzeichnung von Vidal.

In ähnlicher Weise war die ganze Wohnung ausgestattet. Der Salon war in Weiß, Kirschrot und Gold gehalten; die Möbel waren von Rosenholz, der Kronleuchter hätte einem Fürstensaal zur Zierde gereicht, und auf dem Kaminsims stand eine große Pendule.

Das Boudoir war mit gelbem Seidenstoff tapeziert. Diwane, Armleuchter, chinesisches Porzellan und Spitzen: nichts fehlte. Ein Sessel, dessen Stoff durch häufigen Gebrauch abgenutzt war, schien zu beweisen, dass seine Besitzerin einen großen Teil ihrer Zeit auf dem weichen, schwellenden Sitz zugebracht hatte. Ein Piano von Rosenholz deutete auf ihren Kunstsinn.

Ich machte die Runde durch die Zimmer und folgte den Damen, die vor mir eingetreten waren. Sie gingen in ein mit persischem Stoff ausgeschlagenes Gemach; ich wollte ebenfalls eintreten, als sie lächelnd wieder herauskamen: Es schien beinahe, als ob sie sich dieser neuen Merkwürdigkeiten schämten. Meine Neugierde wurde nur noch größer. Es war das Toilettenzimmer und enthielt noch alle jene Luxusgegenstände, in denen sich die Verschwendung der Verstorbenen am höchsten entwickelt zu haben schien.

Auf einem an der Wand stehenden großen Tische, der wohl sechs Fuß lang und drei Fuß breit sein mochte, glänzten alle Schätze, die in dem Laden Aucos und Odiots zu haben sind, und alle die tausend Toilettengegenstände waren von Gold oder Silber. Diese Sammlung hatte indessen nur nach und nach angelegt werden können und war offenbar von mehr als einer milden Hand gespendet worden.

Der Anblick des Toilettenzimmers einer *Femme entretenue* machte mich so scheu wie die vor mir eingetretenen Damen, und ich nahm die Gegenstände genau in Augenschein. Bald bemerkte ich, dass alle diese prächtig ziselierten Gegenstände verschiedene Anfangsbuchstaben und Adelskronen führten. Ich zog daraus den Schluss, dass jeder sein Schmuckkästchen mitgebracht und nicht wieder mitgenommen hatte. Da die Sammlung so reichhaltig war, so konnte die Anzahl der Geber wohl nicht ganz klein gewesen sein.

Ich betrachtete alle diese Sachen, deren jede eine Entehrung des armen Mädchens darstellte und ich dachte, Gott sei doch recht gütig gegen sie gewesen, dass er ihr die gewöhnliche Strafe, welche die Gefallenen früher oder später trifft, erspart und sie mitten in ihrem Luxus, in ihrer Schönheit und Jugend aus diesem Leben abberufen hatte. Mancher konnte vielleicht noch lange an sie denken, da sie nicht alt geworden war; das Alter ist ja der erste Tod der Halbweltlerinnen.

Ich kenne keinen traurigeren Anblick als das Alter des Lasters, zumal bei dem anderen Geschlecht. Es enthält keine Poesie und flößt keine Teilnahme ein. Es erregt ein peinliches Gefühl, diese Trümmer vergangenen Glanzes in der Nähe zu sehen. Diese nimmer endende Reue, nicht über die begangenen Fehltritte, sondern über falsche Berechnungen und das schlecht verwendete Geld, ist eins der traurigsten Dinge, die man hören kann. Ich habe eine Buhlerin gekannt, der aus ihrer Vergangenheit nichts geblieben war als eine Tochter, die fast ebenso schön war wie sie, nach der Versicherung ihrer Zeitgenossen, einst selbst gewesen war.

Dieses arme Mädchen war von ihrer Mutter nie anders als aus schnöder Gewinnsucht Tochter genannt worden. Ich erinnere mich, dass sie Luise hieß und eine zarte blasse Schönheit war. Die gewissenlose Mutter forderte von ihr, sie in ihrem Alter auf dieselbe Weise zu ernähren, wie sie das Kind einst ernährt hatte, und Luise – gehorchte ohne eigenes Wollen, ohne Leidenschaft, wie sie einem anderen Befehl gehorcht hätte. Man hätte sie für einen Automaten halten können. In ihrem Herzen hatte nichts Gutes gekeimt, weil nichts Gutes hineingesät worden war. Das frühe Lasterleben hatte die bessere Einsicht, die Gott ihr vielleicht gegeben hatte, getötet.

Luise ging fast täglich zu derselben Stunde über die Boulevards. Ihre Mutter begleitete sie beständig und mit derselben sorgsamen Wachsamkeit, wie eine wahre Mutter ihre Tochter begleitet hätte. Ich war damals noch sehr jung und keineswegs abgeneigt, die leichtfertige Moral unseres Jahrhunderts für mich anzunehmen. Ich erinnere mich jedoch, dass mich der Anblick dieser schändlichen Beaufsichtigung mit Unwillen und Abscheu erfüllte.

Man denke sich dazu ein unschuldiges Madonnengesicht mit dem Ausdruck tiefer Schwermut und geduldiger Ergebung.

Luise wurde bald das Opfer eines schändlichen Verbrechens, das der Anstand, näher zu bezeichnen, verbietet. Die Mutter lebt noch, der Himmel weiß, wie.

Die Geschichte Luisens war mir eingefallen, während ich die silbernen Becher und Schmuckkästchen betrachtete, und es mochte wohl einige Zeit darüber vergangen sein, denn die schönen Besucherinnen waren verschwunden und ich war mit dem Aufseher allein in der Wohnung. Dieser stand an der Tür und beobachtete jede meiner Bewegungen mit großer Aufmerksamkeit.

Seine argwöhnischen Blicke entgingen mir keineswegs, und ich trat auf ihn zu.

„Mein Herr", sagte ich zu ihm mit der Höflichkeit, die man solchen Leuten gegenüber beobachten muss, „können Sie mir den Namen der Person sagen, die hier gewohnt hat?"

„Fräulein Margarete Gautier", antwortete der Aufseher.

Ich erinnerte mich, dass ich eine in ganz Paris berühmte Schönheit dieses Namens oft gesehen hatte.

Es war eine jener Frauen, die durch ihren Aufwand großes Aufsehen machen.

„Wie!", sagte ich zum dem Aufseher, „Margarete Gautier ist tot?"

„Ja mein Herr."

„Seit wann?"

„Ich glaube, seit drei Wochen."

„Und warum gestattet man dem Publikum Zutritt zu dieser Wohnung?"

„Die Gläubiger meinten, der Ertrag der Versteigerung werde dann größer werden. Die Kauflustigen können im Voraus sehen, welchen Eindruck die Stoffe und Möbel machen; Sie begreifen wohl, dass die Kauflust dann größer wird."

„Sie hatte also Schulden?“

„Ja ja, sehr viele.“

„Aber der Ertrag der Versteigerung wird die Schulden doch decken?“

„Es wird gewiss noch mehr eingehen.“

„Wer erhält dann den Überschuss?“

„Die Verwandten der Verstorbenen.“

„Sie hatte also Verwandte?“

„Es scheint so.“

„Ich danke Ihnen“, sagte ich zu dem Manne, der mir diese Auskunft gegeben hatte.

Der Aufseher, der nun wohl sah, dass ich nichts hatte stehlen wollen, grüßte mich höflich, und ich verließ die verödeten Prunkgemächer.

Armes Mädchen, sagte ich zu mir selbst, als ich in meine Wohnung zurückkehrte; sie hat gewiss ein recht trauriges Ende gehabt, denn in ihrer Sphäre hat man nur Freunde, wenn man sich wohl befindet.

Ich fühlte unwillkürlich eine Regung des Mitleids bei dem Gedanken an Margaretens Schicksal.

Dies wird manchem vielleicht lächerlich erscheinen, aber ich habe eine unerschöpfliche Nachsicht mit Sünderinnen und ich gebe mir nicht einmal die Mühe, diese Nachsicht näher zu begründen.

Als ich eines Tages auf der Präfektur einen Reisepass nahm, sah ich in einer der angrenzenden Gassen ein Mädchen, das von zwei Gendarmen weggeführt wurde. Ich weiß nicht, was sie getan hatte, ich kann nur sagen, dass sie bitterlich weinte, indem sie ein kleines Kind, von dem man sie trennen wollte, zärtlich umarmte. Solange aber ein weibliches Gemüt noch Tränen hat, ist es noch nicht ganz verworfen. Tränen sind die zweite Taufe des Gewissens, sie waschen immer etwas ab. Es ist jedoch nicht unsere Absicht, ein philosophisches Buch über die Buhlerinnen zu schreiben. Wir beklagen von ganzem Herzen jene schwachen Geschöpfe, die täglich sündigen, meist ohne zu wissen, was sie tun, und wir halten uns nicht für berechtigt, strenger gegen sie zu sein, als Jesus war. Wie beschränken uns auf die Erzählung der versprochenen einfachen Geschichte, deren Wahrheit wir aufs Neue verbürgen, und wir bitten den Leser, aus dieser Erzählung die sich natürlich ergebenen Schlüsse zu ziehen, deren Andeutung wir nicht für notwendig halten.

Zweites Kapitel

Die Versteigerung war auf den Sechzehnten angesetzt. Man hatte einen Tag zwischen den Besuchen der Kauflustigen und der Versteigerung gelassen, um den Tapezierern Zeit zu lassen, die Vorhänge, Tapeten und dergleichen abzunehmen.

Ich war damals eben von der Reise gekommen. Es war nicht sehr zu bewundern, dass man mir bei meiner Rückkehr in die Hauptstadt unter den Neuigkeiten den Tod Margaretens nicht als eine jener wichtigen Stadtneuigkeiten gemeldet hatte, die man sonst von Freunden oder Bekannten nach längerer Abwesenheit zu erfahren pflegt. Margarete war eine bekannte Schönheit, aber sie war im Grunde doch nur eine *Fille entretenue*; wie großes Aufsehen diese schönen Sünderinnen unter der Pariser Modewelt im Leben auch machen: Ihr Tod wird wenig beachtet. Es sind Sonnen, die ebenso glanzlos untergehen, wie sie aufgegangen sind. Sterben sie jung, so wird ihr Tod von allen ihren Geliebten zugleich vernommen, denn in Paris leben fast alle Verehrer einer bekannten Buhlerin auf dem freundschaftlichsten Fuße. Zehn Minuten, höchstens eine Stunde lang werden einige Ausdrücke des Bedauerns gewechselt, und alle leben in der gewohnten Weise fort, ohne dass ihnen die Nachricht eine Träne entlockt.

Wenn man in dieser Hauptstadt der zivilisierten Welt einmal das fünfundzwanzigste Jahr erreicht hat, so werden die Tränen eine zu seltene Ware, als dass man sie so leicht hingeben könnte. Beweint werden höchstens nahe Verwandte, die mit ihrem Nachlass die Tränen bezahlen.

Was mich trifft, so stand mein Namenszug freilich auf keinem Schmuckkästchen Margaretens, ich hatte sie kaum gesehen und kannte sie nur, wie jeder junge Pariser die bekanntesten Modedamen kennt; aber jenes gleichsam instinktmäßige Mitleid, das ich soeben gestanden habe, führte meine Gedanken öfter und länger auf ihren Tod, als sie vielleicht verdiente.

Ich erinnerte mich, Margarete sehr oft in den Champs Elysées gesehen zu haben; sie pflegte dort täglich in einer eleganten blauen Kutsche zu erscheinen. Es war mir auch erinnerlich, dass sie nicht nur eine seltene Schönheit gewesen war, sondern auch eine unter ihresgleichen keineswegs gewöhnliche äußere Vornehmheit gezeigt hatte.

Andere *Femmes entretenues* pflegten auf ihren Spazierfahrten den Kopf beständig zum Schlage hinauszustecken und ihren Bekannten zuzulächeln. Sie tragen außerdem in ihrem Anzuge einen unglaublichen Luxus zur Schau, weshalb sich die wirklich vornehmen Damen äußerst einfach kleiden.

Dabei lassen sich jene Unglücklichen jederzeit von jemand begleiten. Da sich ein Mann nur höchst selten entschließt, ein Verhältnis, das den Schleier der Nacht erheischt, der Öffentlichkeit preiszugeben, und da ihnen die Einsamkeit unausstehlich ist, so fahren sie in Begleitung minder glücklicher „Freundinnen", die keine Kutsche haben, oder alter Buhlschwestern, an die man sich ohne Bedenken wenden kann, wenn man über die jungeren, die sie begleiten, etwas Näheres zu erfahren wünscht.

Auf Margarete fanden diese allgemeinen Merkmale keine Anwendung. Sie saß immer allein in ihrem Wagen und war für die Vorübergehenden kaum sichtbar. Im Winter hüllte sie sich in einen großen Kaschmirschal, im Sommer trug sie sehr einfache Kleider; obgleich sie auf der Promenade vielen ihrer Bekannten begegnete, so lächelte sie ihnen nur selten und so anständig und würdevoll zu, als wäre sie eine Herzogin.

So fuhr sie stets im schnellen Trabe durch die Alleen in das Boulogner Wäldchen. Dort stieg sie aus und ging eine Stunde spazieren; dann setzte sie sich wieder in ihren Wagen und kehrte ebenso schnell, wie sie gekommen war, nach Hause zurück.

Übrigens war ihr eleganter, geschmackvoller Wagen so bekannt, dass sich auf der Place Louis XV. meistens jemand befand, der auf ihn deutete und sagte: „Da fährt Margarete in das Boulogner Wäldchen."

Ich erinnerte mich aller dieser Umstände, deren Zeuge ich zuweilen gewesen war, und beklagte den Tod Margaretens, wie man die gänzliche Zerstörung eines schönen Kunstwerks beklagt.

Es war in der Tat auch unmöglich, eine reizendere Schönheit zu sehen als Margarete Gautier. Sie war groß und vielleicht etwas zu schlank, aber sie besaß im höchsten Grade die Kunst, durch die Wahl und Anordnung ihres Anzuges dieses Versehen der Natur wieder gutzumachen. Ihr Schal, dessen Spitze den Boden berührte, ließ zu beiden Seiten die breiten Volants eines seidenen Kleides sehen, und der große Muff, in dem sie ihre Hände versteckte, war mit so geschickt verteilten Falten umgeben, dass selbst ein sehr wählerisches Auge an den Umrissen ihrer Gestalt nichts auszusetzen hatte.

Das reizende Köpfchen war der Gegenstand einer besonderen Koketterie; es schien, wie Alfred de Musset sagen würde, von ihrer Mutter so gemacht zu sein, um recht sorgfältig gepflegt zu werden.

Das Gesicht bildete ein unbeschreibliches liebliches Oval. Die Augenbrauen waren so regelmäßig schön und rein, dass sie gemalt zu sein schienen, und die schwarzen

Augen waren von langen Wimpern verschleiert, die auf die sanft geröteten Wangen einen Schatten warfen. Die Nase war fein und edel geformt und gab dem ganzen Gesicht einen geistreichen Ausdruck. Der Mund, der völlig makellos und von einer jungfräulichen Schönheit war, verdiente wirklich, dass man stehen blieb, um ihn anzusehen. Die Haut hatte jenen zarten Flaum, auf dem das glänzende Tageslicht spielt wie auf dem Flaum der Pfirsiche, die noch keine Hand berührt hat.

Die glänzend schwarzen Haare waren in zwei breite Scheitel, die, sich an den Augenbrauen vorüberziehend, am Hinterhaupte zusammengebunden waren und die Ohrläppchen sehen ließen, an denen zwei Diamanten im Werte von acht- bis zehntausend Frank funkelten.

Dieses reizende Köpfchen hatte einen ganz kindlichen Ausdruck; man hätte glauben können, diese großen, unschuldigen Augen hätten nie etwas anderes als den blauen Himmel angesehen, und der Mund hätte nur fromme Worte gesprochen und keusche Küsse gegeben.

Margarete hatte ihr Porträt von Vidal anfertigen lassen. Dieses ausgezeichnet schöne Bild hatte ich nach ihrem Tode einige Tage zu meiner Verfügung, und es war so wunderbar ähnlich, dass ich mich desselben bediente, um die Schilderung zu geben, für die mein Gedächtnis vielleicht nicht ausgereicht hätte.

Als ich ihre Wohnung besuchte, war dieses Bild nicht mehr da; ich sah nur das Seitenstück dazu, „la femme aux étoiles“, das sie gekauft hatte.

Einige der in diesem Kapitel enthaltenen Nachrichten erfuhr ich erst später, aber ich führe sie hier mit an, um bei Margaretens Geschichte nicht wieder darauf zurückkommen zu müssen.

Margarete war bei allen ersten Vorstellungen zugegen und brachte jeden Abend im Theater oder auf einem Balle zu. Sooft ein neues Stück gegeben wurde, saß sie in einer Parterreloge. Drei Gegenstände lagen immer vor ihr: eine Lorgnette, ein Papier mit Zuckerwerk und ein Kamelienstrauß.

Fünfundzwanzig Tage hatte sie weiße Kamelien, an den übrigen fünf Tagen waren sie rot. Die Ursache dieses Farbwechsels ist nie bekannt geworden; ich führe ihn nur an, ohne ihn erklären zu können; die Besucher der Theater, in denen sie am häufigsten war, und ihre Freunde haben ihn ebenfalls bemerkt.

Man hatte nie gesehen, dass Margarete andere Blumen trug als Kamelien; ich will jedoch nicht behaupten, dass sie nie andere Blumen erhalten hätte. Man gab ihr daher bei Madame Brajon, ihrer Blumenlieferantin, den Beinamen „Die Kameliendame", und diesen Beinamen hat sie behalten.

Dies war so ziemlich alles, was ich von ihr wusste, als mir der Besuch ihrer Wohnung Gelegenheit gab, mich an alle diese Umstände zu erinnern.

Außerdem wusste sie wie alle in gewissen Kreisen lebenden jungen Pariser, dass Margarete die Geliebte der eleganten jungen Männer gewesen war, dass sie es ganz offen sagte und dass jene selbst sich dessen rühmten. Man war also gegenseitig aufeinander stolz.

Seit drei Jahren jedoch hatte, dem Gerücht zufolge, nur ein fremder Kavalier, ein alter außerordentlich reicher Herzog, Zutritt bei ihr gehabt. Sie war mit ihm aus dem Badeort Bagnères nach Paris zurückgekehrt und hatte, wie man sagte, aus Rücksicht auf diesen neuen und einzigen Verehrer, mit ihren früheren Bekannten gebrochen.

Zum Lohn für diese achtungsvolle Rücksicht – denn das Alter des Herzogs erlaubte ihm nur diese zu belohnen – hatte er ihr die uns bereits bekannte Wohnung, eine Kutsche und Brillanten geschenkt, und sehr oft bemerkte man im Hintergrunde der Loge, in der Margarete saß, das Gesicht des Herzogs, der sich trotz seiner Verwandten nicht scheute, mit ihr gesehen zu werden.

In dem letzten Jahre ihres Lebens war der alte Kavalier weit seltener zu ihr gekommen; und dennoch pflegte er sie sorgfältig in ihrer Krankheit und folgte ihr zu Grabe, als sie gestorben war.

Sie musste wohl keine gewöhnliche Halbweltlerin gewesen sein, da ein Greis von so hohem Stande öffentlich den Beweis seiner Liebe zu ihr gab.

Über dieses Verhältnis erfuhr ich später Folgendes: Margarete litt an einem Brustübel, das sie schon einmal an den Rand des Grabes gebracht hatte. Die Pariser Winter mit den Bällen und Soupers hatten diese Krankheit immer mehr verschlimmert und zuletzt unheilbar gemacht. Zum Frühjahr 1842 war sie so schwach, so verändert, dass ihr die Ärzte eine Badekur verordneten; sie ging nach Bagnères.

In Bagnères befand sich ein junges Mädchen mit ihrem Vater. Ihre Ähnlichkeit mit Margarete war unglaublich. Man hätte sie für Schwestern halten können; nur war die junge Fremde bereits im dritten Stadium der Schwindsucht, und bald nach Margaretens Ankunft starb sie.

Der Vater war untröstlich über den Tod seiner Tochter; sein Schmerz flößte allen, die ihn sahen, die größte Teilnahme ein. Kein Anblick ist übrigens auch betrübender als ein Greis, der sein Kind beweint. Mitten in dem Kummer, den ihm dieser Tod verursachte, bemerkte der Herzog Margareten, die dieselbe Schönheit, dasselbe Alter und dieselbe Krankheit hatte wie seine Tochter.

Es schien ihm, als hätte Gott ihm dieses Mädchen zugeführt, um seinen Schmerz zu mildern, und mit jener Selbstvergessenheit, die man an einem Greise immer entschuldigt, zumal wenn dieser Greis so tief betrübt ist, wie es der Herzog war, ging er zu ihr, fasste ihre Hände, drückte sie weinend an sein Herz, und ohne zu fragen, wer sie sei, bat er sie um die Erlaubnis, sie oft besuchen zu dürfen.

Margarete war mit ihrer Zofe allein und überdies fürchtete sie auch nicht, sich zu kompromittieren. Sie willigte in das Verlangen des Herzogs und sie wurde tief gerührt durch die Erzählung, die er ihr bei seinem ersten Besuch machte, und durch die Ursachen, die ihn zu ihr geführt hatten.

In Bagnères befanden sich Badegäste, die Margarete kannten und den Herzog sehr diensteifrig von den Verhältnissen des von ihm fast vergötterten Mädchens in Kenntnis setzten. Der alte Kavalier wurde durch diese Mitteilungen schmerzlich ergriffen, denn er sah, dass sich die Ähnlichkeit Margaretens mit seiner Tochter nur auf die äußere Erscheinung beschränkte. Sein Alter und sein Schmerz ließen ihn jedoch bald die Vergangenheit der schönen Sünderin vergessen, die in ihrem reizbaren Zustande leicht für eine Idee zu begeistern war und die, nachdem sie dem Greise weinend die Wahrheit gestanden hatte, im versprach, auf ihre frühere Lebensweise gänzlich zu verzichten, wenn er sie wie ein Vater lieben wolle – eine Zuneigung, die sie noch nie gekannt hatte.

Der Herzog, durch diese Versprechung gerührt, schenkte der Buhlerin einen großen Teil der Liebe, die er zu seiner Tochter gehabt hatte. Margarete – dies ist nicht zu übersehen – war damals krank; sie sah in ihrer Vergangenheit eine der Hauptursachen ihres Siechtums und hegte die etwas abergläubische Hoffnung, Gott werde ihr für ihre Reue und Sinnesänderung die Schönheit lassen, an der ihr so sehr viel gelegen war.

Die Bäder, die Promenaden und die ruhige, regelmäßige Lebensweise hatten die Kranke wirklich beinahe wieder hergestellt, als der Sommer zu Ende ging. Der Herzog kaufte einen Reisewagen und begleitete Margarete nach Paris, wo er sie fortwährend besuchte, wie in Bagnères.

Dieses Verhältnis, dessen wahre Ursache man nicht kannte, machte unter Margaretens Freundinnen großes Aufsehen, denn der Herzog war als ein sehr reicher Kavalier bekannt und zeigte sich ungemein freigebig gegen Margarete. Man raunte sich schon in die Ohren, sie habe einen Zaubertrank erfunden, und dieses zärtliche Verhältnis des alten Herzogs zu dem jungen Mädchen schrieb man allgemein einer in reichen Kreisen häufigen Lüsternheit zu.

Das Gefühl, das der alte Kavalier für Margarete hegte, entsprang indessen aus so reiner Quelle, dass er jedes andere Verhältnis als das eines Vaters zu einer geliebten Tochter für eine frevelhafte Entweihung gehalten hätte: Obwohl er es mit einer Buhlerin zu tun hatte, sagte er ihr doch nie ein Wort, das seine Tochter nicht hätte hören dürfen.

Dies mag vielleicht sonderbar scheinen, aber es war in der Tat so.

Wir wollen jedoch aus unserer Heldin nichts anderes machen, als das, was sie wirklich war. Solange sie sich in Bagnères befand, war das Versprechen, das sie dem Herzoge gegeben, nicht schwer zu halten, und sie hielt es wirklich; als sie aber wieder nach Paris kam, wurde sie an die Bälle und an ihr früheres Leben voll rauschender Vergnügungen allzu lebhaft erinnert. Die regelmäßigen Besuche des Herzogs waren die einzigen Zerstreuungen in ihrer Einsamkeit, und es zog sie unwiderstehlich zu ihren früheren Gewohnheiten hin.

Dazu kam, dass Margarete von ihrer Badereise schöner zurückkam, als sie jemals gewesen war. Sie war zwanzig Jahre alt und das durch sorgfältige Pflege eingeschläferte, aber nicht bewältigte Siechtum machte ihr, wie den meisten Brustkranken, ein mehr bewegtes Leben zum Bedürfnis. Der sehr lobenswerte Entschluss, den sie in Bagnères gefasst hatte, verschaffte ihr in Paris in keinen anderen Häusern als in denen ihrer früheren Freundinnen Zutritt, und selbst die ehrbarsten Frauen, denen diese Geschichte erzählt wurde, mochten an ein reines Verhältnis zwischen dem Herzoge und Margarete nicht recht glauben.

Die Verwandten des alten Kavaliers hatten ihm ganz offen erklärt, dass dieses Verhältnis seiner Achtung schade, und um sich selbst und vielleicht auch Margarete größere Unannehmlichkeiten zu ersparen, hatte er sich genötigt gesehen, seinen schönen Schützling minder oft zu besuchen als anfangs. Um keinen Preis wäre er in den Stunden, wo die boshaften Mutmaßungen mehr Wahrscheinlichkeit haben könnten, zu ihr gekommen. Fast jeden Tag schickte er ihr ein Logenbillett, und er selbst erschien, wie bereits erwähnt, in der Loge, blieb eine Weile und begleitete sie dann bis an ihre Haustür, aber er ging nie in ihre Wohnung.

In den Champs Elysées ließ er sie vorüberfahren und folgte ihr in seinem eigenen Wagen bis zum Boulogner Wäldchen, wo sie plaudernd miteinander auf und ab gingen. Er war zufrieden; sie kehrte in ihre Wohnung zurück, während er sich in sein Hotel begab.

Er hatte nicht die mindeste Ahnung, dass Margarete ihn betrog, denn die Hälfte seiner Zuneigung war in seinem Vertrauen gegründet. Es erfüllte ihn daher mit tiefem Schmerz, als ihm seine unablässig spionierenden Freunde die sein Verhältnis zu Margarete sehr anstößig fanden, die sichere Kunde brachten, dass sie nach wie vor die öffentlichen Bälle besuche und zu den Stunden, wo sie keine Überraschung von seiner Seite zu fürchten habe, oft Besuche empfange, die bis zum anderen Morgen dauerten.

Der Herzog überzeugte sich nun, dass ihm Gott nur das leibliche Bild seiner Tochter wiedergegeben und fragte Margarete mit Tränen im Herzen und in den Augen, ob das, was man ihm erzählt habe, Wahrheit oder Verleumdung sei.

Margarete gestand, dass es die Wahrheit sei und gab dem alten Edelmann ganz aufrichtig den Rat, sich fortan nicht mehr mit ihr zu beschäftigen, denn sie fühle sich zu schwach, ihr Versprechen zu halten, und wolle von einem Manne, den sie täusche, keine Wohltaten mehr annehmen.

Eine Woche stellte der Herzog seine Besuche bei Margarete ein; länger aber vermochte er es nicht über sich zu gewinnen; am achten Tage ging er zu ihr und versprach ihr, sie so anzunehmen, wie sie eben sei, wenn er sie nur sehen könne, und gab ihr das feierliche Versprechen, ihr nie einen Vorwurf zu machen.

So standen die Sachen drei Monate nach Margaretens Rückkehr, nämlich im November oder Dezember 1842.

Drittes Kapitel

Am Sechzehnten um 1 Uhr begab ich mich in die Rue d'Antin. Schon auf der Treppe hörte man die laut rufende Stimme der Schätzmeister. Ich eilte in das Zimmer, wo die Versteigerung gehalten wurde, denn ich wollte etwas haben, das Margarete gehört hatte.

Das Zimmer war voll von Kauflustigen und Neugierigen. Alle Berühmtheiten der lasterhaften Modewelt waren doch versammelt und wurden mit finsteren Blicken gemessen von einigen vornehmen Damen, welche die Versteigerung als Vorwand genommen hatten, um Personen, mit denen sie sonst nie zusammentrafen und die sie vielleicht im Stillen um ihre Freiheit und ihr Genüsse beneideten, in der Nähe zu sehen.

Die Herzogin von F*** stand neben Fräulein A***, einer der beklagenswertesten unserer modernen Buhlerinnen; die Marquise von T*** trug einiges Bedenken, ein Einrichtungsstück zu kaufen, dessen Preis von Frau D***, der stadtkundigsten Sünderin unserer Zeit, hinaufgetrieben wurde; der Herzog von Y***, von dem man in Madrid glaubte, er ruiniere sich in Paris, und der nicht einmal seine Einkünfte verbrauchte, plauderte mit Frau M***, einem der geistreichsten Blaustrümpfe, und wechselte zugleich vertrauliche Blicke mit Frau de N***, die eine der elegantesten Kutschen besitzt und ihre beiden stattlichen Rappen um zehntausend Frank nicht nur gekauft, sondern auch wirklich bezahlt hat; endlich war Fräulein F***, deren Talent doppelt so viel einträgt als die Mitgift mancher vornehmen Dame und dreimal mehr als die Liebesgunst einer gefeierten Schönheit, trotz der Kälte gekommen, um einige Einkäufe zu machen, und sie war keineswegs unter denen, die am wenigsten angeschaut wurden.

Wir könnten noch die Anfangsbuchstaben vieler in diesem Salon versammelten Personen anführen, die über ihr Zusammentreffen verwundert waren, aber wir würden fürchten, den Leser zu ermüden. Kurz, es herrschte unter allen vornehmen Damen wie eleganten Buhlerinnen eine an Ausgelassenheit grenzende Heiterkeit. Viele unter den Anwesenden hatten Margarete gekannt, aber keine schien sich dessen zu erinnern.

Man lachte viel, die Auktionskommissare schrien aus Leibeskräften; die Handelsleute, welche die vor dem Verkaufstische aufgestellten Bänke eingenommen hatten, versuchten vergebens, Ruhe zu gebieten, um ungestört ihre Geschäfte abtun zu können. Kurz, es war eine sehr geräuschvolle Versammlung.

Ich schlich mich in aller Stille unter den lärmenden Haufen. Das Geräusch machte einen peinlichen Eindruck auf mich, als ich bedachte, wie nahe das Sterbezimmer des armen Geschöpfes war, dessen Nachlass man verkaufte, um die Gläubiger zu befriedigen. Ich war im Grunde weniger gekommen, um zu kaufen, als um zu beobachten, und betrachtete die Gesichter der Lieferanten, die den Nachlass versteigern ließen und deren Züge sich verklärten, sooft ein Gegenstand zu ei nem unerwartet hohen Preise hinausgetrieben wurde.

Diese Menschen hatten auf die Sünden Margaretens spekuliert, und nachdem sie hundert Prozent von ihr verdient, hatten sie die Unglückliche in ihren letzten Augenblicken gerichtlich verfolgt. Nach ihrem Tode ernteten sie nun die Früchte ihrer Berechnungen und bezogen sogleich die Zinsen ihres Kredits. Fürwahr, die Alten hatten Recht, als sie die Kaufleute und die

Diebe unter die Obhut ein und desselben Gottes stellten.

Die Versteigerung wurde fortgesetzt. Kleider, Schals, Brillanten wurden mit unglaublicher Schnelligkeit verkauft; mir sagte nichts von alledem zu, und ich wartete noch immer.

Auf einmal hörte ich rufen: „Ein schönes eingebundenes Buch, mit Goldschrift, betitelt: ‚Manon Lescaut', mit Randglossen – zwanzig Frank!"

„Zweiundzwanzig", sagte eine Stimme nach einer ziemlich langen Pause.

„Fünfundzwanzig", sagte ich.

„Fünfundzwanzig", wiederholte der Auktionskommissar.

„Dreißig", bot der Erste.

Ich habe „Manon Lescaut" so oft gelesen, dass ich das Buch fast auswendig weiß und hätte vielleicht nicht mehr geboten, wenn nicht der Auktionskommissar hinzugesetzt hätte: „Ich wiederhole, dass das Buch mit Bleistift geschriebene Randglossen hat."

Ich war neugierig, die Randglossen zu sehen, und rief: „Fünfunddreißig Frank!", in einem Tone, der die Einschüchterung meines Gegners bezweckte.

„Vierzig", bot dieser.

„Fünfzig!"

„Sechzig!"

„Hundert!", rief ich.

Wenn ich hätte Aufsehen erregen wollen, so würde ich meine Absicht vollkommen erreicht haben, denn es entstand bei diesem Überbieten eine tiefe Stille, und man sah mich an, um zu wissen, wer auf das Buch so erpicht sei.

Der Ton, mit dem ich mein letztes Wort sprach, schien meinen Gegner zu überzeugen, dass ich nicht ablassen würde, und er stand von einem Wettkampf ab, der doch nur dazu gedient hätte, den Preis des Buches auf den zehnfachen Wert zu treiben. Er verbeugte sich gegen mich und sagte sehr artig, wenn auch etwas spät: „Ich trete zurück."

Da niemand mehr bot, so wurde mir das Buch zugeschlagen.

Da ich eine neue, für meine Börse sehr nachteilige Grille fürchtete, so gab ich meinen Namen an, ließ das Buch auf die Seite stellen und entfernte mich. Die Anwesenden mochten sich wohl fragen, in welcher Absicht ich ein Buch, das man überall für höchstens zehn Frank kaufen konnte, mit hundert Frank bezahlte.

Es wäre in der Tat sehr schwer gewesen, einen triftigen Grund für diesen Wunsch anzuführen. Ich war begierig, das Buch zu sehen, weil es mit Randglossen von Margaretens Hand versehen war und weil ich gern wissen wollte, was die jüngere Schwester zu der Lebensbeschreibung der älteren beigefügt hatte.

Eine Stunde nachher ließ ich das Buch holen. Auf der ersten Seite standen in zierlichen Schriftzügen die Worte:

„Manon à Marguerite. Humilité.

Armand Duval."

Was bedeutete das Wort „humilité"? Erkannte Manon, durch die Meinung des Gebers, Margaretens Überlegenheit in den Künsten der Galanterie oder einen Vorzug des Herzens an?

Die letzte Deutung war die wahrscheinlichere, denn die erste wäre nur eine ungebührliche Freimütigkeit gewesen, die niemand unterschrieben hätte und die auch von Margarete, welche Meinung sie auch von sich selbst hatte, zurückgewiesen worden wäre. Ich stellte diese Betrachtungen an, während ich das Buch durchblätterte, das offenbar viel gelesen worden war und hier und da einige mit Bleistift geschriebene, aber fast ganz verwischte Randglossen hatte. Es ergab sich für mich aus dem Buche nichts anderes, als dass Margarete von einem ihrer Verehrer für würdig gehalten worden war, Manon Lescaut zu verstehen, und dass sie an der Geschichte ihrer Vorgängerin genug Interesse hatte, um eine Zeit, die sie wenigstens auf eine erträglichere Weise hätte benutzen können, zu Randglossen zu verwenden.

Ich ging wieder aus und beschäftigte mich erst am Abend beim Schlafengehen mit dem Buche.

Diese rührende Geschichte ist mir in ihren geringsten Einzelheiten bekannt, und dennoch werde ich durch sie, sooft mir das Buch in die Hände fällt, dergestalt gefesselt, dass ich es aufschlage und zum hundertsten Male der Heldin des Abbé Prévost in ihren Verwirrungen und auf ihrer Umkehr folge. Diese Heldin ist so wahr geschildert, dass es mir scheint, als ob ich sie gekannt hätte. Unter den oben erwähnten Umständen erhielt diese Lektüre einen neuen Reiz durch den Vergleich, den man zwischen Manon und Margarete angestellt hatte.

„Manon Lescaut" ist ohne allen Zweifel das schönste Seelengemälde, das je ein Schriftsteller entworfen, die gründliche Zergliederung der Leidenschaft, die ein Menschenkenner gemacht hat. Dieses Charakterbild ist durchaus wahr und treffend und Manons Bekehrung durch die Liebe ist nicht minder poetisch schön als die Bekehrung der Magdalena durch den Glauben.

Ich habe oben gesagt, dass ich gegen Buhlerinnen voll Nachsicht bin; diese Nachsicht ist hauptsächlich durch das wiederholte Lesen dieses Buches entstanden. Den Nachkommen ist das Verdienst der Vorgängerin zugute gekommen, wie viele wirkliche Nachkommen aus den Verdiensten ihrer Vorfahren Nutzen ziehen; aber an dem Abend, als ich Manons Geschichte noch einmal las und dabei an Margarete dachte, wurde meine Nachsicht wirklich zum Mitleid und beinahe zur Liebe für das arme verwirrte Mädchen, aus deren Nachlass ich dieses Buch hatte. Manon war freiwillig in einer Wüste, aber in den Armen eines Mannes gestorben, der sie mit aller Kraft seiner Seele liebte und der Verblichenen ein Grab schaufelte, das er mit seinen Tränen benetzte und in dem er beim Abschiede sein Herz zurückließ; Margarete hingegen, eine Sünderin wie Manon und vielleicht bekehrt wie sie, war im Schoße eines prunkenden Luxus und in dem Bette ihrer Vergangenheit gestorben, aber auch mit verödetem Herzen – und ein verödetes Herz ist weit schrecklicher und trostloser als die Wüste, in der Manon begraben worden war. Margarete hatte in der Tat, nach den Versicherungen einiger Freunde, in den zwei Monaten ihres langsamen Schmerzenskampfes keinen wahren Trost gefunden.

Von Manon und Margarete wendeten sich meine Gedanken auf andere in der eleganten Welt bekannte Sünderinnen, die singend und tänzelnd einem fast immer gleichen Ende entgegengingen. Die Unglücklichen! Wenn es unrecht ist, sie zu lieben, so darf man sie doch wenigstens beklagen. Man bedauert den Blinden, der nie das Tageslicht gesehen, den Tauben, der nicht die Akkorde der Natur gehört hat, den Stummen, der nie im Stande war, seinen Gefühlen Sprache zu verleihen – und unter dem Vorwande falscher Scham trägt man Bedenken, diese Blindheit des Herzens, diese Taubheit der Seele, dieses Verstummen des Gewissens zu beklagen, wodurch eine Verirrte jede Erkenntnis des Guten und Bösen verliert und unfähig wird, den Weg des Rechtes zu sehen, die Stimme des Herrn zu vernehmen und die reine Sprache der Liebe und des Glaubens zu sprechen.

Von Zeit zu Zeit aber hat die Welt das erbauliche Schauspiel der Bekehrung einer Verirrten. Gott scheint dadurch die Fehler der anderen sühnen zu wollen, gleichwie durch den Tod des Erlösers die Sünden aller Menschen gesühnt wurden; und außer den Bekehrten, die ihnen als Beispiel leuchten, sendet er ihnen noch den Priester, der sie absolviert, und den Dichter, der sie verteidigt.

Man frage die Geistlichen in den Städten und man wird hören, dass sie oft Sünderinnen, die sie für den Himmel verloren geglaubt, als wahre Christinnen sterben sahen.

Unser großer Dichter Victor Hugo hat „Marion Delorme", Alfred de Musset hat „Bernerette", Alexander Dumas hat „Fernande" geschrieben; die Denker und Dichter aller Zeiten haben den Sünderinnen ihr Mitleid gezollt, und zuweilen hat sie ein großer Mann durch seine Liebe und sogar durch seinen Namen wieder zu Ehren gebracht. Ich verweile absichtlich so lange bei diesem Gegenstande, denn unter meinen Lesern sind vielleicht schon viele im Begriff, dieses Buch wegzuwerfen, in welchem sie nur eine Verteidigung des glänzenden Lasters zu finden fürchten, und das jugendliche Alter des Verfassers wird ohne Zweifel zur Begründung dieser Besorgnis beitragen. Wer aber bloß durch diese Besorgnis zurückgehalten wird, möge nur getrost weiterlesen, diese Besorgnis wird bald verschwinden.

Jenen beklagenswerten weiblichen Wesen, die nicht durch ihre Erziehung den Pfad der Tugend kennen gelernt haben, bahnt die Vorsehung fast immer zwei Wege, die sie dahin zurückführen. Diese Wege sind rau und mühsam, jene Verirrten, welche sie betreten, finden viele Dornen, an denen sie sich die Füße verletzen, aber ihre Herzen reinigen sich. Sie lassen dem Gestrüpp und den Nesseln am Wege den prunkenden Schmuck des Lasters und gelangen schmucklos, aber gerechtfertigt vor Gott, zum Ziele.

Wer ihnen dann auf diesem mühsamen Pfade begegnet, sollte sie ermutigen und andere Verirrte als Beispiel aufstellen. Es ist nicht genug, beim Eintritt in das Leben zwei Wegweiser zu setzen, deren einer die Aufschrift „Weg zum Guten", der andere die Warnung „Weg zum Verderben" führt, und denen, die den Lebensweg betreten, die Wahl zu lassen; man muss, wie Jesus, Seitenpfade bahnen, die von dem letzten Wege zu dem ersten führen und der Anfang dieser Pfade muss nicht zu mühsam scheinen.

Das herrliche Gleichnis vom verlorenen Sohne sollte jeden Christen zur Nachsicht und zur Verzeihung stimmen. Jesus war ja voll Liebe und Güte gegen die von den menschlichen Leidenschaften verletzten Gemüter, deren Wunden er so gern verband, indem er den heilenden Balsam aus den Wunden selbst nahm. Warum sollten wir strenger sein als unser großes Vorbild? Warum sollten wir hartnäckig festhalten an den Vorurteilen dieser Welt, die hart und lieblos urteilt, um für stark gehalten zu werden? Die Theorien Voltaires finden unter der jetzigen Generation glücklicherweise keinen Anklang mehr. Seit fünfzehn Jahren haben die Bestrebungen der Menschen einen höheren Aufschwung, eine edlere Richtung genommen. Wir haben in Indien Glaubensboten, die lehren, leben und sterben wie einst die

Gefährten Christi und auch in unserer Mitte hat man jetzt mehr Achtung vor dem Heiligen, als dies früher der Fall war. Kurz, die Welt fängt an, besser zu werden. Die Bestrebungen aller intelligenten Menschen haben dasselbe Ziel, und jedermann kann durch den Verzicht auf pharisäische Selbstsucht zum sittlichen wie zum gesellschaftlichen Fortschritte beitragen. Liegen doch in kleinen, scheinbar bedeutungslosen Dingen die Keime zu dem Größten und Erhabensten. Das Kind ist ein schwaches, hilfloses Wesen; aus ihm geht der starke Mann hervor; das Gehirn ist von engen Schranken eingeschlossen, und es ist der Stolz des Lebens und des Gedankens; das Auge ist nur ein Punkt, doch es umfasst meilenweite Strecken.

Viertes Kapitel

In zwei Tagen war die Versteigerung gänzlich beendet. Der Ertrag war hundertfünfzigtausend Franken.

Die Gläubiger teilten sich in zwei Drittel dieser Summe, und die Verwandten, aus einer Schwester und einem Neffen bestehend, erbten das Übrige.

Die Schwester machte große Augen, als sie Margaretens Bild, das ihr die Verstorbene vermacht hatte, nebst der Nachricht erhielt, dass sie fünfzigtausend Frank geerbt habe. Dieses Mädchen hatte ihre Schwester seit sechs bis sieben Jahren nicht gesehen. Margarete war eines Tages verschwunden, ohne dass man von ihr selbst oder durch andere erfuhr, was aus ihr geworden war.

Die Schwester reiste also in aller Eile nach Paris und zum größten Erstaunen aller, die Margarete gekannt hatten, fand man in der einzigen Erbin ein hübsches, herbes Landmädchen, das bisher noch nicht über die Feldmark des Dorfes hinausgekommen war. Ihr Glück war auf einmal gemacht, ohne dass sie wusste, aus welcher Quelle dieser Reichtum gekommen war. Sie kehrte, wie ich später erfuhr, den Tod ihrer Schwester aufrichtig beweinend, in ihren Geburtsort zurück.

Alle diese Umstände, die in Paris, der unerschöpflichen Fundgrube der Skandale, einiges Aufsehen machten, fingen an, vergessen zu werden, und ich selbst hatte bereits beinahe vergessen, inwiefern ich an diesen Ereignissen teilgenommen hatte, als ich durch einen neuen Vorfall den ganzen Lebenslauf Margaretens kennen lernte und dabei so wahrhaft rührende Umstände erfuhr, dass ich den Entschluss fasste, diese Geschichte zu schreiben.

Die Wohnung Margaretens war seit einigen Tagen ausgeräumt, als in der Frühe an meiner Tür die Glocke gezogen wurde. Mein Diener öffnete und brachte mir eine Karte, mit dem Bemerken, dass ein junger Mann, der sie abgegeben habe, mich zu sprechen wünsche.

Ich warf einen Blick auf die Karte und las den Namen Armand Duval. Ich suchte in meinem Gedächtnis nach diesem Namen, der mir schon vorgekommen war, und es fiel mir ein, dass ich ihn auf dem ersten Blatte von „Manon Lescaut" gelesen hatte.

Ich war begierig zu wissen, was der Mann, der Margareten das Buch geschenkt hatte, von mir wollte, und ließ ihn sogleich hereinführen.

Es war ein großer, blonder, blasser junger Mann in Reisekleidern, die er seit einigen Tagen nicht abgelegt zu haben schien, denn sie waren ganz mit Staub bedeckt. Er gab sich gar keine Mühe, seine Bewegungen zu verbergen, und redete mich mit zitternder Stimme an:

„Ich bitte Sie, meinen Besuch und Anzug, in dem ich vor Ihnen erscheine, zu entschuldigen. Unter jungen Männern pflegt man sich ja wenig Zwang anzutun, und überdies wünschte ich so sehnlich, Sie zu sprechen, dass ich mir nicht einmal die Zeit genommen habe, in dem Hotel, wohin ich mein Gepäck geschickt, meine Kleider zu wechseln; obgleich es noch früh ist, fürchtete ich doch, Sie nicht mehr zu treffen."

Ich bot meinem Gast einen Sessel am Kamin. Er setzte sich, indem er sein Taschentuch aus der Tasche zog und einen Augenblick aufs Gesicht drückte.

„Sie kommen von der Reise, Herr Duval", sagte ich zu ihm; „Sie sagen selbst, dass sich junge Männer untereinander keinen Zwang antun sollen. Wollen sie mit mir frühstücken? Wir können dabei plaudern."

„O, ich danke Ihnen“, antwortete er, indem er sich noch einmal die Augen trocknete und aus einem Seufzer Fassung zu schöpfen schien. „Es wäre mir unmöglich zu essen. Sie werden wohl nicht ahnen“, setzte er schwermütig lächelnd hinzu, „was ein Unbekannter zu dieser Stunde, in diesem Anzuge und mit Tränen in den Augen von Ihnen will. Ich habe Sie um eine große Gefälligkeit zu bitten.“

„Reden Sie, Herr Duval, ich stehe zu Diensten.“

„Sie sind bei der Versteigerung der von Margarete Gautier hinterlassenen Gegenstände gewesen …“

Bei diesen Worten verlor er einen Augenblick die Fassung, er stockte und hielt die Hand vor die Augen.

„Ich muss Ihnen sehr lächerlich erscheinen“, setzte er nach einer Pause hinzu. „Entschuldigen Sie auch dies und halten Sie sich versichert, dass ich nie die Geduld vergessen werde, um die ich Sie ersuche.“

„Herr Duval“, erwiderte ich, „wenn der Dienst, den ich Ihnen vielleicht erweisen kann, Ihren Kummer etwas zu lindern vermag, so sagen Sie mir, worin ich Ihnen nützlich sein kann, und ich werde mich glücklich schätzen, Ihnen zu dienen.“

„Sie haben von Margaretens Nachlass etwas gekauft?“, fragte er.

„Jawohl, ein Buch.“

„Manon Lescaut?“

„Ganz recht.“

„Haben Sie das Buch noch?“

„Es liegt in meinem Schlafzimmer.“

Armand Duval schien durch diese Nachricht sehr beruhigt zu werden, und er dankte mir, als ob ich schon angefangen hätte, ihm durch die Aufbewahrung dieses Buches einen Dienst zu erweisen.

Ich stand auf, holte das Buch aus meinem Schlafzimmer und überreichte es ihm.

„Ja das ist's", sagte er, indem er einen Blick auf die erste Seite warf und dann einige Blätter durch die Finger gleiten ließ, – „das ist's. Armes Mädchen!"

Während er das Buch anstarrte, fielen zwei Tränen darauf.

„Liegt Ihnen viel an dem Buche?", sagte er dann, indem er mich ansah und seine Tränen nicht mehr zu verbergen suchte.

„Warum das?"

„Weil ich Sie bitten will, es mir zu überlassen."

„Verzeihen Sie meine Neugier", sagte ich. „Margarete Gautier hatte das Buch also von Ihnen erhalten?"

„Ja, von mir."

„Hier ist das Buch, nehmen Sie es! Ich schätze mich glücklich, es Ihnen wiedergeben zu können."

„Aber", entgegnete Duval verlegen, „ich muss Ihnen doch wenigstens den Kaufpreis ersetzen."

„Erlauben Sie, dass ich es Ihnen als Geschenk anbiete. Der Preis eines Buches in einer solchen Auktion ist eine Kleinigkeit; ich erinnere mich nicht mehr, wie viel ich für dieses Buch bezahlt habe." „Sie haben hundert Frank dafür bezahlt."

„Das ist wahr", erwiderte ich verlegen, – „aber wie können Sie das wissen?"

„Es ist sehr einfach; ich hoffte noch früh genug zu der Versteigerung zu kommen, bin aber erst diesen Morgen hier eingetroffen. Ich wollte durchaus etwas aus Margaretens Nachlasse haben und eilte zu dem Schätzmeister, den ich ersuchte, mir das Verzeichnis der verkauften Sachen und die Namen der Käufer zu zeigen. Ich sah, dass Sie dieses Buch gekauft hatten und nahm mir sogleich vor, Sie um Überlassung desselben zu ersuchen, obgleich der Preis, den Sie dafür bezahlt haben, mich besorgen ließ, es würde Ihnen selbst an dem Besitz desselben sehr viel liegen. Ich dachte mir, Sie selbst würden Margarete gekannt haben, wie ich sie kannte, und Sie würden gern ein Andenken von ihr behalten."

Armand schien offenbar zu fürchten, ich hätte Margarete gekannt, wie er sie gekannt hatte. Ich beeilte mich daher, ihn zu beruhigen.

„Ich habe Fräulein Gautier nur von Ansehen gekannt", erwiderte ich; „ihr Tod hat den Eindruck auf mich gemacht, den der Tod eines schönen Weibes, das man mit Vergnügen gesehen, auf einen jungen Mann macht. Ich nahm mir vor, in der Versteigerung etwas zu kaufen, und ich trieb den Preis dieses Buches, ich weiß nicht recht, warum, in die Höhe; ich glaube, ich tat es hauptsächlich um über einen Kauflustigen, der sehr darauf erpicht zu sein schien, den Sieg davonzutragen. Ich wiederhole daher, das Buch ist zu Ihrer Verfügung; ich ersuche Sie von neuem, es anzunehmen, damit Sie es von mir nicht haben, wie ich es von einem Schätzmeister habe, und damit es für uns beide das Pfand einer längeren Bekanntschaft und eines vertrauten Verhältnisses werde."

„Gut", sagte Armand, indem er mir die Hand reichte und die meinige drückte, „ich nehme es an und werde Ihnen stets dankbar sein."

Ich hatte große Lust, Armand über Margarete auszufragen, denn die Widmung des Buches, die Reise des jungen Mannes und sein Wunsch, das Buch zu besitzen, reizten meine Neugier, aber ich fürchtete, es könne den Anschein haben, als hätte ich sein Geld nicht annehmen wollen, um das Recht zu haben, mich in seine Angelegenheiten zu mischen, und ich schwieg.

Man hätte glauben können, er habe meinen Wunsch erraten, denn er sagte zu mir:

„Sie haben das Buch gelesen?"

„Vom Anfang bis zum Ende."

„Was haben Sie von den Randglossen gedacht?"

„Ich konnte sie nicht lesen, aber ich habe die zwei Zeilen gelesen, die Sie auf der ersten Seite geschrieben haben, und ich überzeugte mich sogleich, dass das arme Mädchen, dem Sie das Buch zum Geschenk gemacht, nicht in die gewöhnliche Kategorie gehörte, denn ich habe in diesen Zeilen mehr gelesen als ein alltägliches Kompliment."

„Sie haben ganz richtig geurteilt", erwiderte Armand. „Dieses Mädchen war ein Engel. Sehen Sie – lesen Sie diesen Brief."

Er reichte mir ein Papier, das sehr oft gelesen zu sein schien.

Ich faltete es auseinander und las Folgendes:

„Lieber Armand, ich habe Deinen Brief erhalten; Du bist edel und gut geblieben, und ich danke Gott dafür. Ja, teurer Freund, ich bin sehr krank, für mich ist keine Hilfe; aber die Teilnahme, die Du mir noch zeigst, ist ein lindernder Balsam für meine Leiden. Ich werde gewiss nicht mehr so lange leben, um noch die Hand zu drücken, die den soeben angekommenen lieben Brief geschrieben hat, dessen Inhalt mir die Gesundheit wiedergeben würde, wenn mich noch etwas retten könnte. Ich werde Dich nicht mehr sehen, denn ich bin dem Tode nahe, und Du bist mehrere Hundert Meilen von mir entfernt. Armer Freund! Deine Margarete von ehedem ist sehr verändert, und es ist vielleicht besser, dass Du sie nicht wieder siehst, als dass Du sie siehst, wie sie ist. Du fragst mich, ob ich Dir verzeihe. O, von ganzem Herzen; denn der Schmerz, den Du mir machen wolltest, war nur ein Beweis Deiner Liebe zu mir. Ich bin seit einem Monat im Bett, und es liegt mir so sehr an Deiner Achtung, dass ich von dem Augenblick an, wo wir uns trennten, bis zu der Stunde, wo mir die Kraft zum Schreiben fehlen wird, mein Tagebuch führe.

Wenn ich Dir wirklich wert bin, Armand, so geh nach Deiner Rückkehr zu Julie Duprat, die Dir dieses Tagebuch übergeben wird. In diesem Tagebuch wirst Du die Ursache und die Entschuldigung dessen finden, was zwischen uns vorgegangen ist. Julie ist mir sehr gut; wir sprechen recht oft von Dir. Sie war bei mir, als Dein Brief ankam, und wir haben beim Lesen geweint.

Für den Fall, dass ich keine Nachrichten von Dir erhalten hätte, war sie beauftragt, Dir bei Deiner Ankunft in Frankreich zu übergeben, was ich täglich für Dich schreibe. Sei mir nicht dankbar dafür; diese tägliche Rückerinnerung an die einzigen glücklichen Augenblicke meines Lebens tut mir unendlich wohl und wenn Du in dieser Lektüre die Entschuldigung der Vergangenheit findest, so finde ich darin einen großen Trost.

Ich möchte Dir gern ein Andenken hinterlassen, aber alles, was ich besitze, ist mit Beschlag belegt, ich kann über nichts mehr verfügen.

Begreifst Du wohl meine Lage, lieber Armand? Ich bin dem Tode nahe, und auf meinem Sterbelager höre ich die Fußtritte des Hüters, der im Salon auf und ab geht, um im Auftrage meiner Gläubiger nachzusehen, dass nichts fortgetragen werde und dass nichts bleibe, falls ich etwa nicht sterbe. Ich hoffe, dass sie mit dem

Verkauf wenigstens bis zu meinem Tode warten werden.

Oh! Die Menschen sind unbarmherzig, oder vielmehr, Gott ist gerecht und unveränderlich.

Du wirst also zu der Versteigerung kommen, mein Geliebter, und etwas kaufen; denn wenn ich nur den unbedeutendsten Gegenstand für Dich auf die Seite legte, und es würde bekannt, so wäre man im Stande, Dich wegen Unterschlagung gepfändeter Sachen zur Verantwortung zu ziehen.

Ein trauriges Leben, aus dem ich scheide! Wie gütig wäre Gott, wenn er mir das Glück schenkte, Dich wieder zu sehen, ehe ich sterbe! Aber aller Wahrscheinlichkeit nach muss ich dir Lebewohl sagen. Verzeih mir, dass ich mich so kurz fasse; aber die Ärzte, die mir Genesung versprechen, haben mir fast keinen Tropfen Blut gelassen, und die Feder entsinkt meiner Hand.

Margarete Gautier."

Die letzten Worte waren in der Tat kaum lesbar.

Ich gab Armand den Brief zurück, den er ohne Zweifel in Gedanken gelesen hatte, während ich ihn auf dem Papier las; denn er sagte zu mir, indem er den Brief zurücknahm:

„Wer hätte wohl glauben können, dass eine *Fille entretenue* dies geschrieben?"

Durch seine Erinnerungen fortgerissen, betrachtete er eine Weile die Schriftzüge des Briefes, den er zuletzt an seine Lippen drückte.

„Die unglücklichen Mädchen!", sagte ich. „Man würde sie oft ganz anders beurteilen, wenn man mit ihrer Lebensgeschichte bekannt wäre."

„Jawohl“, erwiderte Armand; „man hat keine Ahnung, welche aufopfernde Hingebung und aufrichtige Zuneigung man oft bei diesen Geschöpfen findet. Und wenn ich bedenke, dass diese gestorben ist, ohne dass ich sie wieder sehen konnte, und dass sie für mich getan, was eine Schwester nicht getan hätte, so kann ich mir nicht verzeihen, dass ich sie so sterben ließ. Tot! Tot! Und in ihren letzten Augenblicken hat sie an mich gedacht und geschrieben und meinen Namen genannt. Arme Margarete!“

Armand ließ nun seinen Gedanken und Tränen freien Lauf; er reichte mir die Hand und fuhr fort:

„Man würde mich sehr kindlich finden, wenn man Zeuge meiner Trauer über den Tod einer Buhlerin wäre. Man weiß aber nicht, wie viel Schmerz ich ihr gemacht und wie gut und voll Ergebung sie gewesen ist. Ich glaubte, es komme mir zu, ihr zu verzeihen, und jetzt fühle ich mich der Verzeihung, die sie mir zuteil werden lässt, nicht würdig. Oh, ich würde zehn Jahre meines Lebens geben, um eine Stunde zu ihren Füßen weinen zu können!“

Es ist immer schwer, einen Schmerz zu lindern, den man nicht kennt. Dennoch nahm ich einen so warmen Anteil an der Trauer des jungen Mannes, der mit mir in gleichem Alter war, und er zeigte sich so aufrichtig gegen mich, dass ich glaubte, ein Wort des Trostes von mir werde ihm nicht gleichgültig sein, und ich sagte zu ihm:

„Haben Sie denn keine Verwandte, keine Freunde? Fassen Sie Mut, suchen Sie teilnehmende Menschen auf, die Sie verstehen, und Sie werden Trost finden, denn ich kann Sie nur bedauern.“

„Es ist wahr“, sagte er aufstehend und mit starken Schritten im Zimmer auf und ab gehend, „ich langweile Sie. Entschuldigen Sie mich, ich habe nicht bedacht, dass Ihnen an meinem Schmerze nur wenig liegen kann und dass ich Sie schon lange mit einer Angelegenheit beschäftige, die gar kein Interesse für Sie haben kann."

„Sie missdeuten den Sinn meiner Worte", erwiderte ich; „ich stehe Ihnen ganz zu Diensten und bedaure nur, dass ich nicht im Stande bin, Ihren Kummer zu mildern. Wenn der Umgang teilnehmender Freunde, unter die Sie auch mich zählen dürfen, Sie zu zerstreuen vermag und wenn ich Ihnen in irgendetwas nützlich sein kann, so kann ich Sie im Voraus meiner wärmsten Zuneigung und größten Bereitwilligkeit versichern."

„Verzeihen Sie mir", sagte er, „der Schmerz steigert die Empfindlichkeit. Lassen Sie mich noch einige Minuten bleiben, damit die neugierigen Schwätzer mich nicht angaffen. Sie haben mir durch die Zurückgabe dieses Buches eine große Freude gemacht; ich weiß in der Tat nicht, wie ich meine Schuld abtragen soll."

„Dadurch, dass Sie mir etwas von Ihrer Freundin schenken", erwiderte ich, „und dass Sie mir die Ursache Ihres Schmerzes sagen. Es ist ein Trost, wenn man seinen Kummer mitteilt."

„Sie haben Recht; aber heute besitze ich noch nicht Fassung genug, ich würde Ihnen nur Worte ohne Zusammenhang sagen. Ein andermal werde ich Ihnen alles erzählen, und Sie werden sehen, ob ich Ursache habe, das arme Mädchen zu bedauern … Und nun", setzte er hinzu, indem er sich noch einmal die Augen trocknete und vor den Spiegel trat, „sagen Sie mir, dass Sie mich nicht zu abgeschmackt finden, und erlauben Sie mir, wieder zu kommen."

Armand hatte mich in dieser ersten Unterredung so sehr für sich eingenommen, dass ich ihn hätte küssen mögen. Es schien mir, als ob ich ihn wie einen Bruder liebte.

Er fing an, wieder weich zu werden. Er sah, dass ich es bemerkte, und wendete sich ab.

„Mut, Mut!“, rief ich ihm zu.

„Leben Sie wohl!“, sagte er, mir die Hand reichend.

Er unterdrückte seine Tränen und eilte zum Zimmer hinaus.

Ich hob den Fenstervorhang auf und sah ihn in den vor dem Hause haltenden Wagen steigen; aber kaum saß er darin, so drückte er das Taschentuch auf das Gesicht.

Fünftes Kapitel

Es verging eine ziemlich lange Zeit, ohne dass ich von Armand etwas hörte; dagegen war von Margarete ziemlich oft die Rede gewesen.

Es genügt oft, den Namen einer Person, die uns schien unbekannt oder wenigstens gleichgültig zu bleiben, nennen zu hören, um nach und nach mit allen Verhältnissen, die sich an diesen Namen knüpfen, bekannt zu werden, und um im Kreise der Freunde von Dingen reden zu hören, die sonst nie zur Sprache gekommen wären. Wir finden dann, dass diese Person uns beinahe berührte, wir machen die Entdeckung, dass sie gar oft unbemerkt auf unsern Lebensweg trat, und wir sehen in den Ereignissen, die man uns erzählt, ein wirkliches Zusammentreffen mit manchen unsrer eigenen Erlebnisse. Dies war nicht gerade mit Margarete der Fall, denn ich hatte sie ziemlich oft gesehen und kannte sie von Ansehen; aber seit der Versteigerung ihres Nachlasses war mir der Name so oft zu Ohren gekommen, und infolge der im letzten Kapitel erzählten Umstände war dieser Name mit einer so tiefen Trauer vermischt, dass ich über die Urheberin dieses Kummers noch mehr zu erfahren wünschte.

Die Folge davon war, dass ich meine Freunde, mit denen ich sonst nie von Margarete gesprochen hatte, stets mit den Worten anredete:

„Haben Sie eine gewisse Margarete Gautier gekannt?"

„Die Kameliendame?"

„Ganz recht."

„O! Sehr gut."

Dieses „Sehr gut“ war zuweilen von einem Lächeln begleitet, dessen Bedeutung nicht zweifelhaft sein konnte.

„Ein liebes, gutes Kind – und sehr hübsch“, pflegte der Berichterstatter hinzuzusetzen.

„Weiter nichts?“

„Mein Gott, nein; etwas mehr Geist und vielleicht etwas mehr wahres Gefühl, als man bei ihren Kolleginnen findet.“

„Wissen Sie nichts Näheres von ihr?“

„Sie hat den Baron G*** ruiniert.“

„Sonst niemanden?“

„Sie ist die Geliebte des Herzogs von *** gewesen.“

„War sie wirklich seine Geliebte?“

„Man sagt es; gewiss ist, dass er ihr viel Geld gegeben hat.“

Auf diese Weise erfuhr ich die allgemeinsten Umstände, die ich im Anfang dieser Geschichte erzählt habe. Ich war jedoch begierig, etwas über das Verhältnis Margaretens zu Armand zu hören.

Eines Tages begegnete mir einer meiner Bekannten, der mit den Verhältnissen der stadtkundigen Pariserinnen ziemlich vertraut war, und ich fragte ihn aus.

„Haben Sie Margarete Gautier gekannt?“

Die Antwort war dasselbe „Sehr gut“.

„Ein liebes, gutes, schönes Mädchen“, setzte er hinzu; „ihr Tod hat mir sehr weh getan.“

„Hat sie nicht einen Geliebten namens Armand Duval gehabt?“

„Ja, ja, ein schlanker, blonder junger Mann.“

„Ganz recht; wer war dieser Armand?“

„Ein Enthusiast, der alles, was er besaß, mit ihr vertan hat. Ich glaube, er war gezwungen, sie zu verlassen. Man sagt, er sei zum Rasendwerden in sie verliebt gewesen.“

„Und sie?“

„Dem Gerücht zufolge soll sie ihn wiedergeliebt haben; aber Sie wissen ja, wie solche Mädchen sind. Man muss nicht mehr von ihnen verlangen, als sie geben können.“

„Was ist aus Armand geworden?“

„Ich weiß es nicht. Wir haben ihn nicht genau gekannt. Er ist auf dem Lande fünf bis sechs Monate bei ihr gewesen. Als sie zurückkam, reiste er fort von hier.“

„Und seitdem haben Sie ihn nicht wiedergesehen?“

„Nein.“

Auch ich hatte Armand nicht wiedergesehen, und ich kam schon auf den Gedanken, die Nachricht von Margaretens Tode könne anfangs wohl einen sehr erschütternden Eindruck auf ihn gemacht haben, er habe aber die Verstorbene und sein Versprechen, wieder zu mir zu kommen, vielleicht schon vergessen.

Diese Vermutung hatte viel Wahrscheinliches, und dennoch hatte Armands Schmerz einen so wahren Ausdruck gehabt, dass ich mir, von einem Extrem zum anderen übergehend, bald darauf vorstellte, der Schmerz sei zur Krankheit geworden und er sei außer Stande, sein Versprechen zu halten.

Ich fühlte mich unwillkürlich zu Armand hingezogen. Vielleicht lag etwas Selbstsucht in der Zuneigung, die ich für ihn fühlte; vielleicht hatte ich unter diesem Schmerz eine rührende Geschichte gewittert, und der Wunsch, diese kennen zu lernen, mochte an meiner Bekümmernis über Armands Stillschweigen einen gewissen Anteil haben.

Da er nicht zu mir kam, so beschloss ich, zu ihm zu gehen. Es war nicht schwer, einen Vorwand für meinen Besuch zu finden; ich wusste aber leider seine Wohnung nicht, und unter allen denen, die ich fragte, wusste sie niemand anzugeben.

Ich begab mich in die Rue d'Antin. Vielleicht wusste der Pförtner des Hauses, in welchem Margarete gestorben war, wo Armand wohnte. Aber meine Erkundigung blieb erfolglos. Ich fragte sodann, auf welchem Friedhof sie beerdigt worden sei. Man nannte mir den Père Lachaise.

Der April war wieder gekommen, das Wetter war schön, die Gräber hatten gewiss nicht mehr das öde, winterliche Aussehen, und es war schon warm genug, um die Lebenden zum Besuch bei den Toten einzuladen. Ich begab mich auf den Friedhof und sagte zu mir selbst:

„An Margaretens Grabe werde ich erkennen, ob Armands Schmerz noch nicht erloschen ist, und ich werde vielleicht erfahren, was aus ihm geworden ist."

Ich trat in das Häuschen des Aufsehers und fragte ihn, ob am 22. Februar eine gewisse Margarete Gautier auf dem Friedhof Père Lachaise beerdigt worden sei.

Der Aufseher schlug ein großes Buch auf, in dem alle, die in die Zufluchtsstätte kommen, aufgezeichnet stehen, und antwortete mir, dass man wirklich am 22. Februar um die Mittagsstunde eine Frau dieses Namens beerdigt habe.

Ich ersuchte ihn, mich zu diesem Grabe führen zu lassen, denn es ist unmöglich, sich in dieser Totenstadt, die ihre Straßen hat wie die Stadt der Lebenden, ohne Führer zurechtzufinden. Der Aufseher rief einen Gärtner, dem er die nötigen Weisungen gab und der ihn mit den Worten unterbrach:

„Ich weiß schon … Oh, das Grab ist leicht zu erkennen", setzte er hinzu, indem er sich zu mir wandte.

„Warum?“, fragte ich.

„Weil Blumen darauf stehen, die von den andern Blumen ganz verschieden sind.“

„Und Sie pflegen diese Blumen?“

„Ja, mein Herr, und ich wünschte, dass alle Leute für ihre verstorbenen Angehörigen so sorgten wie der junge Herr, der dieses Grab schmücken lässt.“

Nach einigen Umwegen blieb der Gärtner stehen und sagte zu mir: „Hier ist es.“

Ich stand vor einem sorgfältig gepflegten Blumenbeet, das man nie für ein Grab gehalten hätte, wenn nicht an einem Ende ein weißer Marmorstein zu sehen gewesen wäre, der den Namen der Verstorbenen trug. Das ganze Beet war mit weißen Kamelien bedeckt und von einem niedrigen Eisengitter umgeben.

„Was sagen Sie dazu, mein Herr?“, fragte der Gärtner schmunzelnd.

„Es ist sehr schön.“

„Und sooft eine Kamelie verblüht, muss ich eine Frische an die Stelle setzen.“

„Wer hat Ihnen das aufgetragen?“

„Ein junger Herr, der bei seinem ersten Besuch bitterlich geweint hat; ohne Zweifel ein alter Verehrer der Verstorbenen, denn sie scheint eine lockere Pflanze gewesen zu sein. Dabei soll sie sehr schön gewesen sein. Haben der Herr sie gekannt?“

„Ja.“

„Ebenso wie der andere?“, fragte der Gärtner mit einem pfiffigen Lächeln.

„Nein, ich habe nie ein Wort mit ihr gesprochen.“

„Und Sie machen ihr hier einen Besuch; das ist sehr hübsch von Ihnen, denn das arme Mädchen würde sonst gar keinen Besuch bekommen.“

„Es kommt also niemand?“

„Nein, ausgenommen der junge Herr, der nur einmal hier war.“

„Nur einmal?“

„Ja, mein Herr, nur einmal; aber er wird wieder kommen, wenn er von seiner Reise zurückgekehrt ist.“

„Er ist also abwesend?“

„Ja.“

„Wissen Sie, wo er ist?“

„Ich glaube, er ist bei der Schwester der Verstorbenen.“

„Was macht er da?“

„Er will um die Ermächtigung bitten, den Leichnam in ein anderes Grab bringen zu lassen.“

„Wozu diese Veränderung?“

„Sie wissen ja, mein Herr, dass man mit den Toten oft eigene Ideen hat. Wir sehen das hier täglich. Dieser Platz ist nur auf fünf Jahre gekauft worden, und dieser junge Herr will einen größeren Platz und auf ewige Zeiten; in dem neuen Quartier wird es besser sein.“

„Was nennen Sie das neue Quartier?“

„Die neuen Plätze, die dort links von der Statue Casimir Périers angekauft worden sind. Wenn der Friedhof immer verwaltet worden wäre wie jetzt, so würde er seinesgleichen in der Welt nicht haben; aber es ist noch viel zu tun, bevor er ist, was er sein soll. Und dann haben die Leute auch manchmal drollige Ideen!“

„Wieso?“

„Ich meine, es gibt Leute, die sogar hier noch Stolz und hoffärtig sind. Da haben wir nun dieses Fräulein Gautier. Sie scheint, mit Verlaub zu sagen, das Leben tüchtig genossen zu haben. Jetzt ist sie tot, und es ist von ihr gerade so viel übrig geblieben, als von anderen, denen nichts nachzusagen ist und die wir täglich begießen. Als nun die Verwandten der Frauen, die neben ihr begraben liegen, in Erfahrung brachten, wer sie war, erklärten sie, solche Personen dürften da nicht begraben liegen und man müsse ihnen abgesonderte Begräbnisplätze anweisen wie den Armen! Hat man schon so was erlebt? Ich habe ihnen aber ordentlich die Meinung gesagt. Die reichen Hausherren und Kapitalisten kommen nicht viermal im Jahre, um ihren verstorbenen Angehörigen einen Besuch zu machen; sie bringen die Blumen selbst mit – und sehen Sie, was für Blumen! Diese selbstsüchtigen Menschen geben ihren Toten nicht einmal anständige Blumen, sie schreiben auf die Grabsteine etwas von Tränen, die sie nie vergossen haben, und rümpfen die Nase über die Nachbarschaft! Sie mögen mir es glauben oder nicht, mein Herr, ich habe das Fräulein nicht gekannt, und ich weiß nicht, was sie getan hat; aber sie ist mir lieb, die arme Kleine, und ich lasse ihr die Kamelien zu den billigsten Preisen. Sie ist mein Liebling. Wir müssen den Toten wohl gut sein, denn wir haben so viel mit ihnen zu tun, dass wir beinahe nicht Zeit haben, an die Lebenden zu denken."

Ich sah den Mann an, und er schien zu bemerken, dass ich ihm mit Vergnügen zuhörte, denn er fuhr fort:

„Man sagt, dieses Fräulein habe vielen Männern die Köpfe verdreht und einige sollen ihretwillen Bankrott gemacht haben. Glauben Sie aber wohl, dass auch nur einer von diesen Anbetern gekommen ist, um ihr eine Blume zu kaufen? Sie kann sie freilich nicht beklagen, denn sie hat ihr eigenes Grab, und der eine, der an sie denkt, macht wieder gut, was die andern versäumt haben. Aber wir haben hier andere Mädchen desselben Schlages und Alters, die man in die allgemeine Grube wirft, und das zerreißt mir das Herz, wenn ich die armen Leichen in die Tiefe fallen höre. Und kein Mensch denkt mehr an sie, wenn sie tot sind. Unser Geschäft ist nicht immer ein Vergnügen, zumal wenn man noch etwas Gefühl hat. Ich habe manchmal recht melancholische Gedanken. Ich habe eine zwanzigjährige Tochter, ein schönes großes Mädchen, und wenn man eine Tote von ihrem Alter hierher bringt, so denke ich immer an meine Nannette; es mag nun eine vornehme Dame oder eine Bettlerin sein, so wird mir ganz wehmütig ums Herz. Doch ich langweile Sie gewiss mit meinen Geschichten, denn Sie sind nicht hierher gekommen, um mich schwatzen zu hören. Ich sollte Sie zu dem Grabe des Fräuleins Gautier führen. Wir sind da; kann ich Ihnen mit etwas dienen?"

„Wissen Sie die Wohnung des Herrn Armand Duval?"

„Ja, er wohnt in der Rue ***; wenigstens bin ich dahin gegangen, um das Geld für diese Blumen hier zu holen."

„Ich danke Ihnen, mein Freund", sagte ich zu dem Gärtner.

Ich warf einen Blick auf das blühende Grab, und es drängte sich mir unwillkürlich der Wunsch auf, die Tiefe desselben zu untersuchen, um zu sehen, was die Erde aus dem ihr anvertrauten reizenden Geschöpf gemacht hatte. Ich entfernte mich in wehmütig ernster Stimmung.

„Wünschen Sie Herrn Duval zu sprechen?", fragte der Gärtner, indem er neben mir herging.

„Ja", erwiderte ich.

„Er wird gewiss noch nicht von seiner Reise zurück sein", sagte er, „denn sonst würde ich ihn schon hier gesehen haben."

„Sie sind also überzeugt, dass er das arme Mädchen nicht vergessen hat?"

„Ich bin nicht nur davon überzeugt, sondern ich würde darauf wetten, dass er die Tote wieder zu sehen wünscht und dass er sie hauptsächlich deshalb in ein anderes Grab bringen lassen will."

„Wieso?"

„Als er hierher kam, war seine erste Frage: ‚Wie ist es anzufangen, dass ich sie wieder sehe?' Ich antwortete ihm, es sei nur möglich, wenn man die Tote in ein anderes Grab bringen lasse, und machte ihn mit allen Formalitäten bekannt, die zu erfüllen sind, um die Bewilligung zu einer solchen Überlieferung zu erhalten; denn Sie müssen wissen, dass diese Bewilligung nur den Verwandten erteilt wird und dass ein Grab nur in Gegenwart eines Polizeikommissars geöffnet werden darf. Herr Duval ist nun in dieser Angelegenheit zu der Schwester des Fräuleins Gautier gereist, und sein erster Besuch wird zufällig bei uns sein."

Wir hatten das Tor des Friedhofs erreicht. Ich dankte dem Gärtner noch einmal, indem ich ihm einige Geldstücke in die Hand drückte, und suchte das von ihm bezeichnete Haus auf.

Armand war noch nicht wieder da. Ich ließ in seiner Wohnung einige Zeilen zurück, worin ich ihn ersuchte, sogleich nach seiner Rückkehr zu mir zu kommen, oder mir sagen zu lassen, wo ich ihn finden könnte.

Ich war tief ergriffen, besonders durch Armands Vorsatz, den Leichnam Margaretens ausgraben zu lassen. Ich nahm mir vor, bei dieser traurigen Feierlichkeit anwesend zu sein, denn alle jungen Leute lieben ja die nervenerregenden Eindrücke.

Am folgenden Morgen erhielt ich einen Brief von Duval, der mir seine Rückkehr anzeigte und mich ersuchte, zu ihm zu kommen, da er sehr erschöpft sei und das Zimmer hüten müsse.

Eine Stunde nachher klopfte ich an seine Tür.

Armand lag im Bett. Er reichte mir seine fieberglühende Hand.

„Sie sind sehr krank“, sagte ich zu ihm, indem ich vor dem Bette Platz nahm.

„Es ist nicht von Bedeutung“, antwortete er, „es ist nur die Ermüdung von der schnellen Reise.“

„Sie kommen von Margaretens Schwester?“

„Ja; wer hat Ihnen das gesagt?“

„Ich weiß es, und Sie haben Ihren Zweck erreicht?“

„Ja; aber wer hat Ihnen von meiner Reise und dem Zweck derselben berichtet?“

„Der Gärtner auf dem Friedhof.“

„Sie haben das Grab gesehen?“

Ich getraute mich kaum zu antworten, denn der Ton dieser Worte bewies mir, dass Armands Stimmung noch keineswegs beruhigt war und dass seine Aufregung durch jede Anspielung auf die traurige Angelegenheit, die ihn nach Paris zurückgeführt hatte, nur vergrößert werden würde. Ich antwortete also durch ein stummes Kopfnicken.

„Hat er es gut gepflegt?“, fragte Armand weiter.

„Ja.“

Zwei Tränen perlten über die Wangen des Kranken, der sich abwendete, um sie vor mir zu verbergen. Ich gab mir das Ansehen, als ob ich seine Gemütsbewegung nicht bemerkt hätte, und suchte dem Gespräch eine andere Wendung zu geben.

„Es ist jetzt drei Wochen her, dass Sie abreisten“, sagte ich zu ihm.

„Ja, gerade drei Wochen“, antwortete er, mit der Hand über die Augen fahrend.

„Sie haben eine lange Reise gemacht."

„O, ich war nicht immer auf der Reise", setzte er hinzu, „ich war volle vierzehn Tage krank, sonst würde ich schon längst wieder zurückgekehrt sein. Aber kaum war ich drüben angekommen, so wurde ich vom Fieber befallen und musste das Zimmer hüten."

„Und Sie traten die Rückreise an, ohne vollkommen wieder hergestellt zu sein?"

„Wenn ich acht Tage länger dort geblieben wäre, so hätte ich sterben müssen."

„Aber jetzt, da Sie wieder zu Hause sind, müssen Sie sich schonen. Ihre Freunde werden Sie besuchen und ich vor allen anderen, wenn Sie erlauben."

„In zwei Stunden werde ich aufstehen."

„Welche Unbesonnenheit!"

„Es muss sein."

„Was haben Sie denn so Dringendes zu tun?"

„Ich muss zum Polizeikommissar gehen."

„Warum beauftragen Sie nicht lieber einen anderen mit diesem Geschäft, das ihren Zustand ohne Zweifel noch verschlimmern wird?"

„Weil es das einzige Mittel ist, das mich heilen kann. Ich muss sie sehen. Seitdem ich ihren Tod erfahren und zumal seitdem ich ihr Grab gesehen habe, kann ich nicht mehr schlafen. Ich kann mir nicht vorstellen, dass Margarete, die bei unserm Abschied so jung, so schön war, wirklich tot ist. Ich muss mich selbst davon überzeugen. Ich muss sehen, was Gott aus diesem heiß geliebten Wesen gemacht hat, und vielleicht wird der Abscheu, den mir der Anblick einflößt, meinen Schmerz mildern. Sie werden mich begleiten, nicht wahr, wenn es Ihnen nicht gar zu unangenehm ist?"

„Was hat Margaretens Schwester gesagt?"

„Nichts. Sie schien sehr erstaunt, dass ein Fremder einen Begräbnisplatz kaufen und Margarete eine Ruhestätte bauen lassen wollte, und unterzeichnete sogleich die Vollmacht, die ich zu haben wünschte."

„Folgen Sie meinem Rate und warten Sie mit der Übersiedlung, bis Sie genesen sind."

„Fürchten Sie nichts, ich bin stärker, als Sie glauben. Überdies würde ich den Verstand verlieren, wenn ich diesen Gedanken, der mich verfolgt und dessen Verwirklichung ein Bedürfnis für meinen Schmerz geworden ist, nicht sogleich ausführte. Ich schwöre Ihnen, dass ich nicht ruhig sein kann, bis ich Margarete gesehen habe. Es ist vielleicht ein Durst des Fiebers, das in mir glüht, ein Traum meiner schlaflosen Nächte, eine Folge meines Fieberwahnsinns; aber wenn ich auch Trappist werden müsste wie Rancé, so muss ich sie sehen!"

„Ich begreife das", erwiderte ich, „und stehe Ihnen ganz zu Diensten. Haben Sie Julie Duprat gesehen?"

„Ja. Oh, ich habe sie schon am Tage meiner ersten Rückkehr aufgesucht."

„Hat Sie Ihnen die Papiere übergeben, welche Margarete für Sie bestimmt hatte?"

„Hier sind sie."

Armand zog unter seinem Kopfkissen eine Papierrolle heraus und steckte sie sogleich wieder darunter.

„Seit drei Wochen", sagte er, „habe ich diese Papiere zehnmal täglich gelesen. Sie sollen sie auch lesen, aber später, wenn ich ruhiger bin und Ihnen sagen kann, welches innige Gefühl aus diesen Bekenntnissen spricht. Heute vermag ich es nicht. Jetzt möchte ich Sie um eine Gefälligkeit bitten."

„Reden Sie, ich bin bereit."

„Sie haben unten einen Wagen?“

„Ja.“

„Wollen Sie meinen Reisepass nehmen und auf der Post fragen, ob Briefe für mich da sind? Mein Vater und meine Schwester haben mir gewiss nach Paris geschrieben, ich bin in solcher Hast abgereist, dass ich mir nicht die Zeit genommen habe, vorher nachzufragen. Wenn Sie zurückkommen, so fahren wir miteinander zu dem Polizeikommissar, um ihn von der morgen stattfindenden Feierlichkeit in Kenntnis zu setzen.“

Armand übergab mir seinen Pass, und ich ging sofort nach dem Postamt.

Es waren zwei Briefe unter dem Namen Duval da, ich nahm sie und kehrte zurück. Armand war angekleidet und zum Ausgehen bereit.

„Ich danke Ihnen“, sagte er, indem er die Briefe nahm. „Ja, ganz recht“, setzte er hinzu, nachdem er die Adressen angesehen hatte, „sie sind von meinem Vater und meiner Schwester. Beide müssen mein Stillschweigen unbegreiflich gefunden haben.“

Er erbrach die Briefe und erriet sie mehr, als er sie las, denn jeder enthielt vier Seiten, und er legte sie sogleich wieder zusammen. „Kommen Sie“, sagte er, „ich werde morgen antworten.“

Wir begaben uns zu dem Polizeikommissar, dem Armand die von Margaretens Schwester erhaltene Vollmacht überreichte.

Der Kommissar gab ihm dafür einen Brief an den Aufseher des Friedhofs. Es war verabredet, dass die Ausgrabung des Leichnams am folgenden Morgen um zehn Uhr stattfinden sollte. Ich versprach, ihn eine Stunde zuvor abzuholen und ihn dann auf den Friedhof zu begleiten.

Ich war ebenfalls begierig, diesem Schauspiel beizuwohnen, und ich gestehe, dass ich die Nacht vor dem Stelldichein nicht schlief. Nach den Gedanken, die meinen Schlaf verscheuchten, zu urteilen, musste die Nacht für Armand entsetzlich lang sein.

Als ich am folgenden Morgen um neun Uhr zu ihm kam, war er sehr blass, schien aber ruhig und gefasst zu sein.

Er lächelte mir entgegen und reichte mir die Hand.

Seine Wachskerzen waren tief herabgebrannt, und ehe wir fortgingen, nahm er einen sehr dicken Brief, in dem er vielleicht seine Nachtgedanken niedergeschrieben hatte. Der Brief war an seinen Vater adressiert.

Eine halbe Stunde später waren wir auf dem Friedhof Père Lachaise. Der Polizeikommissar erwartete uns schon. Wir gingen langsam auf Margaretens Grab zu, der Kommissar voran, Armand und ich folgten in geringer Entfernung.

Von Zeit zu Zeit fühlte ich den Arm meines Begleiters krampfhaft zittern, als ob er von Fieberschauern geschüttelt würde. Ich sah ihn an; er verstand meinen Blick und lächelte mir zu, aber seit wir seine Wohnung verlassen, hatten wir kein Wort miteinander gewechselt.

Als wir das Grab beinahe erreicht hatten, blieb Armand stehen, um sich den Schweiß vom Gesicht zu wischen.

Ich benutzte diesen Augenblick, um aufzuatmen, denn auch mein Herz war zusammengepresst wie in einem Schraubstock. Woher kommt das schmerzliche Vergnügen, das man bei derlei Gemütsbewegungen findet?

Der Gärtner hatte alle Blumenstöcke von dem Grabe genommen, das Eisengitter war losgebrochen, und zwei Männer gruben die Erde auf.

Armand lehnte sich an einen Baum und sah zu. Seine ganze Seele schien aus seinen Augen zu sprechen.

Plötzlich schlug der eine Arbeiter mit der Hacke auf einen Stein. Bei diesem Geräusch zuckte Armand, als ob er von einem elektrischen Schlag getroffen wäre; er drückte mir so fest die Hand, dass er mir weh tat.

Ein Totengräber ergriff eine große Schaufel und räumte nach und nach die Grube aus; dann nahm er die Steine, mit denen der Sarg belegt war, und warf sie einen nach dem anderen heraus.

Ich beobachtete Armand, denn ich fürchtete, er werde die heftige Gemütsbewegung nicht ertragen können. Aber seine weit geöffneten Augen starrten wie im Wahnsinn in das Grab, und nur ein leichtes Zittern der Wangen und Lippen zeigte, wie heftig seine Nervenkrisis war. Ich selbst fing an zu bereuen, dass ich ihn begleitet hatte.

Als der Sarg völlig von Erde und Steinen entblößt war, sagte der Kommissar zu den Totengräbern: „Öffnen Sie den Sarg!"

Die Leute gehorchten, als ob es die einfachste Sache von der Welt gewesen wäre.

Der Sarg war von Eichenholz, und sie fingen an, den Deckel loszuschrauben. Die Feuchtigkeit der Erde hatte die Schrauben mit Rost bedeckt, und der Sarg wurde nicht ohne Mühe geöffnet. Ein pestartiger Modergeruch stieg empor, trotz der aromatischen Kräuter, mit denen der Sarg halb gefüllt war.

„O mein Gott! Mein Gott!", seufzte Armand.

Er wurde noch blässer und hielt sich das Taschentuch vor die Nase.

Selbst die Totengräber wichen zurück.

Ein großes, weißes Grabtuch bedeckte den Leichnam, dessen Umrisse deutlich sichtbar waren. Dieses Tuch war an einem Ende gänzlich zerfressen und ließ die Fußspitzen der Toten sehen.

Ich war einer Ohnmacht nahe, und noch jetzt, wo ich dies schreibe, steht mir der Anblick mit seiner ganzen entsetzlichen Wirklichkeit vor der Seele.

„Geschwind, beeilen Sie sich!“, sagte der Kommissar.

Einer der beiden Totengräber streckte nun die Hand aus, fasste einen Zipfel des Grabtuches und entblößte plötzlich das Gesicht Margaretens.

Es war ein schrecklicher Anblick, die Feder sträubt sich, ihn zu beschreiben. Die Augen bildeten nur zwei Höhlungen, die von Würmern wimmelten, die Lippen waren verschwunden und die weißen Zähne waren aufeinander gepresst. Die langen schwarzen Haare lagen fest auf den Schläfen und gingen bis auf die grünlichen Höhlungen der Wangen hinunter, und dennoch erkannte ich in diesem Gesichte das jugendlich frische, heitere Antlitz, das ich so oft gesehen hatte.

Armand starrte dieses Gesicht mit unverwandten Blicken an und drückte sein Taschentuch zwischen die Zähne. Mir war es, als ob mir ein eisiger Reif den Kopf umspannte; ein grauer Schleier schien sich vor meinen Augen herabzusenken, ich glaubte ein starkes Brausen zu hören, und ich vermochte noch ein Riechfläschchen, das ich aufs Geratewohl mitgebracht hatte, zu öffnen und das darin enthaltene flüssige Salz einzuatmen.

In diesem halb besinnungslosen Zustande hörte ich den Kommissar zu Duval sagen: „Erkennen Sie sie?“

„Ja“, antwortete Armand mit dumpfer Stimme.

„So schließen Sie den Sarg und tragen Sie ihn fort!“, befahl der Kommissar. Die Totengräber warfen das Grabtuch wieder über das Gesicht der Leiche, schlossen den Sarg und trugen ihn zu der ihnen angezeigten Stelle.

Armand regte sich nicht. Seine Blicke waren fest auf das leere Grab gerichtet. Er war so blass wie die Leiche, die wir soeben gesehen hatten. Man hätte ihn für versteinert halten können. Ich sah voraus, was sich ereignen musste, wenn der aufs höchste gesteigerte Schmerz nachlassen und dieser furchtbaren Aufregung die Erschlaffung folgen würde.

Ich trat auf den Kommissar zu.

„Ist die Anwesenheit des Herrn Duval noch notwendig?", fragte ich ihn.

„Nein", erwiderte er, „und ich rate Ihnen sogar, ihn von hier wegzubringen, denn er scheint sehr ergriffen zu sein."

„Kommen Sie", sagte ich zu Armand, indem ich seinen Arm fasste. „Was?", fragte er, mich anstarrend, als ob er mich nicht erkennte.

„Es ist jetzt geschehen", setzte ich hinzu; „Sie müssen nach Hause fahren, lieber Freund; Sie sind blass und zittern vor Fieberfrost. Eine längere Dauer dieser heftigen Erschütterungen würde Ihnen das Leben kosten."

„Sie haben Recht, wir wollen fort", antwortete er gedankenlos, aber ohne von der Stelle zu gehen.

Ich fasste ihn beim Arm und zog ihn fort. Er ließ sich führen wie ein Kind und murmelte nur von Zeit zu Zeit: „Haben Sie die Augen gesehen?"

Er wandte sich um, als ob diese Erscheinung ihn gerufen hätte. Sein Gang wurde indessen unregelmäßig, er schien nur noch stoßweise zu gehen, seine Zähne klapperten, seine Hände waren kalt und sein ganzer Körper wurde von einem heftigen Nervenanfall ergriffen.

Ich redete ihm zu, aber er antwortete nicht. Alles, was er tun konnte, war willenloses Hingeben.

Am Tore des Friedhofs fanden wir unsern Wagen. Es war höchste Zeit gewesen. Kaum hatte er Platz genommen, so wurde der Fieberfrost heftiger, und er bekam einen wirklichen Nervenanfall. Er fürchtete, es werde mir bange um ihn werden, denn er drückte mir wiederholt die Hand und sagte:

„Es ist nichts – es hat nichts zu bedeuten. Ich wollte, ich könnte weinen."

Er seufzte tief auf, und seine Augen röteten sich, aber die Tränen kamen nicht.

Ich hielt ihm das Riechfläschchen vor, das mich selbst meinem halb bewusstlosen Zustande entrissen hatte. Als wir in seiner Wohnung ankamen, zeigte sich nur noch der Fieberschauer.

Mit Hilfe des Dieners brachte ich ihn ins Bett; ich ließ in seinem Kamin Feuer anzünden und holte meinen Arzt, dem ich das Vorgefallene erzählte.

Armand war glühend rot, er fantasierte und stammelte unzusammenhängende Worte, unter denen sich nur der Name Margaretens deutlich unterscheiden ließ.

„Nun, was ist Ihre Meinung?", sagte ich zu dem Arzt, als er den Kranken untersucht hatte.

„Er hat eine Gehirnentzündung, und das ist ein Glück, denn ich glaube, er wäre sonst wahnsinnig geworden. Glücklicherweise aber wird die Geisteskrankheit durch diesen Fieberausbruch behoben werden, und in einem Monat wird er genesen sein."

Die hitzigen Fieber haben das Gute, dass sie entweder sehr schnell töten oder in kurzer Zeit geheilt werden.

Vierzehn Tage nach den eben erzählten Ereignissen war Armand schon auf dem Wege der Genesung. Wir waren die vertrautesten Freunde geworden. Ich hatte während der ganzen Zeit seiner Krankheit nur sehr selten sein Zimmer verlassen.

Der Frühling brachte seine Blumenfülle, seine Blätter, seine Lieder, und das Fenster meines Freundes bot die heitere Aussicht in einen Garten, dessen frische, belebende Düfte zu ihm heraufstiegen.

Der Arzt hatte ihm erlaubt aufzustehen, und wir saßen oft in der wärmsten Tageszeit am offenen Fenster und plauderten.

Ich hütete mich wohl, von Margarete mit ihm zu sprechen, denn ich fürchtete immer, dieser Name würde eine unter der scheinbaren Heiterkeit des Kranken schlummernde trübe Erinnerung wecken. Aber Armand schien gern von ihr zu sprechen, und zwar nicht mehr wie früher mit Tränen in den Augen, sondern mit sanftem Lächeln, und dies beruhigte mich über seinen Gemütszustand.

Ich hatte bemerkt, dass seit seinem letzten Besuche auf dem Friedhof, seit dem Anblick, der diese heftige Krisis hervorgerufen hatte, das Maß des Seelenschmerzes durch die Krankheit gefüllt zu sein schien, und dass ihm Margaretens Tod nicht mehr in dem Lichte der Vergangenheit erschien. Aus der entsetzlichen Gewissheit und um das letzte Bild, das ihm noch oft vor die Seele trat, zu verscheuchen, überließ er sich der Erinnerung an sein früheres Liebesglück und schien nur seine Erinnerung zulassen zu wollen.

Der Körper war durch den Fieberanfall und selbst durch die Genesung zu sehr erschöpft, um dem Geiste eine heftige Aufregung zu gestatten, und die allgemeine Frühlingsfreude, von der Armand umgeben war, führte seine Gedanken unwillkürlich auf die heiteren Bilder zurück.

Er hatte sich immer hartnäckig geweigert, seine Verwandten von der Gefahr, in der er schwebte, in Kenntnis setzen zu lassen. Als er gerettet war, schrieb er seinem Vater nicht einmal, dass er krank gewesen sei.

Eines Tages waren wir länger als gewöhnlich am Fenster geblieben, das Wetter war herrlich gewesen, und der Tag verschwand in einer golddurchdufteten Dämmerung. Obgleich wir in Paris waren, schienen wir doch durch das uns umgebende Grün von der Welt abgeschieden zu sein: Kaum wurde unser Gespräch von Zeit zu Zeit durch das Rasseln eines vorüberfahrenden Wagens gestört.

„Es war ungefähr in dieser Jahreszeit und an einem Abende wie dieser, als ich Margarete kennen lernte“, sagte Armand, der mehr seinen eigenen Gedanken als meinen Worten zu lauschen schien.

Ich gab keine Antwort, ich meinte, es sei nur eine leicht hingeworfene Bemerkung.

Dann wandte er sich zu mir und sagte:

„Ich muss Ihnen doch diese Geschichte erzählen; Sie werden ein Buch darüber schreiben, an das niemand glauben wird, das aber vielleicht dem Verfasser Befriedigung gewähren könnte.“

„Erzählen Sie mir das später, lieber Freund“, erwiderte ich; „Sie sind noch nicht ganz wieder hergestellt.“

„Der Abend ist warm, ich habe ein halbes Huhn mit Appetit verzehrt“, sagte er lächelnd, „ich habe kein Fieber, und wir haben nichts zu tun; ich will Ihnen also die ganze Geschichte erzählen.“

„Wenn Sie es durchaus wollen, so bin ich bereit, Ihnen zuzuhören.“

„Es ist eine ganz einfache Geschichte“, setzte er hinzu. „Ich werde Sie Ihnen nach der Reihenfolge der Ereignisse erzählen; es steht Ihnen frei, sie anders mitzuteilen.“

Er begann nun die folgende rührende Geschichte, an der ich kaum einige Worte geändert habe.

*

Ja – fuhr Armand fort, indem er sich in seinen Sessel zurücklehnte, ja, es war an einem Abende wie dieser! Ich hatte den Tag mit einem Freunde auf dem Lande zugebracht und nach unserer Rückkehr in die Stadt gingen wir in das Théâtre des variétés.

In einem Zwischenakt gingen wir hinaus. Im Korridor sahen wir eine Dame vorübergehen, die mein Freund grüßte.

„Wen grüßen Sie da?“, fragte ich ihn.

„Margarete Gautier.“

„Sie scheint sehr verändert zu sein, denn ich habe sie nicht erkannt“, sagte ich mit einer Bewegung, die Sie sogleich begreifen werden.

„Sie ist krank gewesen“, erwiderte Eugen; „das arme Mädchen wird wohl nicht mehr lange leben.“

Diese Worte sind mir so lebhaft im Gedächtnis, als ob ich sie gestern gehört hätte.

Sie müssen wissen, lieber Freund, dass der Anblick dieses Mädchens damals – es ist länger als zwei Jahre her – jedes Mal einen eigentümlichen Eindruck auf mich machte.

Ohne dass ich mir die Ursache zu erklären wusste, erblasste ich, und mein Herz schlug heftig. Ich halte es für eine Vorherbestimmung, für einen Wink des Schicksals, das mich zu Margaretens Geliebten erkor, für eine Ahnung, dass sie in meinem Leben eine Rolle spielen sollte, wie ich in ihrem Leben eine Rolle spielen sollte.

Der tiefe Eindruck, den sie auf mich machte, war keineswegs eine Täuschung; mehrere meiner Bekannten waren Zeugen davon, und sie lachten mich aus, als sie sahen, wer diesen eigentümlichen Eindruck hervorbrachte.

Zum ersten Male hatte ich sie auf dem Börsenplatz, vor Susses berühmtem Modegeschäft gesehen. Eine offene Kalesche hielt vor der Tür und eine weiß gekleidete Dame stieg aus. Ihr Eintritt in das Gewölbe war ein wahrer Triumph, alle Anwesenden gaben ihre Bewunderung durch ein Gemurmel zu erkennen. Ich stand wie festgewurzelt, bis sie wieder aus dem Laden kam. Ich sah durch das Fenster, wie sie war, und fürchtete, sie werde die Ursache meines Eintritts erraten und sich dadurch beleidigt fühlen. Ich konnte gleichwohl nicht hoffen, dass ich sie wiedersehen würde.

Sie war elegant gekleidet; sie trug ein Musselinkleid mit Volants, ein Flortuch, einen feinen Strohhut ohne Blumen und ein Armband mit Diamanten.

Wenn ich mich entsinne, wie sie damals aussah und wie ich sie jetzt mit Ihnen wiedergesehen habe, so werde ich von einem Schauer befallen.

Sie stieg wieder in den Wagen und fuhr davon. Einer der Ladendiener blieb in der Tür stehen und schaute der eleganten Käuferin nach. Ich trat auf ihn zu und ersuchte ihn, mir den Namen der schönen Unbekannten zu sagen.

„Es ist Fräulein Margarete Gautier“, antwortete er.

Ich getraute mich nicht, ihn nach ihrer Wohnung zu fragen und entfernte mich.

Die Rückerinnerung an diese Erscheinung – denn eine solche war es wirklich – kam mir nicht aus dem Sinn, wie manche andere derartige Erscheinungen, und ich suchte überall die herrliche weiße Dame.

Einige Tage darauf fand in der Komischen Oper eine große Vorstellung statt. Die erste Person, die ich in der Parterreloge bemerkte, war Margarete Gautier.

Mein Begleiter kannte sie auch, denn er sagte zu mir, auf sie deutend:

„Sehen Sie das schöne Mädchen dort in der Parterreloge?“

In diesem Augenblick bemerkte ihn Margarete, die ihre Lorgnette nach unserer Seite gerichtet hatte. Sie lächelte ihm zu und gab ihm einen kaum bemerkbaren Wink, zu ihr zu kommen.

„Ich will ihr guten Abend sagen“, sagte er zu mir, „ich komme gleich wieder.“

Ich konnte mich nicht enthalten auszurufen: „Wie glücklich sind Sie!“

„Warum?“

„Dass Sie dieses schöne Mädchen besuchen dürfen.“

„Sind Sie etwa in sie verliebt?“

„Nein“, sagte ich errötend, denn ich wusste in der Tat nicht, woran ich war; „aber ich möchte Sie gern kennen lernen.“

„So kommen Sie doch mit, ich will Sie ihr vorstellen.“

„Fragen Sie bitte erst um Erlaubnis.“

„Ah! Parbleu, man hat nicht nötig, so viele Komplimente zu machen. Kommen Sie nur.“

Diese Worte machten einen peinlichen Eindruck auf mich. Es war mir unendlich bange, die Gewissheit zu erhalten, dass Margarete nicht verdiene, was ich für sie fühlte.

In einem Buche von Alfons Karr, ich glaube „Sous les tilleuls", kommt eine Stelle vor, die mir in diesem Augenblick einfiel. Ein Mann begegnet abends einer schönen, eleganten Dame. Die reizende Unbekannte macht einen solchen Eindruck auf ihn, dass er umkehrt und sie verfolgt. Um ihr die Hand zu küssen, würde er die Kraft, alles zu unternehmen, den Willen, alles zu erringen, den Mut, alles durchzusetzen, gehabt haben. Kaum wagt er, einen scheuen Blick zu werfen auf den zierlichen Fuß, den sie sehen lässt, um ihr Kleid nicht durch die Berührung mit dem Boden zu beschmutzen. Während er die abenteuerlichsten Pläne ersinnt, um sich der schönen Unbekannten zu nähern, bleibt sie an einer Straßenecke stehen und redet ihn an. Er kann für zehn Frank ihre nähere Bekanntschaft machen. Da wendet er sich mit Widerwillen ab und begibt sich traurig nach Hause.

Dieser Auftritt kam mir ins Gedächtnis. Ich fürchtete, dieses reizende Wesen werde mich zu schnell erhören und mir zu bereitwillig eine Liebe schenken, die ich durch langes Warten oder durch ein großes Opfer hätte erkaufen mögen. Wir Männer sind einmal so; es ist ein Glück, dass die Fantasie den Sinnen diese Poesie lässt und dass die Begierden des Körpers den Träumen der Seele dieses Zugeständnis machen.

Kurz, wenn man zu mir gesagt hätte: „Diesen Abend soll sie dein sein, und morgen musst du sterben", so hätte ich ohne weiteres eingewilligt. Wenn man zu mir gesagt hätte: „Zahle zehn Luisdor und du sollst ihr Geliebter sein", so hätte ich es zurückgewiesen und hätte geweint wie ein Kind, das beim Erwachen einen schönen Traum zerrinnen sieht.

Indessen, ich wollte sie kennen lernen. Dies war das einzige Mittel zu erfahren, was von ihr zu halten sei.

Ich erwiderte daher meinem Begleiter, dass ich zuerst zu wissen wünsche, ob sie mit meinem Besuch in der Loge einverstanden sei. Dann ging ich im Korridor auf und ab und stellte mir die Verlegenheit vor, mit der ich vor sie hintreten würde. Ich suchte sogar schon die Worte zusammen, die ich zu ihr sagen wollte. Welche großartige Kinderei ist doch die Liebe!

Einen Augenblick nachher kam mein Freund zurück.

„Sie erwartet uns“, sagte er zu mir.

„Ist sie allein?“, fragte ich.

„Es ist ein anderes Mädchen bei ihr.“

„Und keine Männer?“

„Nein.“

„So kommen Sie.“

Mein Begleiter ging auf den Ausgang des Theaters zu.

„Ich will Konfekt kaufen; sie hat mich darum ersucht.“

Wir gingen zu einem Zuckerbäcker im Passage de l’Opéra. Ich hätte den ganzen Laden auskaufen mögen und wählte im Stillen verschiedene Leckerbissen, als mein Begleiter ein Pfund überzuckerter Rosinen verlangte.

„Wissen Sie auch, dass sie sie gern ist?“, fragte ich.

„Sie isst nie anderes Zuckerwerk … Aber wissen Sie denn wohl“, fuhr er fort, als wir den Laden verlassen hatten, „wissen Sie, wem ich Sie vorstelle? Sie müssen nicht glauben, sie wäre eine Herzogin, sie ist nichts als eine *Femme entretenue* – eine Halbweltlerin vom reinsten Wasser. Generieren Sie sich also nicht, und sagen Sie nur alles, was Ihnen einfällt.“

„Gut, gut“, stammelte ich.

Ich folgte ihm und dachte, dass ich von meiner Leidenschaft gewiss geheilt werden würde.

Margarete lachte laut, als wir in die Loge traten. Ich hätte lieber gesehen, sie wäre traurig gewesen.

Mein Freund stellte mich vor. Margarete gab nur durch ein leichtes Kopfnicken zu erkennen, dass sie von mir Notiz nahm und verlangte ihr Zuckerwerk.

Als sie die gefüllte Tüte nahm, sah sie mich an. Ich schlug die Augen nieder und errötete.

Sie neigte sich zu ihrer Nachbarin, flüsterte ihr einige Worte ins Ohr, und beide lachten laut.

Ich erriet, dass ich die Ursache dieser Heiterkeit war; meine Verlegenheit wurde dadurch noch größer. Ich hatte damals eine hübsche sentimentale Bürgerstochter zur Geliebten, deren schwärmerische Briefe oft von mir bespöttelt worden waren. Ich sah nun ein, wie weh ich dem armen Mädchen getan hatte.

Margarete aß unterdessen ihre Rosinen, ohne sich weiter um mich zu bekümmern.

Mein Begleiter wollte mich aus dieser lächerlichen Situation befreien.

„Margarete“, sagte er, „Sie dürfen sich nicht wundern, dass Herr Duval nichts spricht: Sie machen in so verwirrt, dass er keine Worte mehr findet.“

„Ich glaube vielmehr“, erwiderte Margarete, „dass der Herr Sie hierher geleitet hat, weil es Ihnen langweilig war, allein zu kommen.“

„Wenn das wahr wäre“, entgegnete ich, „so würde ich Ernst nicht ersucht haben, Sie um die Erlaubnis zu bitten, mich Ihnen vorzustellen.“

„Es war vielleicht nur ein Mittel, den unangenehmen Augenblick zu verschieben.“

Mädchen von Margaretens Schlage – fuhr Armand fort – finden immer ein besonderes Vergnügen, pikant und witzig zu sein und Leute, die sie zum ersten Mal sehen, zu necken. Dies ist oft ohne Zweifel eine Wiedervergeltung der Demütigungen, die sie oft von denen, die sie täglich sehen, ertragen müssen.

Um ihnen zu antworten, muss man sich in solchen Kreisen schon längere Zeit bewegt haben, und mir waren diese noch fremd. Überdies machte mich der Begriff, den ich mir von Margarete gemacht hatte, geneigt, den Scherz höher aufzunehmen, als er verdiente. Von ihr war mir nichts gleichgültig. Ich stand auf und sagte zu ihr mit einer Aufregung, die ich nicht ganz zu verbergen vermochte:

„Wenn Sie das von mir denken, so habe ich Sie nur wegen meiner Zudringlichkeit um Verzeihung zu bitten und mich Ihnen mir der Versicherung zu empfehlen, dass ich Sie fortan nicht wieder belästigen werde."

Ich verneigte mich und verließ die Loge. Kaum hatte ich dir Tür geschlossen, so hörte ich einen dritten Ausbruch des Gelächters. Ich war in einer unbeschreiblichen Stimmung: Ich hätte mich gern mit jemand auf Leben und Tod geschlagen, wenn ich nur einen Vorwand hätte finden können! …

Ich kehrte zu meinem Sperrsitz zurück. Das Publi kum verlangte ungeduldig das Aufziehen des Vorhangs. Mein Freund folgte mir bald nach.

„Was ist Ihnen denn eingefallen!", sagte er, indem er sich setzte. „Man hält Sie für übergeschnappt."

„Was hat Margarete gesagt, als ich fort war?"

„Sie hat gelacht und mir beteuert, sie habe nie einen so drolligen Menschen gesehen wie Sie. Aber Sie müssen sich nicht für überwunden halten, nur erweisen Sie diesen Mädchen nicht die Ehre, etwas von ihnen Übel zu nehmen. Von Eleganz und seinem Weltton haben sie keinen Begriff; sie machen es wie die Hunde, denen man Parfüm vor die Nase hält: Sie finden den Wohlgeruch abscheulich und springen ins Wasser, um sich seiner zu erwehren."

„Im Grunde, was liegt daran", sagte ich, einen sorglosen Ton annehmend; „ich werde sie nicht wieder sehen und wenn sie mir gefiel, ehe ich sie kannte, so hat sie nun einen ganz anderen Eindruck auf mich gemacht."

„Bah!", erwiderte Ernst. „Ich gebe noch nicht alle Hoffnung auf, Sie einst im Hintergrunde ihrer Loge zu sehen und von Ihnen zu hören, dass Sie sich in Schulden stürzen. Im Ganzen muss ich Ihnen Recht geben: Sie hat eine schlechte Erziehung erhalten, aber reizend und liebenswürdig ist sie."

Glücklicherweise ging in diesem Augenblick der Vorhang auf, und mein Begleiter schwieg. Es wäre mir unmöglich, Ihnen zu sagen, was gespielt wurde; ich erinnere mich nur, dass ich von Zeit zu Zeit einen Blick in die Loge warf, die ich plötzlich verlassen hatte, und dass die Gesichter neuer Besucher sehr schnell aufeinander folgten.

Ich war indessen weit entfernt, nicht mehr an Margarete zu denken. Ein anderes Gefühl bemächtigte sich meiner. Es schien mir, als ob ich ihren Hohn und meine Lächerlichkeit vergessen machen müsse, und ich fasste den Entschluss, dieses Mädchen zu besitzen, und wenn ich mein ganzes Vermögen darüber einbüßen sollte. Ich nahm mir vor, den von mir so schnell geräumten Platz mit vollem Recht einzunehmen und ihn standhaft zu behaupten gegen Personen, die mir höchst zuwider waren, weil ich sie mit Margarete lachen sah und weil ich mich für die Zielscheibe ihres Spottes hielt.

Ich hatte große Lust, einen von ihnen zu ohrfeigen und ihn am folgenden Tage totzuschießen oder mich von ihm totschießen zu lassen; kurz, ich kann Ihnen nicht sagen, welche wunderlichen Gedanken mir in den Kopf kamen.

Margarete und ihre Freundin verließen die Loge noch vor Beendigung des Schauspiels.

Ich stand unwillkürlich auf.

„So wollen gehen?", fragte Ernst.

„Ja."

„Warum denn?"

In diesem Augenblick bemerkte er, dass die Loge leer war.

„Uh! Ich sehe es schon", setzte er hinzu. „Gehen Sie nur, ich wünsche Ihnen viel Glück."

Ich ging hinaus. Ich hörte im Seiteneingang das Rauschen seidener Kleider und weibliche Stimmen. Ich trat auf die Seite und sah, ohne selbst bemerkt zu werden, die beiden Mädchen in Begleitung von zwei jungen Männern vorübergehen.

In der Vorhalle des Theaters trat ein kleiner Bedienter auf sie zu.

„Sage dem Kutscher, dass er vor dem Café Anglais warte", sagte Margarete, „bis dahin gehen wir zu Fuß."

Einige Minuten später sah ich, auf dem Boulevard hin und her gehend, Margarete am Fenster eines der elegantesten Speisezimmer stehen und tändelnd eine Kamelie ihres Straußes entblättern.

Einer der beiden Männer stand neben ihr und sprach mit ihr.

Ich wählte mir in der Maison d'Or einen Salon im ersten Stockwerk und ließ das Fenster, hinter dem sich Margarete befand, nicht aus den Augen.

Um ein Uhr nach Mitternacht stieg sie mit ihren drei Begleitern in den Wagen.

Ich nahm mein Kabriolett und folgte ihr. Der Wagen hielt in der Rue d'Antin vor dem Hause Nr. 9. Margarete stieg aus und ging allein in das Haus.

Es mochte wohl ein Zufall sein, aber dieser Zufall machte mich sehr glücklich.

Von jenem Tage an sah ich Margarete oft im Theater oder in der Champs Elysées; ihre Stimmung war immer heiter, ich selber war unruhig und erregt.

Vierzehn Tage verflossen dann, ohne dass ich sie irgendwo sah. Bei meinem nächsten Zusammentreffen mit Ernst erkundigte ich mich nach ihr.

„Das arme Mädchen ist sehr krank", antwortete er.

„Was fehlt ihr denn?"

„Sie leidet an einer Brustkrankheit, und da ihre Lebensweise keineswegs geeignet ist, sie zu heilen, so muss sie das Bett hüten und schwebt sogar in Lebensgefahr."

Das menschliche Herz ist doch ein sonderbares Ding. Ich war beinahe erfreut über diese Krankheit. Ich erkundigte mich täglich nach dem Befinden der Kranken, jedoch ohne mich einzuschreiben und ohne meine Karte zurückzulassen. Auf diese Weise erfuhr ich ihre Besserung und die Abreise nach Bagnères.

Dann verstrich eine lange Zeit, in welcher der erste Eindruck und vielleicht auch die Erinnerung allmählich in meiner Seele erlöschen sollte. Ich ging auf Reisen. Der Gedanke, der einst ausschließlich meinen Geist beschäftigt hatte, wich den mannigfaltigen Eindrücken und der Macht der Gewohnheit. Erste Arbeiten, zu denen mich die Vorbereitungen auf meinen künftigen Beruf nötigten, nahmen den meisten Teil meiner geistigen Tätigkeit in Anspruch, und wenn ich an dieses erste

Abenteuer dachte, so erblickte ich darin nur eine jener Leidenschaften, von denen kein junger Mann verschont bleibt und über die man bald nachher lächelt.

Es würde kein Verdienst gewesen sein, diese Erinnerung zu verbannen, denn ich hatte Margarete seit ihrer Abreise aus den Augen verloren; ich sagte Ihnen schon, dass ich sie nicht erkannte, als sie im Korridor des Varietétheaters an mir vorüberging.

Sie war freilich verschleiert, aber zwei Jahre früher hätte ich sie trotz der dichtesten Verschleierung erkannt.

Mein Herz schlug heftig, als ich erfuhr, wer sie war; die beiden Jahre, die ich verlebt hatte, ohne sie zu sehen, und die Ereignisse, die scheinbar die Trennung herbeigeführt hatten, verschwanden in nichts bei der bloßen Berührung ihres Gewandes.

Gleichwohl – fuhr Armand nach einer Pause fort – fühlte ich mich stärker als vormals, trotz der Wahrnehmung, dass meine Leidenschaft noch nicht erloschen war, und mit dem Wunsche, mich ihr wieder zu nähern, verband sich auch der feste Wille, ihr meine Überlegenheit zu zeigen. Ich nahm mir vor, die erlittenen Spöttereien mit gleicher Münze zu bezahlen, wenn mich der Zufall wieder mit Margarete zusammenführte. Dennoch erkannte ich an den plötzlichen Aufwallungen meines Gefühls die Gewalt, die sie noch immer über mich hatte.

Es war in der Tat unmöglich, lange in dem Korridor zu bleiben. Ich nahm meinen Sperrsitz im Parterre wieder ein, um zu sehen, in welcher Loge sie war.

Sie saß in einer Parterreloge, ganz nahe an der Bühne und war allein. Sie war, wie gesagt, sehr verändert; ihr Gesicht war ernster als früher und schien die Spuren einer moralischen Veränderung zu zeigen. Auf ihrem Munde fand ich nicht mehr das frühere gleichgültige Lächeln, und der Gedanke, dass sie sehr leidend gewesen und vielleicht noch sei, war mir peinlich.

Dazu kam, dass sie, wie im Winter, noch ganz in Samt gekleidet war, obgleich es schon April war.

Ich betrachtete sie so lange und aufmerksam, dass mein Blick den ihrigen an sich zog. Sie sah mich einige Augenblicke an, nahm ihre Lorgnette, um mich deutlicher zu sehen, und glaubte mich ohne Zweifel zu erkennen, ohne bestimmt sagen zu können, wer ich sei; denn als sie ihre Lorgnette niederlegte, schwebte ein zauberisches Lächeln, womit die Frauen so unwiderstehlich zu grüßen wissen, um ihre Lippen, als hätte sie den Gruß, den sie von mir erwartete, im Voraus beantworten wollen.

Es schien mir, als ob ich anfinge zu triumphieren, wenn ich sie als eine Unbekannte behandelte. Ich wandte mich also ab, ohne ihr das mindeste Zeichen des Wiedererkennens zu geben.

Der Vorhang ging auf. Ich habe Margarete oft im Theater gesehen, habe jedoch nie bemerkt, dass sie dem Stück die mindeste Aufmerksamkeit widmete. Für mich hatte das Stück auch sehr wenig Anziehendes; ich war nur mit ihr beschäftigt, ohne dies jedoch allzu deutlich zu erkennen zu geben.

Sie wechselte fast unablässig Blicke mit einem Mädchen, das ihr gegenüber in einer Loge saß. Ich wandte meine Blicke auf die Loge und erkannte eine Person, die ich ziemlich genau gekannt hatte. Es war eine vormalige *Femme entretenue*, deren Bemühungen, ein Engagement bei einem Theater zu erhalten, ohne Erfolg geblieben waren, und die sodann, auf ihre Verbindungen mit der eleganten Welt zählend, ein Modemagazin errichtet hatte.

Ich sah in ihr ein Mittel, mich Margarete zu nähern, und benutzte einen Augenblick, wo sie zu mir herüberschaute, um ihr einen Gruß zuzunicken.

Was ich vorausgesehen hatte, geschah: Sie winkte. Ich eilte in ihre Loge. Sie hatte ihre etwa zwölfjährige Tochter bei sich.

Prudence Duvernoy – dies war der Name der Modistin – war eine jener Frauen, bei denen es keiner großen diplomatischen Gewandtheit bedarf, um ihnen zu entlocken, was man wissen will, zumal wenn es sich um eine so einfache Frage handelt, wie ich sie an sie zu richten hatte.

Ich benutzte einen Augenblick, wo sie mit Margarete wieder Blicke wechselte, um zu ihr zu sagen:

„Nach wem sehen Sie denn?“
„Nach Margarete Gautier.“
„Sie kennen sie?“
„Ja; ich bin ihre Modistin, und sie ist meine Nachbarin.“
„Sie wohnen also in der Rue d’Antin?“
„Ja, Nr. 7. Das Fenster ihres Toilettenzimmers ist so nahe an dem Fenster des meinigen, dass wir uns die Hand reichen können.“
„Sie soll sehr schön und liebenswürdig sein.“
„Sie kennen sie nicht?“
„Nein, aber ich möchte sie kennen lernen.“
„Soll ich sie zu mir herüberwinken?“
„O nein, es wäre mir lieber, wenn Sie mich ihr vorstellen.“
„Das wird kaum zu machen sein.“
„Warum?“
„Weil sie von einem alten, sehr eifersüchtigen Kavalier protegiert wird.“
„Protegiert ist ein sehr glücklich gewählter Ausdruck.“
„Jawohl, protegiert“, erwiderte Prudence, „denn sie war nie seine Mätresse und wird es auch nie werden.“
Prudence erzählte mir dann, auf welche Art Margarete in Bagnères die Bekanntschaft des Herzogs gemacht hatte.“
„Und deshalb“, fuhr ich fort, „ist sie allein hier?“
„Ja, das ist der Grund.“
„Aber wer wird sie denn nach Hause begleiten?“
„Der Herzog.“
„Er wird sie also abholen?“
„Ja, er wird sogleich erscheinen.“
„Und wer begleitet Sie nach Hause?“
„Niemand.“

„So biete ich mich an."

„Ich glaubte, Sie haben einen Freund bei sich."

„Nun, wir beide bieten uns an; mein Freund ist ein sehr geistreicher, liebenswürdiger junger Mann, der sich freuen wird, Ihre Bekanntschaft zu machen."

„Schön, wir gehen also zusammen nach diesem Stücke fort, denn das nächste Stück ist mir bekannt."

„Sehr gern, ich will es meinem Freunde sagen."

„Gehen Sie … Ah!", sagte Prudence in dem Augenblick, als ich fortgehen wollte. „Da tritt der Herzog in Margaretens Loge."

Ich schaute hinüber. Ein etwa siebzigjähriger Herr setzte sich in der Tat hinter die junge Schöne und reichte ihr eine Tüte mit Zuckerwerk, von dem sie sogleich kostete. Dann warf sie Prudence einen Blick zu, der zu sagen schien: „Ist Ihnen etwas von meinen Bonbons gefällig?"

„Nein", war Prudences telegrafische Antwort. Margarete wandte sich nun zu dem alten Kavalier und fing an zu plaudern.

Ich ging wieder in das Parterre hinunter und benachrichtigte Eugen von der für ihn und für mich getroffenen Verabredung.

Er nahm den Vorschlag an, und wir begaben uns in die Loge der Frau Duvernoy.

Kaum hatten wir die in den Korridor führende Tür geöffnet, so mussten wir stehen bleiben, um Margarete und den Herzog, die das Theater schon verließen, vorübergehen zu lassen. Ich hätte zehn Jahre meines Lebens gegeben, um an der Stelle des alten Kavaliers zu sein.

Vor dem Theater stieg er mit ihr in einen Phaethon, den er selbst führte, und in einigen Augenblicken waren sie unsern Blicken entschwunden.

Wir traten in Prudences Loge.

Als das Stück zu Ende war, nahmen wir einen Wagen, der uns in die Rue d'Antin brachte. Prudence lud uns ein, ihr Magazin, auf das sie sehr stolz zu sein schien, in Augenschein zu nehmen. Sie können leicht denken, wie gern ich die Einladung annahm.

Es schien, als ob ich mich Margarete allmählich näherte. Ich nahm die erste Gelegenheit wahr, das Gespräch auf sie zurückzulenken. „Ist der alte Herzog bei Ihrer Nachbarin?", fragte ich Prudence.

„O nein, sie muss allein sein."

„Aber sie muss sich doch schrecklich langweilen", sagte Eugen.

„Ich bin fast jeden Abend bei ihr; wenn sie nach Hause kommt, ruft sie mich. Sie begibt sich nie vor zwei Uhr zur Ruhe, sie kann nicht eher einschlafen."

„Warum nicht?"

„Weil sie brustkrank ist und fast immer Fieber hat."

„Und sie hat keinen Geliebten", fragte ich.

„Ich sehe nie jemanden bei ihr, wenn ich fortgehe. Abends ist oft ein gewisser Graf von N*** da, der ihr so viel Geschmeide schickt, als sie nur wünscht, aber bis jetzt vergebens nach ihrer Gunst gestrebt hat. Sie hat Unrecht, denn er ist sehr reich. Ich suche ihr zwar von Zeit zu Zeit begreiflich zu machen, dass sich kein Mann besser für sie eignen würde; aber sie will nichts von ihm wissen, sie antwortet, er sei zu einfältig. Ich gebe es zu, aber er könnte sie versorgen; der alte Herzog hingegen kann jeden Tag sterben. Alte Leute sind selbstsüchtig; seine Verwandten machen ihm unaufhörlich seine Zuneigung zu Margarete zum Vorwurf, und er wird ihr sicherlich nichts hinterlassen. Dies alles habe ich ihr zu bedenken gegeben; sie antwortete, es sei noch immer

Zeit genug, den Grafen zu nehmen, wenn der Herzog tot sei."

Diese Erzählung tat mir unendlich wohl.

„Das Leben, das sie führt", setzte Prudence hinzu, „ist oft sehr langweilig. Mir würde es unerträglich sein; ich würde dem alten Herzog bald den Laufpass geben. Der Alte ist gar zu abgeschmackt; er nennt sie seine Tochter, hätschelt sie wie ein Kind und geht ihr beständig nach. In diesem Augenblick treibt sich gewiss einer seiner Diener auf der Straße umher, um zu sehen, wer aus und ein geht!"

„Ach, die arme Margarete!", sagte Eugen, indem er sich an das Piano setzte und einen Walzer spielte. „Das habe ich nicht gewusst. Ich finde jedoch, sie ist seit einiger Zeit nicht so heiter wie früher."

„Still!", sagte Prudence horchend.

Eugen hielt inne.

„Ich glaube, sie ruft."

Wir lauschten. Prudence wurde wirklich gerufen.

„Jetzt müssen Sie gehen, meine Herren", sagte Madame Duvernoy.

„So achten Sie also die Gastfreundschaft?", rief Eugen lachend. „Wir werden gehen, wann es uns gefällt."

„Eugen hat Recht", sagte ich.

„Warum sollen wir denn gehen?"

„Ich gehe zu Margarete hinüber."

„Wir können doch hier warten."

„Das geht nicht."

„Dann gehen wir eben mit Ihnen."

„Das geht noch weniger."

„Ich kenne Margarete", sagte Eugen, „und kann ihr wohl einen Besuch machen."

„Armand kennt sie nicht."

„Ich werde ihn vorstellen.“

„O nicht doch.“

Wir hörten von neuem Margaretens Stimme, die immerfort Prudence rief.

Diese eilte in ihr Toilettenzimmer, Eugen und ich ihr nach.

Sie öffnete das Fenster, und wir stellten uns so, dass wir von außen nicht gesehen werden konnten.

„Ich rufe Sie schon seit zehn Minuten“, rief Margarete in beinahe gebieterischem Tone herüber.

„Was wünschen Sie denn?“

„Sie müssen auf der Stelle kommen.“

„Warum?“

„Weil der Graf von N**** noch hier ist und mich zu Tode langweilt.“

„Jetzt kann ich nicht kommen.“

„Warum denn nicht?“

„Es sind zwei junge Leute hier, die durchaus nicht fortgehen wollen.“

„So lassen Sie sie allein! Sie werden dann schon fortgehen.“

„Nachdem sie mir alles durcheinander geworfen haben.“

„Aber was wollen die beiden Unholde denn?“

„Sie wollen mich zu Ihnen begleiten.“

„Wie heißen sie?“

„Den einen kennen Sie: Eugen von ***.“

„Ja richtig, ich kenne ihn, und der andere?“

„Armand Duval; den kennen Sie nicht.“

„Nein, aber bringen Sie die beiden nur mit! Mir ist jedermann lieber als der Graf. Ich erwarte Sie. Kommen Sie doch endlich.“

Margarete schloss ihr Fenster, Prudence das ihrige.

Margarete erinnerte sich also nicht, dass ich ihr vorgestellt worden war. Eine Erinnerung zu meinem Nachteil wäre mir lieber gewesen als diese Vergesslichkeit.

„Ich wusste wohl“, sagte Eugen, „dass sie uns mit Vergnügen sehen würde.“

„Mit Vergnügen wohl nicht“, antwortete Prudence, indem sie Schal und Hut nahm, „sie gestattet Ihnen nur den Zutritt, um den Grafen fortzuschaffen. Suchen Sie sich nur angenehmer zu machen als er; sonst ist Margarete böse auf mich.“

Wir begaben uns mit Prudence hinüber. Ich zitterte; es schien mir, als ob dieser Besuch einen großen Einfluss auf mein Leben haben müsse. Ich war noch tiefer ergriffen als an jenem Abend, wo ich ihr in der Theaterloge vorgestellt wurde. Ich konnte kaum einen Gedanken fassen, als ich an die Tür der Ihnen bekannten Wohnung kam.

Einige Pianoklänge drangen bis zu uns.

Prudence zog die Glocke. Das Piano schwieg. Die Tür wurde von einem Mädchen geöffnet, das mehr das Aufsehen eines Gesellschaftsfräuleins als einer Zofe hatte.

„Ah! Sie sind's!“, sagte sie Prudence. „Sie werden mit Sehnsucht erwartet.“

Wir gingen in den Salon und dann in das Boudoir, das schon damals so war, wie Sie es nachher gesehen haben.

Ein junger Mann stand am Kamin. Margarete saß vor dem Piano und fing Stücke an, ohne sie zu beendigen.

Diese ganze Szene trug das Gepräge der Langeweile, die bei dem Besucher aus der Verlegenheit, bei Margarete aus der Anwesenheit des unwillkommenen Gastes entstand.

Margarete stand auf, ging auf uns zu, begrüßte Madame Duvernoy mit einigen Worten und sagte dann zu uns:
„Treten Sie ein, meine Herren, und seien Sie willkommen.“

„Guten Abend, lieber Eugen“, sagte Margarete zu meinem Begleiter; „es freut mich, Sie zu sehen. Warum sind Sie nicht in meine Loge gekommen?“

„Ich fürchtete indiskret zu sein.“

„Freunde sind nie indiskret“, erwiderte Margarete, offenbar in der Absicht, den übrigen Anwesenden zu verstehen zu geben, dass Eugen, trotz der ungezwungenen Aufnahme, die er fand, nie mehr als ihr Freund gewesen war.

„Sie erlauben mir also, Ihnen Herrn Armand Duval vorzustellen?“

„Ich hatte schon Prudencé dazu ermächtigt.“

„Übrigens“, setzte ich schüchtern hinzu, „habe ich schon die Ehre gehabt, Ihnen vorgestellt zu werden.“

Das schöne Auge Margaretens schien in ihren Erinnerungen zu suchen, aber sie konnte sich nicht entsinnen.

„Ich bin Ihnen sehr dankbar“, fuhr ich fort, dass Sie es vergessen haben, denn ich war sehr lächerlich und musste Ihnen sehr langweilig erscheinen. Es war vor zwei Jahren in der Komischen Oper; ich war bei Ernst von ***.“

„Ja, ich erinnere mich“, erwiderte Margarete lächelnd. „Sie waren keineswegs lächerlich, ich war übermütig, wie ich es noch jetzt zuweilen bin. Sie haben mir doch verziehen?“

Sie reichte mir die Hand, die ich an meine Lippen führte.

„Es ist wahr“, fuhr sie fort, „ich habe die üble Gewohnheit, die Personen, die ich zum ersten Mal sehe, in Verlegenheit bringen zu wollen. Diese Albernheit ist mir oft teuer zu stehen gekommen, wenn ich mit Leuten zusammentraf, die mehr Verstand und Witz hatten als ich und mir Gleiches mit Gleichen vergalten. Ich bin daher von dieser Torheit etwas geheilt worden. Mein Arzt sagt, es komme von meiner zu großen Reizbarkeit und von meinem kränklichen Zustande."

„Aber Sie sehen doch sehr wohl aus", sagte ich.

„Oh! Ich bin sehr krank gewesen."

„Ich weiß es."

„Wer hat es Ihnen gesagt?"

„Es war ja allgemein bekannt; ich habe mich oft nach Ihrem Befinden erkundigt und endlich mit Vergnügen gehört, dass es Ihnen besser gehe."

„Man hat mir nie Ihre Karte überbracht."

„Ich habe sie auch nie abgegeben."

„Sind Sie etwa der junge Mann, der während meiner Krankheit täglich nach mir gefragt, aber nie seinen Namen genannt hat?"

„Ja, der bin ich."

„Dann sind Sie mehr als nachsichtig, Sie sind großmütig ... Sie würden das nicht getan haben, Graf", setzte sie hinzu und wandte sich zu dem am Kamin stehenden jungen Mann, nachdem sie mir einen jener Blicke zugeworfen hatte, mit denen die Frauen ihre Meinung über einen Mann so schön auszudrücken wissen.

„Ich kenne Sie ja erst seit zwei Monaten", erwiderte der Graf.

„Herr Duval kennt mich erst seit fünf Minuten. Sie antworten immer etwas Abgeschmacktes." Die Frauen sind unbarmherzig gegen Leute, die sie nicht leiden können.

Der Graf errötete und biss sich auf die Lippen. Ich hatte Mitleid mit ihm, denn er schien Margarete zu lieben, und ihre Aufrichtigkeit schien ihm, zumal in Gegenwart zweier Fremden, sehr weh zu tun.

„Sie musizierten, als wir kamen", sagte ich, um das Gespräch auf einen anderen Gegenstand zu lenken. „Wollen Sie mich nicht als alten Bekannten behandeln und in Ihrem Spiel fortfahren?"

„Oh! Eugen weiß wohl, was für Musik ich mache", sagte sie, indem sie sich auf das Sofa warf und uns zum Sitzen einlud. „Es ist recht gut, wenn ich mit dem Grafen allein bin, aber Sie möchte ich nicht so oft martern."

„Eine sehr anerkennenswerte Begünstigung", sagte der Graf mit einem fein und ironisch sein sollenden Lächeln.

„Sie haben Unrecht, mir einen Vorwurf darüber zu machen", sagte Margarete trocken, – „es ist ja die einzige Begünstigung."

Der arme junge Kavalier fand keine Antwort; er warf Margarete einen flehenden Blick zu.

„Sagen Sie doch, Prudence", fuhr sie fort, – „haben Sie getan, was Sie mir versprochen hatten?"

„Ja."

„Gut, Sie werden mir das später erzählen. Wir haben miteinander zu reden, und Sie dürfen nicht fortgehen, ohne mir Bericht abzustatten."

„Wir sind gewiss indiskret, Eugen und ich", sagte ich; „wir wollen uns entfernen."

„Nein, nein; ich habe es nicht deshalb gesagt; ich wünsche im Gegenteil, dass Sie bleiben."

Der Graf zog seine elegante Uhr aus der Westentasche und murmelte: „Ich muss in den Klub gehen."

Margarete antwortete nicht. Der Graf ging auf sie zu und empfahl sich. Margarete stand auf.

„Leben Sie wohl, lieber Graf“, sagte sie; „Sie wollen also schon gehen?“

„Ja, ich fürchte Sie zu langweilen.“

„Sie langweilen mich heute nicht mehr als sonst. Wann wird man Sie wiedersehen?“

„Wann Sie es erlauben.“

„Nun – leben Sie wohl!“

Das war in der Tat recht grausam. Der Graf war glücklicherweise wohlerzogen und fügsam. Er küsste schweigend die Hand, die ihm Margarete mit nachlässiger Gebärde reichte, und entfernte sich, nachdem er uns gegrüßt hatte.

In dem Augenblick, als er aus der Tür trat, sah er Prudence an.

Diese zuckte die Achseln, als ob sie sagen wollte: Ich habe alles getan, was ich konnte.

„Nanine!“, rief Margarete, – „leuchte dem Herrn Grafen.“

Wir hörten die Tür aufgehen und sich wieder schließen.

„Endlich!“, rief Margarete zurückkommend, „endlich ist er fort! Die Langeweile, die er mir macht, greift meine Nerven schrecklich an.“

„Liebes Kind“, sagte Prudence, „Sie sind wirklich zu boshaft gegen ihn; er ist so gut und zuvorkommend gegen Sie. Die Taschenuhr dort auf dem Kamin, die er Ihnen geschenkt hat, kostet gewiss dreitausend Frank.“

Madame Duvernoy trat zum Kamin, spielte mit der Uhr und sah die funkelnden Juwelen mit lüsternen Blicken an.

„Liebe Prudence“, erwiderte Margarete, indem sie sich an das Piano setzte, „wenn ich auf der einen Seite wäge, was er mir gibt, und auf der andern, was er hier schwatzt, so finde ich, dass ihm seine Besuche sehr billig zu stehen kommen."

„Mein Gott, der arme junge Mann liebt Sie aber."

„Wenn ich alle, die mich zu lieben vorgeben, anhören müsste, so würde ich nicht einmal Zeit zum Essen haben."

Sie ließ die Finger über die Tasten gleiten, wandte sich aber sogleich wieder zu uns und sagte:

„Wollen Sie etwas nehmen? Ich möchte gern ein Glas Punsch trinken."

„Und ich möchte ein gebratenes Huhn essen", sagte Prudence. „Wie wär's, wenn wir soupierten?"

„Ja, gehen wir zum Souper", sagte Eugen.

„Nein", versetzte Margarete, „wir werden hier soupieren."

Sie zog die Glocke. Nanine trat ein.

„Lass ein Souper kommen."

„Was soll ich bestellen?"

„Was du willst, aber schnell!"

Nanine entfernte sich.

„Das war ein glücklicher Gedanke", sagte Margarete mit kindlicher Freude, – „wir wollen soupieren. Gut, dass der langweilige Graf fort ist!"

Je länger ich sie sah, desto mehr bezauberte sie mich. Ihre Schönheit hätte einen Gottesleugner bekehren können; sie wäre minder reizend gewesen, wenn sie voller, üppiger gewesen wäre. Sie trug einen seidenen Schlafrock im Rokokogeschmack und hatte das Aussehen einer Marquise aus dem achtzehnten Jahrhundert.

Ich vermochte meine Blicke nicht von ihr abzuwenden. Es würde mir schwer werden zu erklären, was in mir vorging. Ich war voll Nachsicht für ihre Vergangenheit, voll Bewunderung für ihre Schönheit. Dieser Beweis von Uneigennützigkeit, den sie durch die Zurückweisung eines reichen jungen Kavaliers gab, entschuldigte in meinen Augen alle ihre früheren Vergehen.

Ein unbeschreiblicher Zauber war ihr eigen. Man sah, dass sie gleichsam noch in der Jungfräulichkeit des Lasters war. Ihr sicherer, entschiedener Gang, ihr schlanker Wuchs, ihre leicht geröteten Wangen, ihre großen, schwärmerischen Augen bekundeten eine jener feurigen Naturen, die einen wollüstigen Duft um sich verbreiten, wie die orientalischen Flakons, die selbst im festgeschlossenen Zustande den Duft ihres kostbaren Inhalts entschlüpfen lassen.

Welch einen wundervollen Ausdruck hatte dieses Auge! Welche Seligkeit musste in diesen Blicken liegen für einen Mann, den sie wirklich geliebt hätte! Aber wie groß auch die Zahl derer war, die durch ihre Schönheit gefesselt worden waren, so hatte sie doch noch keinen geliebt.

Kurz, man erkannte in diesem Mädchen die Jungfrau, die der geringste Umstand zur Buhlerin gemacht hatte, und die Buhlerin, die der geringste Umstand zur reinen, zärtlich liebenden Jungfrau gemacht hätte.

Überdies besaß Margarete Stolz und Unabhängigkeitsgefühl. Und diese beiden Gefühle, wenn sie verletzt werden, vermögen dasselbe, was ein keusches Gemüt vermag.

Ich sagte nichts, meine ganze Seele schien mir in das Herz und mein Herz in die Augen getreten zu sein.

„Sie waren es also“, fuhr sie, sich plötzlich zu mir wendend, fort „der sich so oft nach mir erkundigte, als ich krank war?“

„Ja.“

„Das war sehr schön von Ihnen. Wie kann ich Ihnen dafür danken!“

„Dadurch, dass Sie mir erlauben, Sie von Zeit zu Zeit zu besuchen.“

„Sooft Sie wollen, von fünf bis sechs und von elf bis zwölf abends … Eugen, spielen Sie mir doch die ‚Aufforderung zum Tanz'.“

„Warum?“

„Erstens zu meinem Vergnügen und dann, weil ich allein nicht ganz damit zu Stande komme.“

„Was ist Ihnen denn so schwierig?“

„Der dritte Teil, die Stelle mit den vielen Kreuzen,“ Eugen stand auf, setzte sich ans Piano und begann nach den aufgeschlagenen Noten die herrliche Melodie des Webers zu spielen.

Margarete stand neben ihm; mit der Hand auf das Piano gestützt, betrachtete sie die Noten und sang die Melodie leise mit. Als Eugen an die angedeutete Stelle kam, wurde ihre Stimme lauter und ungeduldiger, und sie ließ ihre Finger auf dem Deckel des Instrumentes tanzen.

„Ré, mi, ré, do, ré, fa, mi, ré, das kann ich nicht herausbringen. Fangen Sie wieder an.“

Eugen fing wieder an; dann unterbrach ihn Margarete mit den Worten: „Jetzt lassen Sie mich versuchen.“

Sie nahm seinen Platz ein und fing ebenfalls an zu spielen; aber ihre widerspenstigen Finger griffen immer fehl, wenn sie an die oben genannten Noten kam.

„Sollte man es glauben“, sagte sie mit komischer Ungeduld, „dass ich diese Stelle nicht herausbringen kann? Glauben Sie wohl, dass ich oft bis zwei Uhr nachts dabeisitze? Und wenn ich mir denke, dass der einfältige Graf diese Stelle sehr geläufig und ohne Noten spielt, so möchte ich aus der Haut fahren … Ich glaube, dass eben dies mich so gegen ihn erbittert."

Sie fing wieder an, aber wiederum ohne Erfolg.

„Der Teufel hole Weber, die Noten und die Pianos!", rief sie, indem sie das Notenheft auf den Boden warf. „Nicht einmal acht Kreuze nacheinander bringe ich heraus."

Sie stand mit verschränkten Armen vor dem Piano und stampfte mit dem Fuße. Das Blut stieg ihr in die Wangen, und ein leichtes Hüsteln öffnete ihre einen Augenblick verschlossenen Lippen.

„Nicht so stürmisch!", sagte Prudence, die unterdessen ihren Hut abgenommen hatte und sich vor dem Spiegel den Scheitel glatt strich.

„Sie regen sich auf und schaden Ihrer Gesundheit. Wir wollen soupieren, das ist besser, ich habe Hunger."

Margarete zog wieder die Glocke. Nanine trat ein.

„Ist das Souper bereit?"

„Ja, gnädige Frau, den Augenblick."

„Apropos", sagte Prudence zu mir, „Sie haben die Wohnung noch nicht gesehen. Kommen Sie, ich zeige sie Ihnen."

Jeder Pariser kennt jene Rasse von Frauen, die auf Kosten jüngerer und schönerer Mädchen leben und, um ihnen zu schmeicheln, gern allen Leuten den Luxus der Letzteren zeigen. Sie hegen dabei oft die begründete Erwartung, irgendeinen seit langer Zeit gewünschten Gegenstand als Lohn für die Schmeichelei zu erhalten.

Sie wissen, wie wunderschön der Salon war. Margarete begleitete uns einige Schritte, dann rief sie Eugen, ging mit ihm in den Speisesaal, um zu sehen, ob das Souper bereit sei, und ließ die Tür offen.

„Sieh da“, sagte Prudence, indem sie eine Porzellanfigur vom Tische nahm, „ich habe dieses Männchen noch nicht gesehen.“

„Was für eins?“

„Einen kleinen Hirten, der einen Käfig mit einem Vogel in der Hand hält.“

„Nehmen Sie ihn, wenn er Ihnen Freude macht.“

„Oh, ich fürchte, Sie eines Vergnügens zu berauben.“

„Ich wollte ihn ohnehin meiner Kammerjungfer schenken, ich finde ihn hässlich; aber da er Ihnen gefällt, so nehmen Sie ihn!“

Prudence sah nur das Geschenk und nicht die Art, wie es gemacht wurde. Sie stellte die Figur auf die Seite und führte mich in das Toilettenzimmer, wo sie, auf zwei Miniaturbilder deutend, zu mir sagte:

„Dies ist der Baron G***, ein sehr eifriger Verehrer Margaretens. Ihm verdankt sie ihre Stellung, er hat ihr den ersten Weg in die elegante Welt geöffnet. Kennen Sie ihn?“

„Nein … Und dieser hier?“, fragte ich, auf das andere Miniaturbild deutend.

„Das ist der kleine Herzog von L***; er war gezwungen fortzugehen.“

„Warum?“

„Weil er bis über die Ohren in Schulden steckte. Auch ein Verehrer Margaretens.“

„Sie hat seine Neigung ohne Zweifel erwidert?“

„Sie ist ein sonderbares Mädchen, man weiß nie, wie man mit ihr dran ist. Am Abend des Tages, wo er abgereist war, ging sie, wie gewöhnlich, ins Theater und dennoch hatte sie bei der Abreise geweint.“

In diesem Augenblick erschien Nanine mit der Meldung, dass das Souper serviert sei.

Als wir in den Speisesaal traten, stand Margarete gegen die Wand gelehnt. Eugen hielt ihre Hände gefasst und sprach leise mit ihr.

„Sie sind von Sinnen", sagte Margarete zu ihm. „Sie wissen ja, dass ich Sie nicht mag. Wir kennen uns seit zwei Jahren, und Sie wissen längst, dass Sie nie etwas anderes als mein Freund sein können … Zu Tisch, meine Herren!"

Sie entschlüpfte den Händen Eugens, dem sie den Platz zu ihrer Rechten anwies. Ich nahm an ihrer linken Seite Platz.

„Ehe du dich setzest", sagte Margarete zu ihrer Zofe, „sage in der Küche, man soll nicht aufmachen, wenn geläutet wird."

Mitternacht war bereits vorüber, als dieser Befehl gegeben wurde.

Es wurde bei diesem Souper viel gelacht, getrunken und gegessen. Die Heiterkeit hatte in kurzer Zeit die äußerste Grenzlinie des Schicklichen erreicht, und zum größten Ergötzen Nanines, Prudences und Margaretens kamen Witzworte zum Vorschein, die nur in gewissen Kreisen Eingang finden können. Eugen unterhielt sich sehr gut; er hatte ein vortreffliches Herz, aber sein Geist war durch frühere Gewohnheiten etwas irregeleitet worden. Im ersten Augenblick suchte ich mich zu betäuben; ich gab mir alle Mühe, gleichgültig zu sein gegen den Anblick, den ich vor Augen hatte, und in die Ausgelassenheit, die ein Bestandteil der Mahlzeit zu sein schien, mit einzustimmen. Aber nach und nach hatte ich mich abgesondert von der lärmenden Freude; mein Glas war voll geblieben, und ich war beinahe traurig geworden, als ich sah, wie dieses reizende, liebenswürdige Mädchen zechte wie ein

Lastträger und über die anstößigen Reden der Tischgäste herzlich lachte.

Dieses Übermaß der Tafelfreuden, das mir bei den übrigen Tischgästen die Folge langer Gewohnheit zu sein schien, hielt ich jedoch bei Margarete für ein Bedürfnis zu vergessen, für eine Art fieberhafter Aufregung. Bei jedem Glase Champagner nahmen ihre Wangen eine fieberhafte Röte an, und der im Anfange der Mahlzeit leichte Husten war am Ende so stark geworden, dass sie sich in ihrem Sessel zurücklehnen und bei jedem Ausbruch des Hustens die Hände auf die Brust drücken musste.

Es tat mir in der Seele weh, wenn ich bedachte, wie verderblich diese Ausschweifungen, denen sie sich seit drei bis vier Jahren überlassen hatte, auf ihren zarten Körper gewirkt haben mussten.

Endlich ereignete sich etwas, das ich längst gefürchtet hatte. Gegen das Ende der Mahlzeit wurde Margarete von einem krampfhaften Husten befallen. Es war, als ob das Innere der Brust zerrisse. Sie wurde purpurrot, schloss vor Schmerz die Augen und drückte die Serviette auf den Mund. Dann stand sie auf und eilte in ihr Toilettenzimmer.

„Was fehlt denn Margarete?“, fragte Eugen.

„Sie hat zu viel gelacht und speit nun Blut“, erwiderte Prudence. „Oh, das hat nichts zu bedeuten, es begegnet ihr täglich. Bleiben Sie nur sitzen.“

Es wäre unmöglich gewesen, am Tische zu bleiben, und zur größten Verwunderung Prudences und Naninens, die mich zurückriefen, eilte ich Margarete nach.

Zehntes Kapitel

Das Zimmer, in das sich Margarete geflüchtet hatte, war nur mit einer Wachskerze beleuchtet.

Sie saß in halb liegender Stellung auf einem Sofa; die eine Hand hielt sie fest auf die Brust gedrückt, die andere ließ sie herunterhängen.

Auf dem Tische stand ein halb mit Wasser gefülltes silbernes Waschbecken; in dem Wasser bemerkte ich dünne Blutstreifen.

Margarete war sehr blass, ihr Mund war halb geöffnet; sie suchte wieder Atem zu schöpfen. Von Zeit zu Zeit stieß sie tiefe Seufzer aus, nach denen sie sich einige Sekunden erleichtert zu fühlen schien.

Ich trat auf sie zu, sie machte keine Bewegung; ich setzte mich zu ihr und fasste ihre auf dem Sofa ruhende Hand.

„Ach! Sie sind's“, sagte sie, sich aufrichtend.

Ich mochte wohl verstört aussehen, denn sie setzte mit gezwungenem Lächeln hinzu:

„Sind Sie auch krank?“

„Nein“, erwiderte ich, „aber Sie sind krank, nicht wahr?“

„Es ist nicht so schlimm“, sagte sie, indem sie sich mit dem Taschentuch die von dem Husten erpressten Tränen abwischte; „ich bin schon daran gewöhnt.“

„Sie richten sich zu Grunde“, mahnte ich teilnehmend, „ich möchte Ihr Freund, Ihr Verwandter sein, um das Recht zu haben, für Ihr Wohl zu sorgen.“

„Ach! Es ist wirklich nicht der Mühe wert, dass Sie so besorgt sind“, erwiderte sie mit einiger Bitterkeit. „Die anderen kümmern sich nicht um mich; sie wissen wohl, dass nichts dagegen zu tun ist.“

Sie stand auf, nahm das Licht vom Tische, stellte es auf den Kamin und betrachtete sich im Spiegel.

„Wie blass ich bin!“, sagte sie, indem sie sich die Haare glatt strich. „Kommen Sie, wir wollen uns wieder an den Tisch setzen.“

Aber ich stand nicht auf, ich war in Betrachtung versunken. Sie schien einzusehen, welchen Eindruck die Szene auf mich gemacht hatte, denn sie trat auf mich zu, reichte mir lächelnd die Hand und sagte: „Kommen Sie.“

Ich fasste ihre Hand, drückte sie an meine Lippen und benetze sie unwillkürlich mit zwei lange zurückgehaltenen Tränen.

„Wie kindisch sind Sie?“, fragte sie, sich wieder zu mir setzend. „Sie weinen ja! Was fehlt Ihnen denn?“

„Ich muss in Ihren Augen wohl recht einfältig erscheinen“, erwiderte ich, „aber was ich gesehen habe, tut mir sehr weh.“

„Sie sind sehr gütig, dass Sie sich darum kümmern. Wie kann ich's aber ändern? Ich kann nicht schlafen und muss mich doch etwas zerstreuen. Und was liegt daran, ob Mädchen wie ich mehr oder weniger in der Welt sind? Die Ärzte sagen, das Blut, das ich auswerfe, komme aus den Luftröhrenästen; ich gebe mir den Anschein, als ob ich es glaubte, mehr kann ich nicht tun.“

„Hören Sie, Margarete“, sagte ich mit einer Aufwallung des Gefühls, die ich nicht mehr zurückzuhalten vermochte, „ich weiß nicht, welchen Einfluss Sie auf mein Leben haben werden; aber ich nehme an niemand, selbst nicht an meiner Schwester, einen so regen Anteil als an Ihnen. Diese Teilnahme entstand in dem Augenblick, wo ich Sie zum ersten Male sah. Um des

Himmels willen, schonen Sie sich, leben Sie nicht mehr wie bisher!“

„Wenn ich mich schonte, würde ich sterben. Nur die fieberhafte Aufregung hält mich aufrecht. Wenn ich mich schonte, würde ich nach und nach verlöschen wie ein Licht; wenn ich so fortlebe wie bisher, so wird's auf einmal aus sein mit mir. Frauen, die von einer Familie und Freunden umgeben sind, haben wohl Ursache, sich zu schonen; aber wir werden von unsern Verehrern verlassen, sobald wir ihrer Eitelkeit oder ihrem Vergnügen nicht mehr dienen können, und den langen Tagen folgen die langen Abende. Ich weiß es wohl, ich habe zwei Monate im Bett zugebracht; als drei Wochen verflossen waren, kam niemand mehr zu mir.“

„Es ist wahr, dass ich für Sie nichts bin“, erwiderte ich; „aber wenn Sie wollen, so würde ich für Sie Sorge tragen wie ein Bruder, ich würde Sie nicht verlassen; und Sie würden gewiss bald genesen. Dann könnten Sie immerhin Ihre jetzige Lebensweise wieder anfangen, wenn Sie es für gut hielten. Aber ich bin überzeugt, dass Sie ein ruhigeres Leben, in welchem Sie mehr Glück finden und Ihre Schönheit bewahren könnten, vorziehen würden.“

„Sie denken diesen Abend so, weil Sie durch den Wein trüber gestimmt werden als die übrigen Tischgäste, aber die Geduld, deren Sie sich rühmen, werden Sie gewiss nicht haben.“

„Erlauben Sie mir, Margarete, zu erwidern, dass Sie zwei Monate krank waren und dass ich mich täglich nach Ihrem Befinden erkundigt habe.“

„Warum kamen sie eigentlich nicht herauf?“

„Weil ich Sie damals nicht kannte.“

„Geniert man sich denn mit einem Mädchen, wie ich es bin?“

„Man geniert sich mit jeder Frau. Das ist wenigstens meine Meinung.“

„Sie würden also für meine Gesundheit Sorge tragen?“, fragte Margarete.

„Ja.“

„Und Sie würden alle Tage bei mir bleiben?“

„Gewiss!“

„So lange, als ich Ihnen nicht lästig sein würde.“

„Aber wie nennen Sie das?“

„Ich nenne es Ergebenheit.“

„Und woher kommt diese Ergebenheit?“

„Von einer unwiderstehlichen Zuneigung, die ich für Sie habe.“

„Sie lieben mich also? Sagen Sie es nur gleich, das ist weit einfacher.“

„Es ist möglich, vielleicht werde ich es Ihnen zu einer anderen Zeit sagen, nur heute nicht.“

„Es ist besser, dass Sie es mir nie sagen.“

„Warum?“

„Weil nur zweierlei daraus entstehen kann: Entweder nehme ich Sie nicht an, und dann werden Sie mir zürnen; oder ich nehme Sie an, und dann bekommen Sie eine traurige Geliebte – die reizbar, kränkelnd, traurig oder ausgelassen lustig ist, die Blut hustet und hunderttausend Frank jährlich braucht. So etwas ist gut für einen reichen alten Kauz wie der Herzog, aber es ist sehr langweilig für einen jungen Mann wie Sie. Daher haben mich auch alle jungen Verehrer sehr schnell verlassen.“

Ich antwortete nicht, ich hörte mit gespannter Aufmerksamkeit zu. Diese Aufrichtigkeit, die beinahe ein Bekenntnis war, dieses mit Schmerz erfüllte Leben, das ich unter dem golddurchwirkten Schleier bemerkte und dem das arme Mädchen in rauschenden Genüssen und Zerstreuungen zu entfliehen suchte – dies alles machte einen so tiefen Eindruck auf mich, dass ich keine Worte fand, um meine Empfindungen auszudrücken.

„Doch lassen wir die Kindereien", fuhr Margarete fort. „Geben Sie mir die Hand und kommen Sie in den Speisesaal. Man darf nicht wissen, was es bedeutet."

„Gehen Sie, wenn es Ihnen gefällt, aber mir erlauben Sie, hierzubleiben."

„Warum?"

„Weil mir Ihre Lustigkeit zu peinlich ist."

„Nun, so will ich traurig sein."

„Hören Sie, Margarete", sagte ich, ihre beiden Hände fassend, „ich will Ihnen etwas sagen, das Sie gewiss schon oft gehört haben und deshalb wohl nicht mehr glauben; aber ich schwöre Ihnen, dass es wahr ist, und ich will es Ihnen jetzt sagen, weil ich vielleicht nie wieder Gelegenheit dazu finden werde."

„Nun, lassen Sie hören ...", sagte Sie mit der lächelnden Miene einer jungen Mutter, die einen närrischen Einfall ihres Kindes anzuhören bereit ist.

„Seit ich Sie zum ersten Male sah, haben Sie, ich weiß nicht wie und warum, einen Platz in meinem Leben eingenommen; ich mochte noch so oft Ihr Bild aus meiner Seele verbannen, es ist immer wieder zurückgekehrt. Heute, nachdem ich Sie zwei Jahre lang nicht gesehen, haben Sie eine noch größere Gewalt über mich erlangt, und nun, da ich Sie kenne, da ich Sie in der Nähe beobachtet habe, sind Sie mir unentbehrlich geworden. Ich werde den Verstand verlieren, wenn Sie mich nicht lieben, ja selbst, wenn ich Sie nicht lieben darf."

„Ich kann Sie nur beklagen", erwiderte sie. „Wissen Sie denn nicht, dass ich monatlich sechs- bis siebentausend Frank brauche und dass mir diese Ausgabe zum Bedürfnis geworden ist? Wissen Sie denn nicht, dass ich Sie in unglaublich kurzer Zeit ruinieren würde und dass Ihre Verwandten Sie kreditlos machen würden, um zu verhindern, Ihrem Verderben entgegenzugehen? Lieben Sie mich daher als Freund, aber nicht anders. Besuchen Sie mich, wir werden miteinander plaudern und scherzen; aber überschätzen Sie mich nicht, denn ich bin nicht so viel wert, wie Sie vielleicht glauben. Sie haben ein gutes Herz, Sie sehnen sich nach Liebe. Sie sind zu jung und zu gefühlvoll, um in unseren Kreisen zu leben. Sie sehen, dass ich aufrichtig und wohlmeinend mit Ihnen rede."

„Aber was ist denn das?", rief Prudence, die wir nicht kommen gehört hatten und die mit halb aufgelöstem Haar in der Tür erschien. Ich erkannte die Hand Eugens in dieser Unordnung.

„Wir sprechen von ernsten Dingen", sagte Margarete. „Lassen Sie uns noch einen Augenblick allein, wir werden sogleich kommen."

„Gut, gut, plaudert nur, Kinder", sagte Prudence, indem sie fortging und die Tür schloss, als ob sie dem Ton ihrer letzten Worte noch mehr Nachdruck hätte geben wollen.

„Es bleibt also dabei", fuhr Margarete fort, als wir wieder allein waren, „Sie werden mich nicht mehr lieben."

„Ich werde mich entfernen."

„So weit wollen Sie es treiben?"

Ich war schon zu weit vorgeschritten, um zurückweichen zu können; überdies hatte sie mich ganz aus der Fassung gebracht. Diese Mischung von Heiterkeit und Trauer, von Kindheit und sittlicher Gesunkenheit, selbst diese Krankheit, welche die Reizbarkeit ihres ganzen Wesens erhöhen musste – dies alles erregte in mir eine heftige Begierde, sie zu besitzen. Ich sah wohl ein, dass ich verloren sein würde, wenn ich über dieses leichtfertige, wetterwendische Gemüt nicht sogleich eine entschiedene Obergewalt erlangte, und ich fühlte mich wirklich fähig, ihr alles, selbst das Leben, zu opfern.

„Sie reden also im Ernst?", sagte sie.

„In vollem Ernst."

„Aber warum haben Se mir das nicht schon früher gesagt?"

„Wann hätte ich es Ihnen sagen sollen?"

„Am Tage nach unserem Zusammentreffen in der Komischen Oper."

„Ich glaube, Sie würden mich sehr schlecht aufgenommen haben, wenn ich Sie besucht hätte."

„Warum?"

„Weil ich Ihnen sehr einfältig erschienen war."

„Das ist wahr. Aber Sie liebten mich doch damals schon?"

„Ja."

„Und haben nach dem Theater dennoch ganz ruhig geschlafen …"

„Wissen Sie, was ich an jenem Abend tat? Ich erwartete Sie vor dem Café Anglais, ich folgte Ihrem Wagen, als Sie mit Ihren drei Freunden davonfuhren; und als ich Sie allein aussteigen und in das Haus gehen sah, war ich sehr glücklich."

Margarete fing an zu lachen.

„Worüber lachen Sie?", fragte ich.

„Über nichts."

„Sagen Sie es mir, ich bitte Sie, oder ich muss glauben, dass Sie mich verspotten."

„Wollen Sie auch nicht böse werden?"

„Mit welchem Rechte sollte ich es werden?"

„Nun, so muss ich Ihnen sagen, dass ich einen triftigen Grund hatte, allein nach Hause zu gehen; es wartete hier jemand auf mich."

Ein Dolchstoß würde mir nicht weher getan haben als dieses Geständnis. Ich stand auf, reichte ihr die Hand und sagte Lebewohl.

„Ich wusste ja, dass Sie böse werden würden", sagte sie. „Die Männer wollen immer gern hören, was ihnen Verdruss machen muss."

„Aber ich versichere Ihnen", erwiderte ich gelassen, als ob ich ihr hätte beweisen wollen, dass ich auf immer von meiner Leidenschaft geheilt sei, „ich versichere Ihnen, dass ich nicht böse bin. Es war ja ganz natürlich, dass Sie hier erwartet wurden, so wie es natürlich ist, dass ich mich um zwei Uhr nach Mitternacht entferne."

„Werden Sie etwa zu Hause auch von jemand erwartet?"

„Nein, aber ich muss gehen."

„Also – Auf Wiedersehen!"

„Sie schicken mich fort?"

„Gott bewahre!"

„Warum tun Sie mit dann weh?"

„Womit habe ich Ihnen denn weh getan?"

„Dadurch, dass Sie mir sagten, Sie wären von jemand erwartet worden."

„Ich konnte mich des Lachens nicht erwehren bei dem Gedanken, dass Sie so glücklich waren, mich allein nach Hause gehen zu sehen, da doch ein triftiger Grund dafür vorhanden war."

„Man macht sich oft kindische Freude, und es ist boshaft, diese Freude zu zerstören, wenn man den, der sie empfindet, noch glücklicher machen kann, wenn man sie ihm lässt."

„Aber mit wem glauben Sie denn zu tun zu haben? Ich bin weder eine Jungfrau noch eine vermählte Dame. Ich kenne Sie erst seit heute und bin Ihnen über mein Tun und Lassen keine Rechenschaft schuldig. Angenommen, ich würde einst Ihre Geliebte, so müssen Sie wissen, dass Sie nicht mein erster Geliebter sein würden. Wenn Sie schon vorher den Eifersüchtigen spielen, was wird es denn nachher sein; vorausgesetzt, das Nachher wird kommen? Ein Mann wie Sie ist mir noch nicht vorgekommen."

„Weil noch kein Mann Sie so geliebt hat, wie ich Sie liebe."

„Also aufrichtig gesagt, Sie lieben mich?"

„Ich liebe Sie mit aller Kraft meiner Seele …"

„Und seit wann?"

„Seit ich Sie eines Tages vor Susses Modemagazin aussteigen sah – seit drei Jahren."

„Das ist in der Tat sehr schön … Was muss ich tun, um mich für diese Liebe erkenntlich zu zeigen?"

„Mir ein wenig gut sein", erwiderte ich mit hochklopfendem Herzen; denn ungeachtet des etwas spöttischen Lächelns, mit dem Margarete ihre Worte begleitete, schien es mir, als ob sie meine Gefühle teilte, und dass die so lange ersehnte Stunde für mich nahe sei.

„Aber der Herzog!", entgegnete sie.

„Welcher Herzog?"

„Mein alter eifersüchtiger Verehrer."

„Er wird nichts davon erfahren."

„Und wenn er es erfährt?"

„So wird er Ihnen verzeihen."

„Mitnichten. Er wird mich verlassen, und was wird dann aus mir werden?“

„Es kann Ihnen unmöglich viel an ihm liegen, denn sonst würden Sie ihm zu einer solchen Stunde Ihre Tür nicht verboten haben.“

„Sie sollen mir dies nicht vorwerfen; ich tat es ja, um Sie und Ihren Freund zu empfangen.“

Nach und nach hatte ich mich Margarete genähert, ich hatte den Arm um ihren schlanken Leib geschlungen und fühlte diesen leicht auf meinen gefalteten Händen ruhen.

„Wenn Sie wüssten, wie ich Sie liebe!“, flüsterte ich ihr zu.

„Wahrhaftig?“

„Ich schwöre es Ihnen.“

„Nun, wenn Sie mir versprechen, ohne ein Wort zu sagen, ohne eine Einwendung zu machen, ohne mich mit Fragen zu bestürmen, alles zu tun, was ich verlange, so werde ich Sie vielleicht lieben.“

„Alles, was Sie verlangen.“

„Aber ich sage Ihnen im Voraus, ich will die Freiheit haben, alles zu tun, was mir gefällt, ohne Ihnen die mindeste Auskunft über mein Leben zu geben. Schon lange suche ich einen jungen Verehrer, der auf seinen Willen gänzlich verzichtet, der mich ohne Misstrauen liebt und von mir geliebt wird, ohne dies mit Recht fordern zu können. Einen solchen konnte ich noch nicht finden. Statt sich glücklich zu schätzen, dass man ihnen oft bewilligt, was sie kaum einmal zu erlangen gehofft hatten, verlangen die Männer von einer Geliebten Rechenschaft über die Gegenwart, die Vergangenheit und selbst über die Zukunft. Je mehr sie sich an sie gewöhnen, desto eifriger sind sie darauf bedacht, sie zu beherrschen, und ihre Ansprüche steigen mit unserer Bereitwilligkeit, ihnen alles zu gewähren, was sie wünschen. Wenn ich mich entschließe, jetzt einen neuen Geliebten anzunehmen, so verlange ich von ihm drei sehr seltene Eigenschaften: Er muss Vertrauen, Unterwürfigkeit und Zartgefühl besitzen."

„Und Liebe verlangen Sie nicht von ihm?"

„Die Liebe ist keine Bedingung, sie ist eine Notwendigkeit."

„Gut, ich will alles sein, was Sie wünschen."

„Wir werden sehen."

„Wann werden wir sehen?"

„Später."

„Warum später?"

„Das will ich Ihnen sagen", erwiderte Margarete, indem sie sich meinen Armen entwand und aus einem großen Strauß eine Kamelie nahm, die sie mir ins Knopfloch steckte; „weil man die Verträge nicht immer an dem Tage vollzieht, wo sie unterzeichnet werden."

Den Blick und das Lächeln, womit sie diese Worte begleitete, kann ich nicht beschreiben.

„Und wann werde ich Sie wieder sehen?", sagte ich, sie in meine Arme schließend.

„Wenn diese Kamelie verwelkt ist."

„Und wann wird sie verwelkt sein?"

„Morgen Abend um elf Uhr … Sind Sie zufrieden?"

„Ich muss ja zufrieden sein."

„Kein Wort davon, weder zu Ihrem Freunde noch zu Prudence, noch zu sonst jemand."

„Ich verspreche es Ihnen."

„Jetzt einen Kuss … und führen Sie mich in den Speisesaal zurück."

Sie bot mir ihren Mund, strich sich noch einmal die Haare glatt, und wir verließen das Boudoir, sie hüpfend und singend, ich halb wahnsinnig vor Entzücken.

Im Salon blieb sie stehen und sagte leise zu mir:

„Es muss Ihnen auffallend erscheinen, dass ich so schnell bereit bin, Sie zu erhören. Wissen Sie, woher das kommt? … Das kommt daher“, fuhr sie fort, indem sie meine Hand fasste und gegen ihr ungestüm klopfendes Herz drückte – „das kommt daher, weil ich nicht so lange zu leben habe als andere und mir daher vorgenommen habe, schneller zu leben.“

„Oh! Reden Sie nicht mehr so“, sagte ich, ihre Hände fassend.

„Oh! Trösten Sie sich“, führ sie lachend fort. „Wie kurz auch meine Lebenszeit sein mag, so werde ich doch länger leben, als Sie mich lieben werden.“

Sie trat singend in den Speisesaal.

„Wo ist Nanine?“, sagte sie, als sie Eugen und Prudence allein sah.

„Sie schläft in ihrem Zimmer, sie vermochte ihre Müdigkeit nicht zu überwinden“, antwortete Prudence.

„Armes Mädchen!“, sagte Margarete. „Entfernen Sie sich, meine Herren, es ist Zeit.“

Zehn Minuten nachher ging ich mit Eugen fort. Margarete drückte mir beim Abschiede die Hand und blieb bei Prudence, die ihr, wie schon erwähnt, über einen Auftrag Bericht abzustatten hatte …

„Nun“, sagte Eugen zu mir, als wir draußen waren, „was sagen Sie zu Margarete?“

„Dass sie ein Engel ist“, erwiderte ich, „und dass ich sie zum Rasendwerden liebe.“

„Ich dachte es wohl … Haben Sie es ihr gesagt?“

„Ja.“

„Und hat sie versprochen, Ihnen zu glauben?

„Nein.“

„Prudence macht es anders.“

„Sie hat es Ihnen versprochen?“

„Sie hat es sogar schon gehalten, lieber Armand! Es ist kaum zu glauben, aber sie ist noch sehr schön, die Duvernoy.“

Elftes Kapitel

Bei dieser Stelle seiner Erzählung hielt Armand inne.

„Wollen Sie das Fenster schließen?“, sagte er zu mir; „es friert mich. Unterdessen will ich mich niederlegen.“

Ich schloss das Fenster. Armand, der noch sehr schwach war, zog seinen Schlafrock aus und legte sich ins Bett. Er ließ den Kopf eine Weile auf den Kissen ruhen, als ob er durch eine lange Wanderung ermüdet oder durch eine trübe Erinnerung ergriffen wäre.

„Sie haben vielleicht zu viel gesprochen“, sagte ich zu ihm. „Soll ich fortgehen und Sie schlafen lassen? Sie können mir ja das Ende dieser Geschichte ein andermal erzählen.“

„Ist es Ihnen langweilig?“, fragte er.

„Im Gegenteil.“

„Nun, dann will ich fortfahren; ich würde nicht schlafen können, wenn Sie mich mit diesen Erinnerungen allein ließen.“

Als ich nach Hause zurückkehrte – fuhr er fort, ohne dass er nötig hatte, sich zu besinnen, so deutlich war noch alles seinem Geiste gegenwärtig – begab ich mich nicht zur Ruhe; ich sann über das Abenteuer des Tages nach. Ich konnte mich nicht dareinfinden. Die Begegnung, das Zusammentreffen mit Margarete im Theater, das Versprechen, das sie mir gegeben, dies alles war so schnell, so unverhofft gekommen, dass ich in manchen Augenblicken geträumt zu haben glaubte. Es war jedoch nicht das erste Mal, dass Mädchen wie Margarete ein verlangtes Stelldichein gleich auf den folgenden Tag bewilligten. Es wäre in der Tat schade um Zeit, Ruhe und Geld, wenn man ihnen den Hof machen müsste wie vornehmen Damen.

Doch alle diese Gründe waren nicht im Stande, meine Stimmung zu ändern; der erste Eindruck, den meine künftige Geliebte auf mich gemacht hatte, war zu stark und dauernd. Ich gab mir alle erdenkliche Mühe, in ihr keine gewöhnliche Buhlerin zu sehen, und gab mich mit der allen Männern eigenen Eitelkeit dem Glauben hin, dass sie meine Zuneigung erwidere. Gleichwohl hatte ich sehr widersprechende Beispiele vor Augen; ich hatte oft gehört, dass Margaretens Liebe zur Ware geworden sei, die je nach den Umständen mehr oder minder hoch im Preise gehalten werde.

Aber wie ließ sich auf der anderen Seite dieser Ruf mit der schnöden Behandlung des jungen Grafen vereinigen? Man wird mir einwenden, dass er ihr zuwider war und dass sie von ihrem alten Herzog glänzend genug versorgt wurde, um sich einen Geliebten nach ihrem Gefallen wählen zu können. Aber warum wollte sie denn von dem liebenswürdigen geistreichen Eugen nichts wissen, und warum schien sie mir geneigt zu sein, nachdem sie mich bei unserm ersten Zusammentreffen so lächerlich gefunden hatte?

Es gibt freilich unbedeutende Verhältnisse, die mehr bewirken als eine jahrelange Bewerbung, und der plötzliche Eindruck, den wir manchmal auf die Frauen machen, ist oft weit mehr geeignet, sie zu gewinnen, als die alltäglichen Versicherungen, deren sie bald überdrüssig werden.

Unter den Tischgästen war ich der Einzige, der ihr Teilnahme gezeigt hatte, als sie vom Tische aufgestanden war. Ich war ihr gefolgt und hatte meine Besorgnis nicht verbergen können, und außerdem hatte sie erfahren, dass ich der Unbekannte war, der sich in ihrer Krankheit täglich nach ihr erkundigt hatte. Sie mochte also in mir einen anderen Mann sehen als jene, die sie bis dahin gekannt hatte; und vielleicht dachte sie, dass sie einer auf solche Art ausgedrückten Liebe wohl gewähren könne, was sie schon so oft gewährt hätte und daher nicht mehr allzu hoch im Werte hielt.

Alle diese Mutmaßungen waren ziemlich wahrscheinlich, aber welche Ursache ihrer Einwilligung auch immer zu Grunde liegen mochte, so war doch gewiss, dass sie eingewilligt hatte. Das war alles, was ich von ihr erwarten konnte; aber ich wiederhole es Ihnen, ich suchte mir meine Liebe, vielleicht um sie mir selbst poetisch zu machen, als hoffnungslos vorzustellen, und je näher der Augenblick kam, wo ich nicht mehr zu hoffen brauchte, desto mehr zweifelte ich.

Die ganze Nacht hindurch schloss ich kein Auge. Ich erkannte mich nicht mehr, mein Verstand war verwirrt. Bald war ich nicht schön, nicht reich, nicht elegant genug, um einen solchen Engel zu besitzen; bald erfüllte mich der Gedanke an diesen Besitz mit einer geckenhaften Eitelkeit. Dann fürchtete ich wieder, Margaretens Zuneigung wäre nur eine schnell vorübergehende Laune. Ein baldiger Bruch erschien mir als ein Unglück für mich, und ich dachte, es würde vielleicht besser sein, zu der verabredeten Stunde nicht zu ihr zu gehen und Paris zu verlassen. Dann ging ich wieder zu zügellosen Hoffnungen, zu grenzenlosem Vertrauen über. Ich träumte mich in eine unglaubliche Zukunft; ich stellte mir vor, dass sie mir ihre physische und moralische Heilung verdanken, dass sie immer bei mir bleiben und mich mit ihrer Liebe glücklicher machen werde als ein keusches Mädchen mit den ersten Blüten jungfräulicher Zuneigung.

Kurz, es wäre mir unmöglich, Ihnen die tausend Gedanken zu sagen, die mir aus dem Herzen in den Kopf stiegen und in dem Schlafe, der mich gegen Morgen befiel, nach und nach erloschen.

Als ich erwachte, war es zwei Uhr. Das Wetter war herrlich. Ich erinnere mich nicht, dass mir das Leben jemals so schön und so vollkommen erschienen wäre. Die Erinnerung an meine Unterredung mit Margarete trat mir nun ohne düstere Schatten, ohne Hindernisse vor die Seele. Ich kleidete mich schnell an. Ich war unaussprechlich heiter und hätte allen Menschen Gutes tun mögen. Von Zeit zu Zeit pochte mein Herz ungestüm vor Freude und Liebe. Ich kümmerte mich nicht mehr um die Gründe, die in der Nacht meinen Schlaf verscheucht hatten, ich sah nur das Resultat, ich dachte nur an die Stunde, wo ich Margarete wieder sehen sollte.

Es war mir unmöglich, zu Hause zu bleiben. Mein Zimmer schien mir zu klein, um mein Glück zu fassen; ich bedurfte der ganzen Natur, um meinen Gefühlen Ausdruck zu geben.

Ich ging aus. Ich ging unwillkürlich in die Rue d'Antin. Margaretens Wagen hielt vor der Tür; wohin anders hätte ich gehen sollen als in die von Spaziergängern wogenden Alleen der Champs Elysées? Allen Menschen, die mir begegneten, war ich geneigt, ohne sie zu kennen. Wie gut doch die Liebe macht.

Nach einer Stunde vergeblichen Harrens sah ich in der Ferne Margaretens Wagen; ich erkannte sie nicht, ich erriet sie. Sie saß, wie immer, allein im Wagen. Ihr Schleier war heruntergefallen, aber ich bemerkte dennoch ihre Blässe. Als sie mich sah, nickte sie mir zu; ihr Lächeln war für andere fast unbemerkbar, für mich aber sehr bezeichnend. Sie fuhr vorüber.

Als sie eine Stunde nachher aus dem Wäldchen zurückkam, war ich noch da. Aber sie fuhr sehr schnell und sah mich nicht. Dann ließ sie ihren Wagen halten, und ein großer, schlanker, junger Mann trat aus einer Gruppe und sprach einige Augenblicke mit ihr. Dann ging er wieder zu seinen Freunden zurück, und die Pferde setzten sich wieder in Trab. Ich näherte mich der Gruppe und erkannte den Grafen von G***, dessen Porträt ich am Abend vorher gesehen hatte und dem Margarete, wie Prudence versicherte, ihre glänzende Stellung verdankte.

Es kam mir sogleich der Gedanke, dass er es sei, dem sie die Tür hatte verbieten lassen, ohne ihn mit der Ursache dieses Verbots bekannt zu machen. Ich hoffte, sie werde zugleich einen neuen Vorwand gefunden haben, ihn am folgenden Abend nicht zu empfangen.

Wie der noch übrige Teil des Tages verging, weiß ich nicht zu sagen. Ich ging spazieren, rauchte, plauderte, aber es ist mir durchaus nicht mehr erinnerlich, was und mit wem ich bis zehn Uhr abends sprach. Ich entsinne mich nur, dass ich nach Hause ging, sorgfältig Toilette machte und hundertmal nach meiner Pendeluhr und meiner Taschenuhr sah, die unglücklicherweise gleich langsam gingen.

Als es halb elf Uhr schlug, ging ich fort. Als ich in die Rue d'Antin kam, schaute ich zu Margaretens Fenster hinauf. Es war Licht da.

Ich läutete an und fragte den Pförtner, ob Fräulein Gautier zu Hause sei. Er antwortete mir, dass sie nie vor elf Uhr komme.

Ich ging nun in dieser Straße auf und ab, die keine Kaufläden hat und um diese Stunde schon sehr öde ist.

Nach einer halben Stunde fuhr Margaretens Wagen vor. Sie stieg aus und schaute umher, als ob sie jemand suchte.

Der Wagen fuhr im Schritte wieder ab, da die Stallung nicht im Hause war.

In dem Augenblick, als ich die Glocke ziehen wollte, trat ich näher und sagte ihr guten Abend.

„Ah, Sie sind es!“, sagte sie in einem Tone, der nichts weniger als schmeichelhaft für mich war.

„Haben Sie mir nicht erlaubt, Ihnen heute einen Besuch zu machen?

„Es ist wahr; ich hatte es vergessen.“

Dies Wort zerstörte alle meine Träume und Hoffnungen. Ich hatte mich jedoch an Margaretens Manier schon einigermaßen gewöhnt und ging daher nicht davon, wie ich es sonst ganz gewiss getan hätte.

Die Haustür tat sich auf. Wir traten ein. Nanine, die den Wagen gehört hatte, war heruntergekommen, um die Tür zu öffnen.

„Ist Prudence zu Hause?“, fragte Margarete.

„Nein, gnädige Frau.“

„Sie soll zu mir kommen, sobald sie nach Hause kommt. Vor allem aber lösche die Lampe im Salon aus; wenn jemand nach mir fragt, so sage, ich sei nicht zu Hause.“

Dies alles sagte sie in einem Tone, aus dem üble Laune und Befangenheit sprach. Ich wusste nicht, was ich sagen und wie ich mich benehmen sollte.

Sie ging in ihr Schlafzimmer; ich folgte ihr. Sie nahm ihren Hut, ihren Sammetmantel ab und legte sie auf das Bett. Dann warf sie sich in einen großen Armsessel, der vor dem Kaminfeuer stand und sagte zu mir, indem sie mit ihrer Uhrkette spielte:

„Nun, was haben Sie mir Neues zu erzählen?“

„Nichts, außer dass ich unrecht getan habe, diesen Abend zu kommen.“

„Warum denn?"

„Weil Sie verstimmt zu sein scheinen und weil ich Sie offenbar langweile."

„Sie langweilen mich gar nicht. Aber ich bin krank, ich habe nicht geschlafen und den ganzen Tag entsetzliche Kopfschmerzen gehabt."

„Soll ich mich entfernen, damit Sie sich zur Ruhe begeben können?"

„Oh, Sie können bleiben. Wenn ich mich niederlegen will, werde ich es tun, während Sie hier sind."

In diesem Augenblick wurde die Glocke gezogen.

„Wer kommt denn da noch?", fragte sie ungeduldig.

Ich fand keine Worte mehr, und es entstand eine kurze, aber peinliche Pause.

Es wurde noch einmal geläutet.

„Ist denn niemand da, der die Tür öffnet?", sagte sie. „Ich muss selbst hingehen."

Sie stand auf und sagte zu mir: „Warten Sie hier."

Sie ging durch den Speisesaal, und ich hörte die Eingangstür aufgehen. Ich horchte.

Der Eintretende blieb in dem Speisesaal stehen. Ich erkannte an den ersten Worten die Stimme des jungen Grafen von N***.

„Wie befinden Sie sich diesen Abend?", fragte er.

„Schlecht", antwortete Margarete trocken.

„Störe ich Sie?"

„Vielleicht."

„Wie Sie mich aufnehmen! Was habe ich Ihnen denn getan, liebe Margarete?"

„Lieber Graf, Sie haben mir gar nichts getan. Ich bin krank, ich muss mich schlafen legen. Sie werden daher die Güte haben, sich zu entfernen. Es bringt mich noch um, dass ich abends nicht nach Hause kommen kann, ohne Sie fünf Minuten darauf erscheinen zu sehen. Was wollen Sie denn? Dass ich Ihre Geliebte werde? Aber ich habe schon hundertmal gesagt, dass Sie sich keine Hoffnung machen dürfen, dass Sie mich fürchterlich belästigen; Sie können sich ja anderswohin wenden. Ich wiederhole es Ihnen jetzt zum letzten Male, dass ich Sie nicht mag. Leben Sie wohl! Da kommt Nanine, sie wird Ihnen leuchten. Guten Abend."

Und ohne noch ein Wort hinzusetzen, ohne anzuhören, was der junge Graf stammelte, kam Margarete in ihr Zimmer zurück und schlug die Tür heftig zu. Nanine folgte ihr beinahe auf dem Fuße.

„Du verstehst mich", sagte Margarete zu ihr, „du wirst zu dem Einfaltspinsel immer sagen, ich sei nicht zu Hause oder wolle ihn nicht vorlassen. Ich bin es endlich überdrüssig, unaufhörlich Leute zu sehen, die mir zumuten, mich ihnen wider meinen Willen preiszugeben, die sich durch Geschenke mit mir abzufinden glauben und weiter nicht an mich denken. Wenn jene, die unser schmähliches Gewerbe anfangen, recht wüssten, was es denn eigentlich ist, so würden sie lieber Kammerjungfer werden. Aber wir armen Mädchen werden durch die Eitelkeit verführt; es ist ja so verlockend, kostbare Kleider, Brillanten und feine Kutschen zu haben; man glaubt allen Beteuerungen, und so welkt nach und nach das Herz und die Schönheit dahin; man wird gefürchtet wie ein wildes Tier, verachtet wie ein Paria. Man ist von Leuten umgeben, die stets mehr nehmen als geben, und endlich stirbt man einsam und verlassen, nachdem man seine Freunde und sich selbst verloren hat. Es gibt Augenblicke, wo ich Lust habe, mein Geschmeide, meine Möbel, meine Pferde und Wagen zu verkaufen, mir eine Rente von tausend Talern damit zu verschaffen und mich in eine entlegene Provinz zurückzuziehen, wo man nicht weiß, wer ich bin, und wo ich zu vergessen trachte, was ich gewesen bin."

„Beruhigen Sie sich, gnädige Frau", sagte Nanine, „Sie sind krank ..."

„Dieses Kleid ist mir lästig", fuhr Margarete fort, indem sie sich das Kleid aufschnüren ließ – „gib mir einen Morgenrock ... Und Prudence?"

„Sie war noch nicht zu Hause, aber sie wird kommen, sobald sie zurückkehrt."

„Oh! Ich kenne sie wohl", fuhr Margarete fort, indem sie das Kleid auszog und einen weißen, mit Spitzen besetzten Morgenrock anlegte; „sie weiß mich wohl zu finden, wenn sie meiner bedarf, aber aus wahrer Zuneigung erweist sie mir keinen Dienst. Sie weiß, dass ich diesen Abend die Antwort erwarte, dass ich unruhig bin. Aber ich bin sicher, dass sie ihrem Vergnügen nachgegangen ist, ohne sich mit mir zu beschäftigen."

„Vielleicht ist sie verhindert", sagte Nanine.

„Lass uns Punsch machen", fiel ihr Margarete ins Wort.

„Sie werden sich noch mehr schaden", warnte Nanine.

„Desto besser. Bringe mir auch Obst, eine Pastete oder kaltes Geflügel, oder sonst etwas ... aber schnell, mich hungert."

„Sie soupieren mit mir", sagte sie zu mir. „Unterdessen nehmen Sie ein Buch, ich will einen Augenblick in mein Toilettenzimmer gehen."

Sie zündete eine Wachskerze an, öffnete eine Tapetentür und verschwand.

Ich begann über das Leben des armen Mädchens nachzusinnen, und zu meiner Liebe gesellte sich das innigste Mitleid.

Während ich, in Gedanken vertieft, im Zimmer auf und ab ging, trat Prudence ein.

„Ei, Sie sind da?", sagte sie zu mir. „Wo ist Margarete?"

„In ihrem Toilettenzimmer."

„Ich will sie hier erwarten … Wissen Sie, dass sie Sie für sehr liebenswürdig hält?"

„Nein."

„Hat sie es gar nicht merken lassen?"

„Nicht im Mindesten; im Gegenteil, sie hat mich diesen Abend sehr schlecht empfangen."

„Sie ist eben launenhaft …"

„Und heute ist sie sehr übler Laune."

„Ich weiß wohl, warum; aber ich bringe ihr eine gute Nachricht."

„Nun, dann wird sie heiter werden … Sie hat also von mir gesprochen?"

„Gestern Abend, oder vielmehr diese Nacht, als Sie mit Ihrem Freunde fortgegangen waren … Apropos, wie geht's Ihrem Freunde? Nicht wahr, Eugen heißt er?"

„Ja", erwiderte ich, unwillkürlich lächelnd, als ich mich an die Worte erinnerte, die mir Eugen im Vertrauen gesagt hatte, und als ich sah, dass Prudence nicht einmal seinen Namen wusste.

„Er ist ein netter junger Mann", fuhr sie fort; „was treibt er?"

„Was ihm Vergnügen macht; er hat mehr als zwanzigtausend Frank Renten."

„Wirklich? Aber um auf Sie zurückzukommen: Margarete hat sich sehr angelegentlich nach Ihnen erkundigt. Sie fragte, wer Sie sind, womit Sie sich beschäftigen, ob Sie schon oft in zärtlichen Verhältnissen gestanden, kurz alles, was man von einem Manne in Ihren Jahren zu wissen wünscht. Ich habe ihr alles gesagt, was ich wusste, und setzte hinzu, Sie wären ein sehr liebenswürdiger junger Mann."

„Ich bin Ihnen sehr verbunden. Jetzt sagen Sie mir, was sie Ihnen gestern aufgetragen hat."

„Gar nichts, sie wollte nur den Grafen entfernen; aber für heute hat sie mir einen Auftrag gegeben, und jetzt bringe ich ihr die Antwort."

In diesem Augenblick kam Margarete aus ihrem Toilettenzimmer; sie trug ein zierliches Nachthäubchen mit gelben Bandschleifen, die in der Modewelt den technischen Namen „choux" führen.

Sie war in der Tat ganz reizend.

„Nun, was für eine Antwort bringen Sie mir?", fragte sie, als sie Prudence erblickte.

„Ich habe ihn gesehen …"

„Und was hat er gesagt?"

„Er hat mir …"

„Wie viel hat er Ihnen gegeben?"

„Sechstausend."

„Sie haben das Geld mitgebracht?"

„Ja."

„War er verdrießlich?"

„Nicht im Geringsten."

„Der arme Kerl!"

Diese letzten Worte sprach sie in einem Tone, der unmöglich zu beschreiben ist. Margarete nahm die sechs Banknoten.

„Es war die höchste Zeit", sagte sie. „Liebe Prudence, brauchen Sie Geld?"

„Sie wissen, liebes Kind, dass in zwei Tagen der Fünfzehnte ist … Wenn sie mir drei- bis vierhundert Frank leihen könnten, so würden Sie mir einen Gefallen tun."

„Schicken Sie morgen früh zu mir. Es ist zu spät, um wechseln zu lassen."

„Vergessen Sie nicht."

„Tragen Sie keine Sorge … Soupieren Sie mit uns?"

„Nein. Charles erwartet mich zu Hause."

„Sie sind also noch immer in ihn vernarrt?"

„Er ist so gut gegen mich! Auf morgen also … Leben Sie wohl, Armand!"

Frau Duvernoy entfernte sich.

Margarete öffnete den Glasschrank und warf die Banknoten hinein.

„Sie erlauben, dass ich mich zur Ruhe begebe?", sagte sie lächelnd, indem sie auf das Bett zuging.

„Ich erlaube es Ihnen nicht nur, sondern ich bitte Sie sogar darum."

Sie warf die mit Spitzenstickerei verzierte Decke zurück und legte sich nieder.

„Jetzt", sagte sie, „setzen Sie sich vor das Bett, wir wollen ein wenig plaudern."

Ich folgte ihrer Anweisung.

Prudence hatte Recht, die Antwort, die sie überbracht hatte, wirkte günstig auf Margarete.

„Sie verzeihen mir meine üble Laune?", sagte sie, meine Hand fassend.

„Ich bin bereit, Ihnen noch manche andere zu verzeihen", erwiderte ich.

„Und Sie lieben mich?"

„Zum Rasendwerden."

„Trotz meiner Launen."

„Trotz allem."

„Sie schwören mir's?"

„Ja", flüsterte ich, indem ich meine Lippen den ihrigen näherte.

„Und ich werde Ihnen auch herzlich gut sein“, sagte sie mit kindlicher Naivität, – „Sie werden sehen ...“

Nanine trat ein und brachte Teller, ein kaltes Huhn, eine Flasche Bordeaux, Erdbeeren mit Zucker und zwei Bestecke.

„Ich habe keinen Punsch machen lassen“, sagte die Zofe, „der Bordeaux ist besser für Sie. Nicht wahr, mein Herr?“

„Oh! Ganz gewiss“, antwortete ich, Margarete mit den Blicken verschlingend, ohne recht zu wissen, was ich sagte.

„Gut“, sagte sie, „stelle das alles auf den kleinen Tisch und rücke ihn an das Bett; wir werden uns selbst bedienen. Du bist müde, lege dich schlafen; ich brauche nichts mehr.“

„Soll ich die Eingangstür verschließen?“

„Ja, und vor allem sage, dass vor Mittag niemand hereingelassen wird.“

Zwölftes Kapitel

Um fünf Uhr früh, als das Morgenlicht durch die Vorhänge drang, sagte Margarete zu mir: „Verzeih mir, lieber Freund, dass ich dich fortschicke, aber es muss sein, der Herzog kommt jeden Morgen. Man wird ihm antworten, dass ich noch schlafe, wenn er nach mir fragt, und er wird vielleicht warten, bis ich erwache."

Ich nahm Margaretens Kopf mit den aufgelösten Haaren in beide Hände, gab ihr noch einen Kuss und sagte: „Wann werden wir uns wieder sehen?"

„Höre", sagte sie, „nimm den kleinen vergoldeten Schlüssel, der auf dem Kamin liegt. Es ist der Türschlüssel. Schließe die Tür auf, bringe den Schlüssel wieder zurück und geh. Heute wirst du einen Brief mit meinen Befehlen erhalten, denn du weißt, dass du blind gehorchen musst."

„Ja, das weiß ich … Aber wenn ich nun auch etwas verlangte –"

„Was denn?"

„Mir diesen Schlüssel zu lassen."

„Du bist argwöhnisch?"

„Nein, ich will mich nur beruhigen."

„Armand, ich habe noch für niemand getan, was du von mir verlangst."

„Nun, so tu es für mich, denn ich schwöre dir, dass noch niemand dich so geliebt hat, wie ich dich liebe."

„Nun, so behalte den Schlüssel; aber ich sage dir im Voraus, dass es nur von mir abhängt, diesen Schlüssel ganz unbrauchbar für dich zu machen."

„Warum?"

„Es sind Riegel an der Tür."

„Böses Mädchen!"

„Ich werde sie abnehmen lassen."

„Du bist mir also ein bisschen gut?"

„Ich weiß nicht, wie es zugeht, aber es scheint mir in der Tat so ... Jetzt geh, die Augen fallen mir zu."

Wir lagen einander noch einige Minuten in den Armen. Dann entfernte ich mich.

Die Straßen waren leer, die große Stadt lag noch in tiefem Schlafe; eine wohltuende, erfrischende Stille erfüllte diesen Stadtteil, der einige Stunden später sein gewohntes Geräusch und Gewühl wieder annehmen sollte.

Es kam mir vor, als ob die schlummernde Stadt mir gehörte. Ich suchte in meinem Gedächtnis die Namen derer, die ich bisher um ihr Glück beneidet hatte, und es fiel mir nicht einer ein, mit dem ich hätte tauschen mögen.

Von einem keuschen Mädchen geliebt zu werden und der Erste zu sein, der ihm das wundervolle Geheimnis der Liebe enthüllt, ist gewiss ein großes Glück, aber es ist die einfachste Sache von der Welt. Sich eines Herzens zu bemächtigen, das noch keinen Angriff ausgehalten hat, ist ungefähr dasselbe, als wenn man in eine offene und jeder Besatzung entbehrende Stadt einzieht. Nichts ist so leicht zu haben wie ein junges Mädchen. Die Erziehung, das Pflichtgefühl und die Verwandten allerdings sehr starke Hüter, aber ein sechzehnjähriges Mädchen weiß jeden Hüter zu überlisten; es erhält durch die Stimme des geliebten Mannes die ersten Unterweisungen, und je reiner diese Worte sind, desto glühender sind sie.

Je reiner und argloser eine Jungfrau ist, desto leichter gibt sie sich hin; denn da sie ohne Misstrauen ist, so ist sie ohne Kraft: Es ist ein Sieg, den jeder Mann von fünfundzwanzig Jahren erringen kann, wenn er will. Deshalb werden auch die jungen Mädchen so streng beaufsichtigt und mit so ängstlichen Vorsichtsmaßregeln umgeben. Die Mauern der Klöster sind nicht hoch genug, die von den Müttern angelegten Türschlösser nicht stark genug, die Pflichten der Religion nicht streng genug, um diese lieblichen Vögel in ihrem Käfig, den man nicht einmal mit Blumen bestreut, dauernd festzuhalten. Kann man sich wundern, dass sie sich sehnen nach der Welt, sie für reizend und lockend halten, und dass sie der ersten Stimme, die ihnen durch die Gitterstangen die Geheimnisse derselben mitteilt, so gern Gehör schenken und die Hand segnen, die zuerst den Schleier lüftet, der dieses Eden ihren Blicken entzog?

Aber einer Buhlerin wahre Liebe einzuflößen ist ein weit schwererer Sieg. Bei ihnen ist durch Sinnenlust das Gemüt abgestumpft, das Herz ausgebrannt, das Gefühl mit einem Panzer umgeben. Was man zu ihnen sagt, wissen sie schon lange; die Mittel, die man anwendet, sind ihnen alle bekannt; selbst die Liebe, die sie einflößen, haben sie verkauft. Die Liebe ist für sie eine Sache der Spekulation und nicht eine Angelegenheit des Herzens. Sie werden durch ihre Berechnungen besser bewacht, als eine Jungfrau durch ihre Mutter oder durch ihre Hüterinnen im Kloster bewacht wird; daher haben sie das Wort „Kaprice“ erfunden für jene außer ihrer Spekulation liegenden Liebesverhältnisse, denen sie sich von Zeit zu Zeit zu ihrer Erholung, oder als Entschuldigung, oder um sich zu trösten, hingeben; gleich den Wucherern, die tausend Menschen brandschatzen und alle ihre Sünden zu sühnen glauben, wenn sie einem armen Teufel, der in Gefahr ist zu verhungern, zwanzig Frank leihen, ohne Zinsen oder Empfangsschein zu verlangen.

Die reine, wahre Liebe scheint den Buhlerinnen anfangs als eine Verzeihung, eine Sühne vom Himmel geboten zu sein, aber sie finden in ihr fast immer eine Strafe. Ohne Buße gibt es keine Vergebung. Wenn eine Sünderin, die auf ihre ganze Vergangenheit mit Scham und Reue zurückblicken muss, auf einmal von wahrer, inniger, unwiderstehlicher Liebe, deren sie sich nie fähig geglaubt, erfüllt wird, wenn sie diese Liebe gestanden hat – wie wird sie dann vor dem geliebten Manne beherrscht! Wie schonungslos kann er dann zu ihr sagen: Du bietest mir nicht mehr für meine Liebe, als du anderen für Geld geboten hast!

Dann wissen sie nicht, welche Beweise ihrer aufrichtigen Zuneigung sie geben sollen. Die Fabel erzählt, dass ein Kind, nachdem es lange aus Scherz um Hilfe gerufen, um die Arbeiter zu stören, einst von einem Bären zerrissen wurde, ohne dass jene, die es so oft getäuscht hatte, diesmal an seinen wirklichen Hilferuf glaubten. Ebenso ist es mit diesen unglücklichen Geschöpfen, wenn sie wahrhaft lieben. Sie haben so oft gelogen, dass man ihnen keinen Glauben mehr schenkt. Und neben ihren Gewissensbissen haben sie noch ihre Liebespein zu ertragen.

Daher jene große Hingebung und jene strenge Zurückgezogenheit, wovon einige ein Beispiel gegeben haben.

Aber wenn der Mann, der einer Buhlerin diese sühnende Liebe einflößt, so großmütig ist, sie anzunehmen, ohne an die Vergangenheit zurückzudenken, wenn er sich ihr hingibt, kurz, wenn er liebt, wie er geliebt wird, so erstickt er auf einmal alle unlauteren Regungen, und nach dieser Liebe wird sein Herz jeder anderen Liebe verschlossen. – –

Sie können leicht denken, lieber Freund – setzte Armand hinzu – dass ich an jenem Morgen, wo ich nach

Hause zurückkehrte, solche Betrachtungen nicht anstellte. Sie hätten nur eine Ahnung dessen sein können, was mir bevorstand und wie groß auch meine Liebe zu Margarete war, so ahnte ich doch nicht, was daraus entstehen würde; jetzt stelle ich diese Betrachtungen an, weil alles unwiderruflich aus ist und weil sie die natürliche Folge der Ereignisse sind.

Doch lassen Sie mich zu dem ersten Tage meines Glückes zurückkehren!

Als ich wieder in meine Wohnung kam, war ich fast wahnsinnig vor Freude. Als ich mir vorstellte, dass alle Schranken, die meine Fantasie zwischen mich und dieses Mädchen gestellt hatte, gefallen waren, dass Margarete mein war, dass sie an mich dachte, dass ich den Schlüssel zu ihrer Wohnung in der Tasche und das Recht hatte, mich dieses Schlüssels zu bedienen, so war ich zufrieden mit dem Leben, stolz auf mich selbst, und ich dankte Gott im Stillen, dass er mir ein so großes Glück beschert hatte. Kurz, ich war glücklich durch die Erinnerung, wie ich abends zuvor durch die Hoffnung glücklich gewesen war.

Welch ein sonderbares Ding ist doch das Dasein des Menschen! Man sieht zufällig auf der Straße eine schöne weibliche Gestalt, die man nie zuvor gesehen, die man nicht kennt und der man nicht einmal dem Namen nach bekannt ist. Wenn sie den Unbekannten sieht, so kann es sein, wie es mir begegnet war, dass sie ihn lächerlich findet. Sie verschwindet in der wogenden Menge und lebt in ihrer gewohnten Weise, unter ihren Zerstreuungen und Genüssen wie unter ihren Leiden und Drangsalen fort, ohne dass sie sich des unbekannten Bewunderers erinnert, während ihre Gestalt unablässig seinem Geiste vorschwebt. Dann wird sie, man weiß nicht wie, seine Geliebte. Ihr Leben und das seinige sind fortan nur eins, ihre Gedanken werden die seinigen, er lebt nur in ihr wie sie in ihm, und acht Tage nach dem Beginn dieses innigen Verhältnisses scheint es ihm, als wäre es immer so gewesen, und die ganze Vergangenheit wird aus seinem Gedächtnisse ausgelöscht.

So erging es auch mir: Ich entsann mich nicht mehr, wie ich vor dem gestrigen Tage gelebt hatte. Mein ganzes Wesen war freudig gestimmt bei der Erinnerung an die in dieser ersten Nacht gewechselten Worte. Entweder wusste sich Margarete sehr geschickt zu verstellen, oder sie fühlte für mich eine jener plötzlichen Leidenschaften, die durch den ersten Kuss entflammt werden, und zuweilen freilich auch erlöschen, wie sie entstanden waren.

Aber je länger ich darüber nachsann, desto fester wurde in mir die Überzeugung, dass Margarete keine Ursache hatte, eine Liebe zu erheucheln, die ihr fremd war; überdies fiel mir auch ein, dass die Frauen auf zwei verschiedene Arten lieben, deren eine das Ergebnis der anderen sein kann: Sie lieben mit dem Herzen oder mit den Sinnen. Manche gefallsüchtige Schöne, die anfangs nur zu ihrer Zerstreuung einen Geliebten nahm, lebt am Ende nur in ihm, weil er ihr unentbehrlich geworden ist und sie beherrscht und das bisher nur schlummernde Herz durch die sinnliche Liebe aufgeweckt hat. Manche keusche Jungfrau, die in der Ehe nur die Vereinigung zweier liebender Herzen sieht, wird erst durch die sinnliche Liebe in die Mysterien des Herzens vollständig eingeweiht.

Margarete hatte gleich anfangs diese doppelte Liebe für mich gehabt, und ich kam voll Freude und Erstaunen von ihr zurück.

Mitten in diesen Gedanken schlief ich ein. Plötzlich wurde ich von meinem Diener geweckt. Er glaubte, ich sei wie gewöhnlich um Mitternacht nach Hause gekommen und hielt sich daher für berechtigt, bald nach Mittag mein Schlafzimmer zu betreten.

Er brachte mir einen Brief von Margarete, der Folgendes enthielt:

„Mein Tagesbefehl lautet: Diesen Abend im Baudevilletheater, Parterreloge Nr. 2. Ich erwarte Dich im dritten Zwischenakt. *Margarete Gautier.*"

Dieses Billett bewahrte ich sorgfältig in einem Schubfache auf, um die Wirklichkeit beständig vor Augen zu haben, falls ich daran zweifelte, wie mir dies auf Augenblicke geschah.

Meine Sehnsucht, Margarete noch vor der verabredeten Stunde wieder zu sehen, war so groß, dass ich in die Champs Elysées ging, wo ich sie wie tags zuvor vorüberfahren und zurückkommen sah. Wie tags zuvor grüßte sie mich wieder auf ihre zutrauliche freundliche, für andere aber kaum bemerkbare Weise.

Ob andere auch wohl so denken wie ich? In der Liebe halte ich viel auf das Geheimnis, zumal in der ersten Zeit. Ich gebe dem leisen Wink, dem für andere unsichtbaren Blick der Augen, der mich an das gestrige Glück erinnert und mir neues Glück verspricht, den Vorzug vor der offenen Darlegung aller Gefühle und Herzensgeheimnisse.

Ich hatte große Lust, zu Prudence zu gehen, aber ich fürchtete so sehr, etwas zu tun, was einer Überwachung ähnlich wäre und Margarete beleidigen könnte, dass ich nicht hinging und die Theaterstunde geduldig abwartete.

Ich bestellte einen Sperrsitz im Parterre und um sieben Uhr war ich im Baudevilletheater. Noch nie war ich so früh in ein Theater gegangen. Die Logen füllten sich eine nach der andern. Eine einzige blieb leer, es war die, die mir Margarete bezeichnet hatte. Aber sie kam nie vor acht Uhr in das Theater.

Im Anfange des dritten Aktes tat sich die Tür dieser Loge auf und Margarete trat ein. Sie setzte sich sogleich auf den Vordersitz, suchte im Parterre, erblickte mich und dankte mit ihrem kaum bemerkbaren, für mich aber sehr verständlichen Lächeln.

Sie war wunderbar schön an jenem Abend. War ich die Ursache dieser Koketterie? Liebte sie mich genug, um zu glauben, dass es mir Freude machen werde, sie geschmückt zu sehen? Ich wusste es noch nicht; aber wenn dies wirklich ihr Ziel war, so erreichte sie es vollkommen. Als sie erschien, neigten sich die Köpfe zueinander, und sogar der Schauspieler, der auf der Bühne war, sah die Eintretende an, die durch ihr Erscheinen die Aufmerksamkeit der Zuschauer störte.

Und ich besaß den Schlüssel zu der Wohnung dieser Göttin, und in drei bis vier Stunden sollte sie mein sein!

Man tadelt die Männer, die sich für Schauspielerinnen und *Femmes entretenues* ruinieren; ich aber wundere mich, dass man für sie nicht noch zwanzigmal mehr Torheiten begeht, als deren wirklich begangen werden. Man muss wie ich in diesen Kreisen gelebt haben, um zu wissen, wie fest sie ihre Geliebten durch tägliche Schmeicheleien und kleine Koketterien an sich zu fesseln vermögen.

Später nahm Prudence in der Loge Platz und ein Mann, den ich als den Grafen von G*** erkannte, setzte sich in den Hintergrund.

Bei diesem Anblick überlief mich ein eisiger Schauer.

Margarete schien den Eindruck, den die Anwesenheit dieses Mannes in der Loge auf mich machte, zu bemerken, denn sie lächelte mir von neuem zu, kehrte dem Grafen den Rücken und schien dem Stücke, das gespielt wurde, große Aufmerksamkeit zu widmen.

Im dritten Zwischenakt wandte sie sich zu ihm, und ich hörte die Tür der Loge aufgehen und sich wieder schließen.

Margarete gab mir sodann einen Wink, zu ihr zu kommen.

„Guten Abend", sagte sie zu mir, als ich eintrat und reichte mir die Hand.

„Guten Abend", antwortete ich, indem ich mich an Margarete und Prudence zugleich wandte.

„Setzen Sie sich!"

„Aber ich fürchte, einen anderen seines Platzes zu berauben. Wird der Graf von G*** nicht wiederkommen?"

„Jawohl, ich habe ihn nur zum Zuckerbäcker geschickt, damit wir einen Augenblick ungestört plaudern können. Frau Duvernoy ist in unser Geheimnis eingeweiht."

„Ja, Kinder", sagte diese, „seid unbesorgt, ich plaudere nichts aus."

„Was fehlt Ihnen denn heute?", fragte Margarete, indem sie aufstand und mich auf die Stirn küsste.

„Es ist mir recht wohl."

„Sie müssen sich schlafen legen", erwiderte sie mit jener ironischen Miene, die ihrem feinen geistreichen Gesichte so gut stand.

„Wo?", fragte ich.

„In Ihrer Wohnung."

„Sie wissen ja, dass ich dort nicht schlafen würde."

„Nun, dann müssen Sie auch nicht hierher kommen und ein verdrießliches Gesicht machen, wenn Sie einen Mann in meiner Loge gesehen haben."

„Das ist nicht die Ursache."

„Allerdings, ich sehe es recht gut, und Sie haben Unrecht. Reden wir also nicht mehr davon. Nach dem Theater werden Sie zu Prudence kommen und dort bleiben, bis ich rufe. Verstehen sie wohl?"

„Ja, ich verstehe", antwortete ich mit einem peinlichen Gefühl, dessen ich mich vergebens zu erwehren suchte.

„Sie lieben mich doch noch?", fragte sie wieder.

„Wie können Sie noch fragen?"

„Sie haben an mich gedacht?"

„Den ganzen Tag."

„Wissen Sie wohl, dass ich ernstlich fürchte, ich könnne mich in Sie verlieben? Fragen Sie nur Prudence."

„Margarete spricht nur noch von Ihnen", antwortete die Duvernoy, – „es wird ordentlich langweilig."

„Jetzt begeben Sie sich wieder auf Ihren Sperrsitz", fuhr Margarete fort, „der Graf wird sogleich wieder da sein, und es ist nicht gerade nötig, dass er Sie hier findet."

„Warum?"

„Weil Sie ihn nicht gern sehen."

„Ich habe durchaus keinen Groll gegen ihn", erwiderte ich; „es ist mir nur unangenehm, Sie in Gesellschaft eines anderen Mannes zu sehen, und wenn Sie mir gesagt hätten, dass Sie diesen Abend in das Baudevilletheater gehen wollten, so hätte ich Ihnen diese Loge ebenso gut schicken können wie er."

„Unglücklicherweise", erwiderte Margarete, „hat er mir die Loge gebracht, ohne dass ich sie verlangte, und bot sich mir zum Begleiter an. Sie wissen wohl, dass ich es nicht ablehnen konnte. Es blieb mir nichts übrig, als Ihnen zu schreiben, wohin ich gehen wollte, um Ihnen zu zeigen, was ich tue und lasse und weil ich selbst Sie gern früher sehen wollte. Da Sie mir aber auf diese Art danken, so werde ich die Lektion zu benutzen wissen."

„Ich habe Unrecht, verzeihen Sie mir!"

„Gut, das lasse ich gelten. Kehren Sie auf Ihren Platz zurück und vor allem, spielen Sie nicht mehr den Eifersüchtigen."

Sie drückte mir noch einen Kuss auf die Stirn und ich ging.

Im Korridor begegnete mir der Graf, der von dem Zuckerbäcker zurückkam.

Ich kehrte zu meinem Sperrsitz zurück.

Im Grunde war die Anwesenheit des Grafen von G*** die einfachste Sache von der Welt. Er war ihr Geliebter gewesen, er hatte ihr ein Logenbillett gebracht, er begleitete sie ins Theater, dies alles war ganz natürlich; und wenn ich ein Mädchen wie Margarete als Geliebte annahm, so musste ich mich auch in Gewohnheiten fügen.

Gleichwohl fühlte ich mich den ganzen Abend sehr unglücklich, und ich entfernte mich in der trübsten Stimmung, nachdem ich den Grafen, Prudence und Margarete in den vor der Tür haltenden Wagen hatte steigen sehen.

Dennoch war ich eine Viertelstunde nachher bei Prudence, die soeben erst nach Hause gekommen war.

Zweiter Teil

Erstes Kapitel

„Sie sind fast ebenso schnell gekommen wie wir", sagte Prudence zu mir.

„Ja", antwortete ich zerstreut. „Wo ist Margarete?"

„Zu Hause."

„Ganz allein?"

„Der Graf von G*** ist bei ihr."

Ich ging mit starken Schritten im Salon auf und ab.

„Nun, was fehlt Ihnen denn?"

„Glauben Sie denn nicht, dass ich es sonderbar finde, hier zu warten, bis der Graf von G*** es für gut findet, sich zu empfehlen?"

„Sie sind wirklich nicht verständig. Begreifen Sie denn nicht, dass das arme Mädchen dem Grafen nicht die Tür weisen kann? Er ist seit langer Zeit sehr freigebig gegen sie gewesen und ist es noch jetzt. Margarete braucht jährlich hunderttausend Frank; sie hat viele Schulden. Der Herzog schickt ihr, was sie verlangt, aber sie getraut sich nicht immer, alles, was sie braucht, von ihm zu fordern. Mit dem Grafen, von dem sie mindestens zehntausend Frank bezieht, darf sie sich nicht entzweien. Margarete ist Ihnen von Herzen gut, lieber Freund, aber Ihr Verhältnis zu ihr darf, in Ihrem eigenen wie in Margaretens Interesse, keinen ernsten Charakter annehmen. Mit Ihren sieben- bis achttausend Frank jährlichen Einkommens können Sie einen solchen Luxus nicht bestreiten; das würde kaum zur Erhaltung der Pferde und Wagen ausreichen. Nehmen Sie Margarete für das, was sie ist, für ein gutes, sehr hübsches und geistreiches Mädchen, bleiben Sie einen Monat, zwei Monate lang ihr Geliebter, geben Sie ihr Blumensträuße, Zuckerwerk und Theaterlogen, aber setzen Sie sich nicht in den Kopf, dass sie Ihnen ihre Stellung opfern müsse, und zeigen Sie keine lächerliche Eifersucht. Sie wissen wohl, mit wem sie es zu tun haben: Margarete ist keine Tugendheldin. Sie gefallen ihr, Sie sind ihr herzlich gut, um das Übrige kümmern Sie sich nicht. Ich finde es in der Tat spaßhaft, dass Sie den Empfindlichen spielen. Sie haben das schönste Mädchen von Paris zur Geliebten, Sie werden in fürstlichen Prunkgemächern empfangen, ohne dass Ihnen alle diese Herrlichkeit einen Sou kostet … und Sie sind nicht zufrieden. Zum Teufel! Nehmen Sie doch Vernunft an."

„Sie haben Recht", erwiderte ich, „aber ich kann nicht anders; der Gedanke, dass dieser Mann Margaretens Geliebter ist, macht mir schreckliche Qual."

„Wer sagt Ihnen denn, dass er noch ihr Geliebter ist?", versetzte Prudence. „Er ist ein Mann, auf den sie Rücksichten zu nehmen hat. Seit zwei Tagen hat sie ihn nicht vorgelassen. Diesen Morgen ist er gekommen, sie hat nicht umhin können, die Loge, die er ihr brachte, anzunehmen und sich von ihm begleiten zu lassen. Er begleitet sie nach Hause und wird sich bald wieder entfernen, denn Sie warten ja hier. Dies alles scheint mir sehr natürlich. Übrigens lassen Sie sich doch die Besuche des Herzogs gefallen …"

„Ja, der Herzog ist ein alter Mann und ich bin überzeugt, dass Margarete nicht seine Geliebte ist. Man kann sich auch ein Verhältnis gefallen lassen, ohne dass daraus folgt, dass man zwei Verhältnisse beziehen lassen müsse. Diese Nachsicht gleicht zu sehr einer Berechnung und bringt den Mann, der selbst aus Liebe darein willigt, in eine Klasse mit denen, die aus dieser Nachsicht ein Gewerbe machen und aus diesem Gewerbe Nutzen zu ziehen suchen."

„O wie weit sind Sie zurück, lieber Freund!", rief Prudence. „Die vornehmsten, elegantesten, reichsten Männer tun aus freien Stücken ohne Scham und ohne Reue, was ich Ihnen rate! So etwas kommt täglich vor. Wie könnten sonst auch die *Femmes entretenues* in Paris einen solchen Aufwand treiben, wenn sie nicht drei oder vier Verehrer auf einmal hätten? Kein Einkommen, wie beträchtlich es auch sei, kann die Ausgaben einer Modedame wie Margarete allein bestreiten. Eine Rente von fünfhunderttausend Frank ist bedeutend in Frankreich, aber selbst eine solche Rente würde nicht ausreichen. Wer nämlich ein solches Einkommen besitzt, macht ein großes Haus, hält Pferde, Wagen, zahlreiche Dienerschaft, gibt Bälle und Diners, macht Wettrennen und Jagden mit; gewöhnlich ist er verheiratet, hat Kinder, verliert große Summen im Spiel, geht auf Reisen, was weiß ich? Dieses Leben ist dergestalt mit seiner ganzen Existenz verknüpft, dass er es nicht aufgeben kann, ohne für ruiniert gehalten zu werden und ohne öffentliches Ärgernis zu geben. Es ist sehr viel, wenn er jährlich vierzig- bis fünfzigtausend Frank geben kann. Das Fehlende muss daher durch andere Verehrer ersetzt werden. Margarete ist noch besser daran; sie ist durch ein Wunder des Himmels mit einem sehr reichen alten Kavalier bekannt geworden, dessen Frau und Tochter tot sind, der nur Neffen hat, die selbst reich sind, und der ihr alles gibt, was sie wünscht, ohne etwas dafür zu verlangen; aber sie kann nicht mehr als sechzig- bis siebzigtausend Frank jährlich von ihm fordern, und wie groß auch sein Vermögen und seine Zuneigung zu ihr ist, so würde er es ihr gewiss abschlagen, wenn sie größere Summen beanspruchte.

Alle die jungen Leute, die in Paris mit zwanzig- bis dreißigtausend Frank leben und sich in dem Kreise, in dem sie sich bewegen, sehr einschränken müssen, wissen sehr gut, dass gefeierte Schönheiten, wie Margarete, die N*** oder die D***, für Wohnung und Dienerschaft mehr bedürfen, als sie ihnen geben können. Sie sagen nicht, dass sie es wissen, sie geben sich das Ansehen, als ob sie nichts bemerken, und wenn sie eines solchen Verhältnisses überdrüssig sind, so ziehen sie sich zurück. Wenn sie so eitel sind, alles bestreiten zu wollen, so richten sie sich zu Grunde, lassen hunderttausend Frank Schulden in Paris zurück und können sich dann in Afrika totschießen. Glauben Sie etwa, die Schöne werde es Ihnen Dank wissen? Nicht im Mindesten. Im Gegenteil, sie behauptet noch, sie habe Ihnen ihre Stellung geopfert und mit Ihnen die Zeit vertrödelt.

Sie finden diese Verhältnisse schmachvoll, nicht wahr? Aber sie kommen sehr oft vor. Sie sind ein liebenswürdiger junger Mann, und ich bin Ihnen von Herzen gut; ich lebe seit zwanzig Jahren unter den gefeiertsten Modemädchen, ich weiß, was sie sind und was sie wert sind, und es würde mir leid tun, wenn Sie die Kaprice, die ein hübsches Mädchen für Sie hat, ernst nehmen wollten.

Angenommen aber auch“, fuhr Prudence fort, „Margarete liebe Sie wirklich zärtlich genug, um auf den Grafen und den Herzog zu verzichten, im Fall dieser ihr Verhältnis entdeckte und ihr die Wahl zwischen Ihnen und ihr ließe; das Opfer, das sie Ihnen bringen würde, wäre außerordentlich groß, das ist nicht zu leugnen; welches gleiche Opfer würden Sie ihr bringen können? Wenn die Übersättigung kommt, wenn Sie endlich Margaretens überdrüssig werden, was können Sie da tun, um sie zu entschädigen für den Verlust, den Sie ihr verursacht? Nichts. Sie würden sie herausgerissen haben aus dem Kreise, in dem ihr Glück und ihre Zukunft lagen, sie würde Ihnen ihre schönsten Jahre geopfert haben und niemand würde mehr an sie denken. Es würde Ihnen dann zweierlei übrig bleiben: Sind Sie ein ehrlicher Mensch, so werden Sie ihr die Vergangenheit vorwerfen und sich für berechtigt halten, sie zu verlassen, wie es die früheren Verehrer getan und sie einem sicheren Elend preisgeben; sind Sie ein ehrlicher Mann, so würden Sie sich für verpflichtet halten, sie bei sich zu behalten, und Sie würden sich in ein großes, unvermeidliches Unglück stürzen, denn ein solches Verhältnis ist wohl bei einem jungen Manne, aber nicht bei einem Manne von reifem Alter zu entschuldigen. Margarete würde Ihnen dann in allen Dingen hinderlich sein, sie würde Ihnen die Gründung einer Familie erschweren, vielleicht gar unmöglich machen und Ihren ehrgeizigen Bestrebungen im Wege stehen. Folgen Sie daher meinem Rate, lieber Freund, sehen Sie die Verhältnisse so an, wie sie wirklich sind, und geben Sie einer *Fille entretenue* nicht das Recht, Sie in irgendeiner Beziehung als Schuldner zu betrachten."

Das war sehr verständig geurteilt, ich hätte Prudence einer so gesunden Logik nicht für fähig gehalten. Ich wusste nichts dagegen einzuwenden. Ich stand auf, reichte ihr die Hand und dankte ihr für ihren guten Rat.

„Geben Sie nur Ihre kopfhängerischen Gedanken auf", sagte sie. „Das Leben ist schön, lieber Freund, es kommt nur darauf an, durch was für ein Glas man es betrachtet. Fragen Sie nur Ihren Freund Eugen um Rat, er scheint mir die Liebe in der Tat so zu verstehen wie ich."

„Woraus schließen Sie das?“, sagte ich zu Prudence, über ihre Bemerkung lachend.

„Aus vielen Dingen, die Sie nicht zu wissen brauchen, erwiderte sie, ebenfalls lachend. „Vergessen Sie nur nicht, dass hier nebenan ein schönes Mädchen wohnt, das mit Ungeduld das Fortgehen eines reichen Grafen erwartet und Ihrer Ankunft mit Liebessehnsucht entgegensieht … Jetzt kommen Sie mit mir ans Fenster, der Graf muss bald fortgehen.“

Prudence öffnete ein Fenster, und wir lehnten uns auf das Polster. Sie betrachtete die wenigen Vorübergehenden, ich hing meinen Gedanken nach. Alles was sie zu mir gesagt hatte, klang mir in den Ohren; ich konnte nicht in Abrede stellen, dass sie Recht hatte, aber meine Liebe zu Margarete wollte sich diesen Gründen nicht fügen. Ich stieß auch von Zeit zu Zeit einen Seufzer aus; Prudence wandte sich dann zu mir und zuckte schweigend die Achseln wie ein Arzt, der einen Kranken aufgibt.

„Aus der Schnelligkeit, mit der die Eindrücke aufeinander folgen“, sagte ich zu mir selbst, „lässt sich schließen, wie kurz das Leben ist. Ich kenne Margarete erst seit zwei Tagen, sie ist erst seit gestern meine Geliebte, und sie erfüllt schon dergestalt meine Gedanken, mein Herz und mein ganzes Dasein, dass mich der Besuch des Mannes, der jetzt bei ihr ist, in eine höchst peinliche Stimmung versetzt.“

Endlich kam der Graf aus dem Hause, stieg in seinen Wagen und verschwand.

Gleich darauf rief uns Margarete.

„Kommen Sie schnell, der Tisch wird gedeckt“, sagte sie, „wir wollen soupieren.“

Als ich eintrat, eilte mir Margarete entgegen, fiel mir um den Hals und küsste mich.

„Sind wir noch immer kopfhängerisch?", sagte sie zu mir.

„Nein, es ist vorüber", antwortete Prudence; „ich habe ihm den Text gelesen, und er hat versprochen, vernünftig zu sein."

„Das lasse ich mir gefallen", erwiderte Margarete, indem sie mich von neuem küsste.

Wir setzten uns an den Tisch, Margarete war so liebenswürdig, so sanft und aufrichtig gegen mich, dass ich mit der Zeit ganz umgestimmt wurde. Ich musste mir im Stillen gestehen, dass ich nicht das Recht hatte, etwas anders von ihr zu verlangen, dass mancher andere überglücklich an meiner Stelle sein würde und dass ich, wie Vergils Hirt, nur die Freuden, die mir ein Gott oder vielmehr eine Göttin bereitete, zu genießen hätte.

Ich versuche also, Prudences Theorien in Anwendung zu bringen und ebenso heiter zu sein wie meine beiden Gefährtinnen. Aber was bei ihnen natürliche Stimmung war, das war bei mir eine wirkliche Kraftanstrengung, und mein gezwungenes Lachen, das sie für natürliche Heiterkeit nahmen, war von Tränen nicht weit entfernt.

Endlich war das Souper zu Ende, und ich blieb mit Margarete allein. Sie setzte sich ihrer Gewohnheit gemäß auf den Teppich und schaute nachsinnend in das Kaminfeuer.

Woran sie dachte? Ich weiß es nicht. Ich sah sie mit zärtlichen Blicken an, und es wurde mir fast bange bei dem Gedanken an die Leiden, die ich um ihretwillen zu erdulden haben würde.

„Setz dich zu mir!", sagte sie zu mir.

Ich legte mich an ihrer Seite auf den schwellenden Teppich.

„Weiß du, woran ich dachte?“, fuhr sie fort, indem sie meine Hand fasste.

„Nein.“

„Ich sann über einen Plan nach, den ich entworfen habe.“

„Und worin besteht dieser Plan?“

„Jetzt kann ich ihn dir noch nicht anvertrauen, aber ich will dir sagen, was daraus hervorgehen kann. In einem Monat kann ich frei sein und ohne Schulden, und dann können wir den Sommer miteinander auf dem Lande leben.“

„Und du kannst mir nicht sagen, auf welche Weise du diesen Zweck erreichen willst?“

„Nein, wenn du mich nur liebst, wie ich dich liebe, so wird alles gut gehen.“

„Und du allein hast diesen Plan ersonnen?“

„Ja.“

„Und willst ihn allein ausführen?“

„Ich allein werde die Mühe haben“, erwiderte Margarete mit einem Lächeln, das ich nie vergessen werde, „aber den Nutzen werden wir teilen.“

Dieses Wort „Nutzen“ trieb mir das Blut in die Wangen; ich dachte an Manon Lescaut, die mit Desgrieur das Geld des B*** verzehrte.

Ich stand auf und antwortete etwas schroff: „Du wirst mir erlauben, liebe Margarete, dass ich nur den Nutzen solcher Unternehmungen teile, die ich begreife und die ich selbst ins Werk setze.“

„Was soll das heißen?“

„Dass ich den Grafen von G***, der soeben von hier fortging, für deinen Associé halte und dass ich weder an den Kosten noch an dem Nutzen dieses Unternehmens beteiligt sein mag.“

„Du bist recht kindisch“, erwiderte Margarete sanft und traurig. „Ich glaubte, du liebtest mich, aber ich sehe, dass ich mich geirrt habe.“

Sie stand auf, öffnete das Piano und spielte die „Aufforderung zum Tanz“ bis zu jener schwierigen Stelle, die ihr stets ein unüberwindliches Hindernis bot.

Ich weiß nicht, ob sie dieses Stück aus Gewohnheit spielte, oder ob sie die Absicht hatte, mich an den Tag unserer Bekanntschaft zu erinnern; ich weiß nur, dass diese Melodie jene Gefühle, die ich damals gehegt, wieder in mir weckte. Ich trat auf sie zu, nahm ihr Köpfchen in beide Hände und küsste sie.

„Du verzeihst mir?“, sagte ich.

„Du siehst es ja“, antwortete sie; „aber merke dir wohl, dass wir uns erst seit zwei Tagen kennen und dass ich dir schon etwas zu verzeihen habe. Dein Versprechen unbedingten Gehorsams hältst du sehr schlecht.“

„Wie kann ich anders, Margarete? Ich liebe dich zu sehr und bin auf deine geringsten Gedanken eifersüchtig. Was du mir eben vorgeschlagen hast, würde mich närrisch vor Freude machen, aber das Geheimnis, das der Ausführung dieses Planes vorangeht, tut mir sehr weh.“

„Reden wir einmal vernünftig“, erwiderte sie, indem sie meine beiden Hände fasste und mich mit ihrem unwiderstehlichen Zauberlächeln ansah. „Du liebst mich, nicht wahr? Und es würde dir Freude machen, drei bis vier Monate mit mir allein auf dem Lande zu leben. Ich würde auch glücklich sein in solcher Einsamkeit, denn ich bedarf überdies der Ruhe zur Wiederherstellung meiner Gesundheit. Auf so lange Zeit kann ich aber Paris nicht verlassen, ohne meine Angelegenheiten zu ordnen und meiner Liebe zu leben … Ja, mein Lieber; du musst nicht lachen, ich bin so töricht, dich zu lieben! Und du nimmst einen hochfahrenden Ton an und sprichst wie ein Romanheld. Bedenke doch nur, dass ich dich liebe, und um das Übrige kümmere dich nicht … Es bleibt also bei der Abrede, nicht wahr?"

„Du weißt ja, es bleibt bei allem, was du willst."

„Dann sind wir in Monatsfrist auf dem Lande, lustwandeln am Ufer des Wassers und frühstücken unter grünen Bäumen. Es scheint dir sonderbar, dass ich, Margarete Gautier, eine solche Sprache führe; das kommt daher, lieber Freund, dass das Leben in Paris, das mich so glücklich zu machen scheint, mir im Grunde zu Last ist und dass ich mich oft nach einem stillen Leben sehen, das mich an meine Kindheit erinnert. Die Kindheit bleibt immer in Erinnerung zurück, was man auch später geworden sei … Oh! Sei unbesorgt, ich werde dir keine Fabeln von meiner Herkunft erzählen; du wirst etwa hören, ich sei die Tochter einer Obersten außer Dienst und zu Saint-Denis erzogen worden. Ich bin ein armes Landmädchen und konnte vor sechs Jahren noch nicht einmal meinen Namen schreiben. Jetzt bist du beruhigt, nicht wahr? … Warum bist du der Erste, der Einzige, dem ich diesen Wunsch mitteilte und mit dem ich die lange ersehnten Freuden des Landlebens teilen möchte? Ohne Zweifel, weil ich erkannt habe, dass du mich um meiner selbst und nicht um deinetwillen liebst, während andere nur die Befriedigung ihrer Eitelkeit oder frivole Zerstreuung bei mir suchten. Ich bin sehr oft auf dem Lande gewesen, aber nie auf eine für mich befriedigende Weise. Von dir erwarte ich nun dieses leicht zu erreichende Glück. Bedenke nur, dass ich nicht alt werde und dass du es einst bereuen würdest, wenn du mir die erste, so leicht zu erfüllende Bitte abgeschlagen hättest."

Was sollte ich auf solche Worte erwidern, zumal bei der Erinnerung an die erste Liebesnacht und in der Erwartung der zweiten.

Eine Stunde später lag Margarete in meinen Armen, und sie hätte ein Verbrechen von mir fordern können: Ich hätte es auf der Stelle begangen.

Um sechs Uhr früh nahm ich Abschied von ihr.

„Diesen Abend sehen wir uns wieder", sagte ich.

Margarete küsste mich zärtlich, aber sie antwortete mir nicht.

Am Mittag erhielt ich folgende Zeilen von ihr:

„Teuerster Armand, ich bin unpässlich, und der Arzt empfiehlt mir dringend Ruhe, ich werde mich diesen Abend zeitig schlafen legen und kann Dich daher nicht sehen. Um Dich aber zu entschädigen, werde ich Dich Mittag erwarten. Ich liebe Dich von ganzem Herzen."

Mein erster Gedanke war, sie betrügt mich. Ein kalter Schweiß bedeckte meine Stirn, denn ich liebte Margarete schon zu sehr, um bei diesem schrecklichen Verdacht, der fast zur Gewissheit wurde, gleichgültig zu bleiben.

Und dennoch musste ich täglich so etwas erwarten. Dasselbe war mir bei meinen früheren Geliebten oft begegnet, ohne dass ich mich darum gekümmert hatte. Woher kam also der gewaltige Einfluss, den Margarete auf mein Leben gewann?

Da ich den Schlüssel zu ihrer Wohnung hatte, so kam ich auf den Gedanken, sie zu der gewöhnlichen Zeit zu besuchen. Auf diese Weise konnte ich sehr leicht die Wahrheit erfahren und ich nahm mir in allem Ernste vor, keinen anderen Mann bei ihr zu dulden.

Inzwischen begab ich mich nach den Champs Elysées. Ich blieb vier Stunden auf der Promenade. Sie erschien nicht.

Abends ging ich in alle Theater, welche sie zu besuchen pflegte. Sie war in keinem. Um elf Uhr begab ich mich in die Rue d'Antin. Margaretens Fenster waren dunkel, aber ich zog dennoch an der Glocke. Der Pförtner fragte mich, zu wem ich wollte.

„Zu Fräulein Gautier", antwortete ich.

„Sie ist noch nicht zu Hause."

„So will ich hinaufgehen und sie erwarten", sagte ich zu dem Türhüter.

„Es ist niemand zu Hause", erwiderte er.

Es unterlag keinem Zweifel, dass der Pförtner gemessene Befehle erhalten hatte. Ich konnte in Margaretes Wohnung eindringen, da ich den Schlüssel hatte; aber ich fürchtete einen Skandal, in dem ich mich doch nur lächerlich gemacht hätte, und ging.

Doch die Straße zu verlassen, war mir unmöglich, ich ließ Margaretes Haus nicht aus den Augen. Es schien mir, als ob ich noch etwas zu erfahren hätte, oder wenigstens, dass mein Verdacht sich bestätigen werde.

Gegen Mitternacht hielt ein Wagen, den ich wohl kannte, vor Nr. 9 an.

Der Graf von G*** stieg aus und trat in Margaretes Haus, nachdem er seinen Wagen fortgeschickt hatte.

Einen Augenblick hoffte ich, dass man ihm, wie mir, sagen würde, Margarete sei nicht zu Hause, und dass ich ihn wieder aus dem Hause kommen sehen würde; aber um vier Uhr früh wartete ich immer noch.

Seit drei Wochen habe ich viel gelitten, aber es ist nichts im Vergleich mit dem, was ich in jener Nacht litt.

Zweites Kapitel

In meine Wohnung zurückkehrend, fing ich an zu weinen wie ein Kind. Es gibt wohl keinen Mann, der nicht wenigstens einmal von einer Geliebten, die ihm wirklich teuer, getäuscht worden wäre und der nicht wüsste, was man im ersten Augenblick leidet.

Voll von jenen Entschlüssen, die man sagt, aber nicht auszuführen vermag, meinte ich, dass ich diese Liebe, die mich schon so unglücklich machte, sogleich ersticken müsse. Mit Ungeduld erwartete ich den Anbruch des Tages, um eine Fahrkarte für den Postwagen zu lösen und zu meinem Vater und zu meiner Schwester zurückzukehren, bei denen ich eine warme, ungeheuchelte Zuneigung und Teilnahme an meinen Leiden zu finden gewiss war.

Ich wollte jedoch nicht abreisen, ohne Margarete von der Ursache meiner Abreise in Kenntnis zu setzen und ohne ihr zu schreiben, dass ich um den an mir verübten Verrat wisse.

Nur ein Mann, der für seine Geliebte gar nichts empfindet, wird sie verlassen, ohne an sie zu schreiben.

Ich sann mir wohl zwanzig Briefe aus, verwarf aber alle wieder. Es war ausgemacht, dass Margarete allen *Filles entretenues* ähnlich war, dass ich sie mir viel zu poetisch dargestellt hatte und dass sie, um mich zu hintergehen, eine List angewandt hatte, die eben wegen ihrer Einfachheit höchst beleidigend für mich war. Meine gekränkte Eigenliebe gewann die Oberhand, und ich fasste den Entschluss, sie zu verlassen, ohne ihr den Schmerz, den dieser Bruch mir verursachte, zu erkennen zu geben.

Endlich setzte ich mich nieder und schrieb ihr Folgendes in den zierlichsten Schriftzügen und mit Tränen der Wut und des Schmerzes in den Augen:

„Liebe Margarete!

Ich hoffe, dass Ihre gestrige Unpässlichkeit nicht von Bedeutung gewesen ist. Um elf Uhr erkundigte ich mich nach Ihnen und erhielt zur Antwort, dass Sie noch nicht wieder zu Hause wären. Der Graf von G*** ist glücklicher gewesen als ich, denn er kam einige Augenblicke nachher, und um vier Uhr früh war er noch bei Ihnen.

Verzeihen Sie mir die wenigen langweiligen Stunden, die ich Ihnen verursacht, und seien Sie versichert, dass ich die glücklichen Augenblicke, die ich Ihnen verdanke, nie vergessen werde.

Ich würde mich heute nach Ihrem Befinden erkundigt haben, aber ich gedenke zu meinem Vater zurückzukehren.

Leben Sie wohl, Margarete, ich bin weder reich genug, um Sie zu lieben, wie ich wünschte, noch arm genug, um Sie zu lieben, wie Sie wünschten. Vergessen Sie daher einen Namen, der Ihnen ohnehin ziemlich gleichgültig sein muss; ich werde mich bestreben, ein Glück zu vergessen, das mir unmöglich wird.

Ich sende Ihnen Ihren Schlüssel zurück, dessen ich mich nie bedient habe und der Ihnen nützlich sein kann, wenn Sie oft krank sind wie gestern."

Sie sehen, ich hatte nicht die Kraft, diesen Brief ohne eine impertinente Ironie zu schließen; und eben diese Ironie bewies, wie groß meine Liebe noch war.

Ich las den Brief wohl zehnmal, und der Gedanke, dass er Margarete Schmerz verursachen werde, beruhigte mich etwas. Ich suchte aus den Gesinnungen, die er zur Schau trug, Mut zu schöpfen. Als mein Diener um acht Uhr in mein Zimmer trat, übergab ich ihm sogleich das Schreiben.

„Habe ich auf Antwort zu warten?“, fragte Josef. (Mein Diener hieß Josef wie alle Diener in Paris.)

„Wenn man dich fragt, ob du eine Antwort bringen sollst, so sagst du, dass du es nicht wissest, und wartest.“

Ich hegte noch die Hoffnung, sie werde mir antworten und sich entschuldigen.

Wie schwach und wankelmütig wir doch sind! Solange mein Diener ausblieb, war ich in einer schrecklichen Aufregung. Wenn es mir in den Sinn kam, dass Margarete eine wirkliche uneigennützige Zuneigung zu mir hatte, so fragte ich mich, mit welchem Rechte ich ihr einen impertinenten Brief schrieb, auf den sie mir antworten konnte, dass der Graf von G*** mich nicht betrüge, sondern vielmehr von mir betrogen werde; ein Räsonnement, das mancher Schönen gestattet, mehrere Verehrer zu haben. Wenn ich mich dann wieder an Margaretes Beteuerungen erinnerte, so suchte ich mir einzureden, dass mein Brief noch viel zu milde sei und dass es keine genügend starken Ausdrücke gebe, um ein Weib zu brandmarken, das mit einer aufrichtigen Liebe wie der meinigen ein leichtsinniges Spiel trieb. Dann schwankte ich zwischen diesen beiden entgegensetzten Ansichten und meinte, ich würde besser getan haben, nicht an sie zu schreiben, sondern selbst zu ihr zu gehen, um mich an den Tränen zu weiden, die ich ihr sicherlich entlockt hätte.

Endlich fragte ich mich, was sie mir wohl antworten werde; ich zweifelte kaum noch, dass sie sich entschuldigen werde.

Josef kam zurück.

„Nun, bringst du mir Antwort?“, fragte ich.

„Nein“, antwortete er, „das Fräulein schlief noch, aber sobald sie erwacht, wird man ihr den Brief übergeben, und wenn eine Antwort darauf erfolgt, wird man sie überbringen.“

Sie schlief ...

Zwanzigmal war ich im Begriff, den Brief zurückfordern zu lassen; aber ich dachte immer, sie habe ihn vielleicht schon erhalten und es könnte das Ansehen haben, als ob ich meinen Schritt bereute.

Je näher die Stunde kam, in der ich eine Antwort erwarten konnte, desto mehr bereute ich, an sie geschrieben zu haben.

Es schlug zehn, elf, zwölf.

Um zwölf war ich im Begriffe, verabredetermaßen zu ihr zu gehen, als ob gar nichts vorgefallen wäre; aber ein gewisses stolzes Selbstgefühl hielt mich zurück. Endlich wusste ich nicht mehr, wie ich mich des eisernen Reifs, der mir das Herz zusammenschnürte, entledigen sollte.

Um ein Uhr wartete ich noch. Da suchte ich mir in der allen Wartenden eigenen abergläubischen Stimmung einzureden, wenn ich ausginge, würde ich bei meiner Rückkehr ohne Zweifel die Antwort finden.

Die ungeduldig erwarteten Antworten kommen ja immer an, wenn man nicht zu Hause ist.

Ich ging also aus unter dem Vorwande, zu frühstücken. Statt wie gewöhnlich in einem Kaffeehause am Boulevard zu frühstücken, zog ich das Palais Royal vor, um einen Vorwand zu haben, durch die Rue d’Antin zu gehen.

Sooft ich ein Mädchen bemerkte, glaubte ich Nanine mit der Antwort zu sehen. Ich ging durch die Rue d’Antin, ohne auch nur einem Kommissionär zu begegnen. Das Haus Nr. 9 zeigte keine Spur von Unordnung, der man in einer heftig aufgeregten Stimmung so gerne nachforscht.

So kam ich zum Palais Royal und begab mich in das Veris Restaurant. Der Kellner trug mir auf, was ihm beliebte, aber ich rührte keinen Bissen an. Meine Blicke waren unwillkürlich und unablässig auf die Wanduhr gerichtet. Ich begab mich nach Hause zurück; ich hoffte nicht mehr, sondern war fest überzeugt, dass ich einen Brief Margaretes vorfinden würde.

Der Hausmeister hatte nichts erhalten. Ich setzte meine Hoffnung noch auf meinen Diener, aber auch dieser hatte während meiner Abwesenheit niemand gesehen. Es war nun klar, dass Margarete längst geantwortet haben würde, wenn sie mir überhaupt eine Antwort zugedacht hätte.

Nun fing ich an, die Ausdrücke meines Briefes zu bereuen, die sie ohne Zweifel beleidigt hatten. Ich sagte zu mir selbst, dass ich besser getan hätte, ganz zu schweigen, wodurch sie wahrscheinlich besorgt gemacht und bewogen worden wäre, irgendeinen Schritt zu tun; denn wäre ich zu der bestimmten Zeit nicht erschienen, so hätte sie nach der Ursache meines Ausbleibens gefragt, und erst dann hätte ich sie mit dieser Ursache bekannt machen sollen. Sie hätte dann nicht umhin können, sich zu entschuldigen, und eben eine Entschuldigung erwartete ich. Ich fühlte schon, dass ich ihr geglaubt hätte und dass ich alles leichter ertragen hätte als die Trennung von ihr.

Ich gab mich sogar der Hoffnung hin, sie werde zu mir kommen, aber die Stunden vergingen, und sie kam nicht.

Margarete war ohne Zweifel anders als viele andere Frauen; denn es gibt deren gewiss nur wenige, die nach Empfang eines Briefes, wie ich ihn geschrieben, nicht etwas antworten.

Um fünf Uhr war ich in den Alleen der Champs Elysées.

Wenn ich ihr begegne, dachte ich, so nehme ich eine gleichgültige Miene an, und sie wird überzeugt sein, dass ich schon nicht mehr an sie denke.

Sie fuhr wirklich vorüber. Diese Begegnung machte einen so erschütternden Eindruck auf mich, dass ich erblasste. Ich weiß nicht, ob sie es bemerkte, ich war dergestalt außer Fassung, dass ich nur ihren Wagen sah.

Ich setzte meinen Spaziergang in den Champs Elysées nicht fort. Ich studierte die Theaterzettel, denn ich hatte noch eine Hoffnung, sie zu sehen.

Im Theater des Palais Royal war eine Erstaufführung. Es unterlag keinem Zweifel, dass Margarete da sein würde.

Um sieben Uhr war ich im Theater. Alle Logen füllten sich, aber Margarete erschien nicht.

Da verließ ich das Palais Royal und ging in alle Theater, die sie zu besuchen pflegte, in das Vaudeville, das Théâtre des variétés, die Komische Oper.

Sie war nirgends. Mein Brief hatte ihr entweder zu viel Schmerz gemacht, als dass sie Theaterlust hätte haben können, oder sie fürchtete, mit mir zusammenzutreffen und wollte einer Erklärung ausweichen.

Dies flüsterte mir meine Eitelkeit auf dem Boulevard zu. Während ich, mit diesem Gedanken beschäftigt, meiner Wohnung zusteuerte, begegnete mir Eugen, der mich fragte, wo ich gewesen sei.

„Im Palais Royal."

„Und ich im Italienischen Theater“, sagte er; „ich glaubte, Sie auch dort zu finden.“

„Warum?“

„Weil Margarete dort war.“

„Wirklich, sie war da?“

„Jawohl.“

„Allein?“

„Nein, mit einer Freundin.“

„Und sonst war niemand bei ihr?“

„Der Graf von G*** kam einen Augenblick in ihre Loge, aber sie ist mit dem Herzog fortgegangen. Ich glaubte Sie jeden Augenblick erscheinen zu sehen. Es war neben mir ein Sperrsitz, der den ganzen Abend leer blieb, und ich meinte, er müsse von Ihnen gemietet worden sein.“

„Warum sollte ich denn hingehen, wo Margarete ist?“, sagte ich zu Eugen, als ich alles erfahren hatte, was ich wissen wollte.

„Na hören Sie mal: Sie sind doch ihr Geliebter!“

„Wer hat Ihnen das gesagt?“

„Prudence, die mir gestern begegnete. Ich wünsche Ihnen Glück, lieber Armand, Margarete ist ein schönes, geistreiches Mädchen, das sich nicht an jedermann wegwirft. Suchen Sie sie nur zu behalten, sie wird Ihnen Ehre machen.“

Diese einfache Bemerkung Eugens zeigte mir, wie lächerlich meine Empfindlichkeit war. Wenn er mir am Abend vorher begegnet wäre und ebenso zu mir gesprochen hätte, so würde ich den abgeschmackten Brief gewiss nicht geschrieben haben.

Ich war im Begriffe, zu Prudence zu gehen und Margarete sagen zu lassen, dass ich mit ihr zu reden hätte; aber ich fürchtete, dass sie mich nicht vorlassen würde und kehrte nach Hause zurück, nachdem ich durch die Rue d'Antin gegangen war.

Ich fragte den Hausmeister noch einmal, ob ein Brief an mich da sei. Es war nichts da.

Sie hat ohne Zweifel warten wollen, ob ich einen neuen Schritt tun und meinen Brief von diesem Morgen widerrufen würde; wenn sie aber sieht, dass ich ihr nicht schreibe, so wird sie morgen an mich schreiben.

Besonders an jenem Abend bereute ich, was ich getan hatte. Ich war allein in meinem Schlafzimmer, Unruhe und Eifersucht verseuchten mir den Schlaf. Hätte ich den Dingen ihren Lauf gelassen, so wäre ich bei Margarete gewesen und hätte ihre süßen Liebesworte gehört, die ich nur zweimal vernommen hatte und die mir in meiner Einsamkeit in den Ohren klangen.

Mein Zustand wurde hauptsächlich dadurch schrecklich, dass ich mir bei ruhigem Nachdenken Unrecht geben musste. Es vereinigte sich in der Tat alles, um mich zu überzeugen, dass Margarete mich liebte. Zuerst der Plan, einen Sommer mit mir allein auf dem Lande zu leben, dann die Gewissheit, dass sie durch nichts gezwungen war, meine Geliebte zu sein, denn mein Vermögen konnte ja nicht einmal ihre Launen, geschweige denn ihre mannigfaltigen Bedürfnisse befriedigen. Sie hatte folglich nur die Hoffnung gehabt, bei mir eine aufrichtige Zuneigung zu finden, die ihr eine Erholung bieten könne mitten in ihrem Scheinglück, und schon am zweiten Tage zerstörte ich diese Hoffnung und belohnte mit verletzender Ironie die Liebe, die sie nur für mich allein hatte. Mein Benehmen war also mehr als lächerlich, es war unzart. Welches Recht hatte ich, ihr Leben zu tadeln? Bekam ich durch mein Zurücktreten nicht das Ansehen eines Schmarotzers, der sich fürchtet, man werde ihm die Rechnung für seine Mahlzeit übergeben? Ich kannte Margarete erst seit sechsunddreißig Stunden und erst seit vierundzwanzig Stunden war ich ihr Geliebter, und ich spielte schon den Empfindlichen; und statt mich überglücklich zu fühlen durch ihre uneigennützige Liebe, wollte ich sie ganz allein besitzen und sie zwingen, alle ihre früheren Verhältnisse, die ihre einzige Gewähr für die Zukunft waren, auf einmal abzubrechen! Was hatte ich ihr vorzuwerfen? Nichts. Sie hatte mir geschrieben, dass sie unpässlich sei, während sie mir mit der widerlichen Aufrichtigkeit mancher anderen Schönen geradeheraus hätte sagen können, dass sie einem Geliebten ein Stelldichein gegeben; und statt ihrem Briefe Glauben zu schenken, statt in allen Straßen von Paris, mit Ausnahme der Rue d'Antin, umherzugehen, statt meinen freien Abend im Kreise meiner Freunde zu verleben und mich am folgenden Tage zur festgesetzten Stunde einzufinden, spielte ich den Othello bei einer Buhlerin, beobachtete ihr Tun und Lassen und glaubte sie durch mein Ausbleiben zu bestrafen. Sie musste indessen hocherfreut sein über die Trennung, sie musste mich höchst abgeschmackt finden, und ihr Stillschweigen war kein Groll, sondern Verachtung. Ich hätte Margarete ein Geschenk machen sollen, das ihr über meine Großmut keinen Zweifel lassen konnte; ich würde sie auf diese Weise als *Fille entretenue* behandelt haben. Aber dies würde in meinen Augen eine Herabwürdigung unserer gegenseitigen Gefühle gewesen sein; meine Liebe zumal war so rein, dass sie durch kein Geschenk, wie schön es auch sein mochte, das von ihr gewährte, wenn auch kurze Glück bezahlen konnte.

Dies alles suchte ich mir die Nacht hindurch recht deutlich zu vergegenwärtigen, und ich war jeden Augenblick bereit, es Margarete zu sagen.

Als der Tag anbrach, schlief ich noch nicht, ich war in einem fieberhaften Zustande, und es war mir unmöglich, an etwa anderes als an Margarete zu denken.

Ich musste einen entscheiden Entschluss fassen und entweder mit Margarete sprechen oder meine Bedenklichkeit überwinden, wenn sie nämlich noch geneigt war, mich zu empfangen. Sie wissen aber wohl, dass man die Ausführung eines entscheidenden Entschlusses gern aufschiebt. Zu Hause zu bleiben war mir unmöglich, zu Margarete zu gehen, wagte ich nicht. Ich versuchte daher ein Mittel, mich ihr zu nähern, ein Mittel, das meine Eigenliebe im Falle des Gelingens auf Rechnung des Zufalls setzen konnte.

Es war neun Uhr; ich ging zu Prudence. Sie fragte mich sogleich, welcher Ursache sie diesen frühen Besuch zu verdanken habe.

Ich wagte ihr nicht geradeheraus zu sagen, was mich zu ihr führte, und antwortete ihr, ich sei früh ausgegangen, um eine Fahrkarte für den nach C*** abgehenden Postwagen zu lösen, da ich einen Besuch bei meinem Vater beabsichtigte.

„Sie sind sehr glücklich", sagte sie, „dass sie in diesem schönen Wetter Paris verlassen können."

Ich sah Prudence an und fragte mich im Stillen, ob sie sich über mich lustig machen wolle; aber ihr Gesicht war ganz ernst.

„Werden Sie von Margarete Abschied nehmen?", fuhr sie in demselben ernsthaften Tone fort.

„Nein."

„Sie tun sehr wohl daran."

„Glauben Sie?"

„Natürlich, Sie haben ja mit ihr gebrochen, warum sollten Sie sie wieder sehen?"

„Sie wissen es also?“

„Sie hat mir ihren Brief gezeigt.“

„Und was hat sie gesagt?“

„Sie hat gesagt: Liebe Prudence, ihr Schützling ist nicht artig, solche Briefe denkt man wohl, aber man schreibt sie nicht.“

„Und in welchem Tone hat sie das gesagt?“

„Sie hat gelacht und hinzugefügt: ‚Er hat zweimal bei mir soupiert und macht mir nicht einmal die Verdauungsvisite.‘“

Eine solche Wirkung hatte ich also durch meinen Brief und meine Bedenklichkeiten hervorgebracht! Ich war in meiner Liebeseitelkeit sehr schmerzlich gedemütigt.

„Und was hat sie gestern Abend gemacht?“, erwiderte ich.

„Sie ist ins Italienische Theater gegangen.“

„Ich weiß es, und dann?“

„Dann hat sie zu Hause soupiert.“

„Allein?“

„Mit dem Grafen von G***, glaube ich.“

Mein Zurücktreten hatte an Margaretens Lebensweise also durchaus nichts geändert. Sie werden vielleicht mit vielen anderen der Meinung sein, Margarete habe mich geliebt und ich hätte nicht mehr an sie denken sollen.

„Es freut mich“, erwiderte ich mit gezwungenem Lächeln, „dass sich Margarete um mich nicht grämt.“

„Sie tun sehr wohl daran“, sagte Prudence. „Sie haben ganz recht gehandelt; Sie sind vernünftiger gewesen als Margarete, denn sie war ganz vernarrt in Sie, sie sprach nur von Ihnen und wäre gewiss irgendeiner Torheit fähig gewesen.“

„Wenn sie mich aber liebt, warum hat sie mir nicht geantwortet?“

„Weil sie eingesehen hat, dass sie sich durch ihre Gefühle zu einer Übereilung hatte verleiten lassen. Überdies erlauben die Frauen wohl zuweilen, dass man ihre Liebe täuscht, aber ihre Eigenliebe darf man nicht verletzen; man verletzt ihre Eigenliebe, wenn man sie nach zweitägiger Bekanntschaft verlässt, was für Gründe man auch für einen solchen Bruch anführe. Ich kenne Margarete, sie würde lieber sterben als Ihnen antworten.“

„Was soll ich denn aber tun?“

„Nichts. Sie werden sich gegenseitig vergessen und haben einander nichts vorzuwerfen.“

„Aber wenn ich an sie schreibe und sie um Verzeihung bitte?“

„Hüten Sie sich wohl, sie würde Ihnen verzeihen.“

Diese Worte elektrisierten mich, ich hätte Prudence um den Hals fallen mögen.

Eine Viertelstunde nachher war ich zu Hause und schrieb an Margarete:

„Jemand, der einen gestern an Sie geschriebenen Brief bereut und morgen abreisen wird, wenn Sie ihm nicht verzeihen, wünscht zu wissen, zu welcher Stunde er seine Reue zu Ihren Füßen niederlegen kann. Wann wird er Sie allein finden? Sie wissen ja, eine Beichte muss ohne Zeugen abgelegt werden.“

Ich faltete dieses Madrigal in Prosa zusammen, siegelte es und schickte Josef damit ab. Er übergab es Margarete selbst und sie ließ mir sagen, sie werde später antworten.

Ich entfernte mich nur kurze Zeit, um zu speisen, und um zehn Uhr abends hatte ich noch keine Antwort erhalten. Da fasste ich endlich den Entschluss, meinen Qualen ein Ende zu machen und am folgenden Tage abzureisen. Ich sah wohl ein, dass ich nicht würde schlafen können, wenn ich mich auch niederlegte, ich fing daher an, meine Sachen einzupacken.

Josef und ich waren etwa seit einer Stunde mit den Vorbereitungen zu meiner Abreise beschäftigt, als die Türglocke heftig gezogen wurde.

„Soll ich öffnen?“, fragte Josef.

„Ja“, sagte ich, mich im Stillen wundernd, wer zu dieser Stunde noch zu mir komme; denn dass es Margarete sei, wie es mir eine geheime Ahnung sagte, wagte ich nicht zu hoffen.

„Es sind zwei Damen“, sagte Josef, „ich habe sie in den Salon geführt.“

„Wir sind's, Armand!“, rief mir eine Stimme zu, in der ich Prudence erkannte.

Ich flog in den Salon.

Prudence betrachtete einige Kunstsachen, die ich gesammelt hatte und in meinem Zimmer aufbewahrte. Margarete saß in nachsinnender Stellung auf dem Sofa.

Ich ging sogleich auf sie zu, fasste ihre beiden Hände und flüsterte das Wort: Verzeihung.

Sie drückte mir einen Kuss auf die Stirn und sagte zu mir:

„Es ist schon das dritte Mal, dass ich Ihnen verzeihe.“

„Ich wollte morgen abreisen“, sagte ich.

Mein Besuch darf Ihren Entschluss nicht ändern“, erwiderte Margarete. „Ich bin nicht gekommen, um Ihre Abreise zu verhindern, sondern weil ich heute noch keine Zeit gefunden habe, Ihnen zu antworten, und ich Ihnen nicht die Meinung lassen wollte, ich sei noch böse auf Sie. Prudence wollte auch nicht zugeben, dass ich hierher ginge, sie meinte, ich würde Sie vielleicht stören.“

„Sie – mich stören, Margarete! Wie wäre das möglich?“

„Es wäre doch möglich gewesen, dass wir ein zärtliches Tete-a-tete unterbrochen hätten“, antwortete Prudence, „und eine solche Unterbrechung würde für beide Teile nicht angenehm gewesen sein.“

Während Prudence dies sagte, sah mich Margarete aufmerksam an.

„Liebe Prudence“, antwortete ich, „Sie wissen nicht, was Sie reden.“

„Ihre Wohnung ist wirklich sehr nett“, erwiderte Prudence, „kann man das Schlafzimmer sehen?“

„O ja.“

Prudence trat in mein Zimmer, weniger, um es zu sehen, als um die unüberlegten Worte, die sie gesprochen hatte, wieder gutzumachen und um mich mit Margarete allein zu lassen.

„Warum hast du Prudence mitgebracht?“, sagte ich, Margaretens Hände wieder ergreifend.

„Weil Sie mit mir im Theater war und weil ich von hier nicht gern allein fortgehen wollte.“

„War ich denn nicht da?“

„Jawohl, aber erstens wollte ich dir keine Mühe machen, und überdies wusste ich wohl, dass du an meiner Haustür darauf bestehen würdest, mich auf mein Zimmer zu begleiten, und da ich darein nicht einwilligen konnte, so wollte ich nicht, dass du mir eine Weigerung vorzuwerfen hättest.“

„Und warum kannst du mich nicht empfangen?“

„Weil ich sehr scharf beobachtet werde und durch den mindesten Verdacht in großen Schaden kommen könnte.“

„Ist das der einzige Grund?“

„Wenn noch ein anderer Grund vorhanden wäre, so würde ich ihn nicht verschweigen; wir haben ja keine Geheimnisse mehr voreinander.“

„Höre, Margarete, ich will keine Umwege nehmen, um zur Sache zu kommen. Sage aufrichtig, bist du mir gut?“

„Von ganzem Herzen.“

„Warum hast du mich denn getäuscht?“

„Lieber Freund, wenn ich eine Herzogin wäre, wenn ich zweihunderttausend Livres Renten hätte, wenn ich deine Geliebte wäre und außer dir noch einen Geliebten hätte, so würdest du das Recht haben, zu fragen, warum ich dich täusche; aber ich bin Margarete Gautier, ich habe vierzigtausend Frank Schulden, keinen Sou Vermögen und brauche jährlich hunderttausend Frank. Meine Antwort ist also ebenso überflüssig wie deine Frage.“

„Das ist wahr“, sagte ich, indem ich meinen Kopf auf Margaretens Schulter sinken lies, – „aber ich liebe dich zum Rasendwerden.“

„Du solltest mich etwas weniger lieben, aber mich etwas besser verstehen. Dein Brief hat mir viel Schmerz bereitet. Wenn ich frei wäre, so hätte ich dich gestern um Verzeihung gebeten, wie du mich heute um Verzeihung bittest; ich würde wegen meiner Liebe zu dir alle anderen Rücksichten opfern und nur dir allein leben. Ich hoffte einen Augenblick, dieses Glück sechs Monate lang genießen zu können: Du hast es nicht gewollt, du wolltest die Mittel kennen lernen; mein Gott, die Mittel waren sehr leicht zu erraten. Durch die Anwendung derselben brachte ich ein größeres Opfer, als du glaubtest. Ich hätte zu dir sagen können: Ich brauche zwanzigtausend Frank; du liebst mich, du würdest die Summe aufgetrieben haben, auf die Gefahr hin, mir in der Folge einen Vorwurf zu machen; ich zog es vor, dir nichts zu verdanken. Diese zarte Rücksicht – denn eine solche ist es – hast du nicht verstanden. Wir *Femmes entretenues* geben den Worten und Dingen eine Ausdehnung und Bedeutung, die andere Frauen nicht ahnen. Ich wiederhole also, dass das Mittel, durch welches Margarete Gautier ihre Schulden zu bezahlen suchte, eine zarte Rücksicht gegen dich war, und du hättest es ohne Murren annehmen sollen. Wenn du mich erst heute kennen gelernt hättest, so würdest du überglücklich sein durch das, was ich dir versprechen würde, und du würdest mich nicht fragen, was ich vorgestern getan. Wir sehen uns zuweilen in die Notwendigkeit versetzt, eine Befriedigung für unseren Geist mit schweren Opfern zu erkaufen."

Ich betrachtete Margarete mit Bewunderung und Entzücken. Wenn ich bedachte, dass dieses herrliche Wesen, von dem mich sonst ein lächelnder Blick überglücklich gemacht hätte, nur Liebe und Hingebung für mich war und dass ich noch nicht zufrieden war mit dem, was sie mir gewährte, so fragte ich mich, ob die Wünsche des Mannes Grenzen haben, wenn er, trotz der unerwartet schnellen Befriedigung derselben, noch nach etwas anderem strebt.

„Höre, lieber Armand", fuhr Margarete fort, „wir Geschöpfe des Zufalls haben fantastische Wünsche und unbegreifliche Liebeslaunen. Wir gewähren dem einen, was wir dem anderen versagen. Manche opfern ihr ganzes Vermögen, ohne etwas von uns zu erlangen; andere hingegen gewinnen uns mit einem Blumenstrauß. Unser Herz hat keine andere Zerstreuung und keine andere Entschuldigung als seine Launen. Du hast mich schneller für dich gewonnen, als dies je einem Manne gelungen ist, das schwöre ich dir. Warum? Weil du Mitleid mit mir hattest und teilnehmend meine Hand ergriffst, als ich Blut hustete, weil du das einzige menschliche Wesen warst, das mich bedauerte. Ich will dir etwas Albernes sagen, aber es ist vollkommen wahr. Ich hatte einen kleinen Hund, der mich immer ganz traurig ansah, wenn ich hustete, es war das einzige Geschöpf, das ich lieb hatte. Als er starb, weinte ich mehr als bei dem Tode meiner Mutter. Sie hatte mich freilich zwölf Jahre lang geschlagen …

Wenn die Männer wüssten, was sich mit einer Träne, mit einem teilnehmenden Blick erlangen lässt, so würden sie mehr geliebt werden, und wir würden nicht so verschwenderisch sein.

Dein Brief hat deine Sache schlecht geführt; er hat dir von meiner Liebe mehr entzogen als alles, was du hättest tun können. Es war freilich Eifersucht, aber spöttische, verletzende Eifersucht. Ich war schon traurig gestimmt, als ich ihn erhielt: Ich hoffte dich um Mittag zu sehen, mit dir zu frühstücken und in deiner Gesellschaft einen mich beständigen verfolgenden Gedanken zu verscheuchen – einen Gedanken, dem ich früher, bevor ich dich kannte, ohne Bedenken nachhing.

Außerdem", fuhr Margarete fort, „warst du die einzige Person, vor der ich frei denken und reden zu können glaubte. Jeder, der sich uns nähert, hat ein Interesse, dem Sinn unserer geringsten Worte nachzuspüren, aus unseren unbedeutendsten Handlungen einen Schluss zu ziehen. Wir haben natürlich keine Freunde. Wir haben selbstsüchtige Anbeter, die ihr Vermögen nicht für uns, sondern für ihre Eitelkeit vergeuden.

In die Launen dieser Leute müssen wir uns unbedingt fügen; wir müssen heiter sein, wenn sie zum Scherzen aufgelegt sind, und Appetit haben, wenn sie soupieren wollen. Ein Herz dürfen wir nicht haben, bei Strafe der Verhöhnung und des Verlustes unseres ganzen Ansehens.

Wir gehören uns selbst nicht mehr an. Wir sind keine Wesen mehr, sondern Sachen. Wir sind die Ersten in ihrer Eigenliebe, die Letzten in ihrer Achtung. Wir haben Freundinnen, aber es sind Freundinnen wie Prudence, vormalige *Femmes entretenues*, deren Schönheit ihnen nicht mehr die Mittel zur Befriedigung ihrer kostspieligen Gefühle bietet. Sie werden dann unsere Freundinnen, aber vielmehr unsere Tischgenossinnen. Ihre Gemeinschaft geht bis zur Untertänigkeit, nie bis zur Uneigennützigkeit. Sie geben uns nie einen anderen Rat, als einen Gewinn bringenden. Es kümmert sie nicht, ob wir zehn Verehrer mehr haben, wenn nur seidene Kleider und Schmucksachen für sie abfallen und ihnen einen Platz in unserem Wagen oder in unserer Loge eingeräumt wird. Sie schmücken sich mit den Blumensträußen, die wir tags zuvor getragen haben, und borgen unsere Kaschmirs. Sie erweisen uns nie den geringsten Dienst, ohne sich doppelt so viel, als er wert ist, dafür bezahlen zu lassen. Du hast es selbst gesehen an dem Abend, wo mir Prudence sechstausend Frank brachte, die sie für mich von dem Herzog geholt hatte; sie hat fünfhundert Frank von mir geborgt, die sie mir wiedergeben oder in Hüten zahlen wird, die ich niemals tragen werde.

Bei meiner oft trüben Stimmung und in meinem stets leidenden Zustande konnte ich nur ein Glück haben: Einen Mann zu finden, der edel genug dachte, um mich über mein Leben nicht zur Rede zu stellen und mich ohne Selbstsucht liebte. Diesen Mann hatte ich in der Person des Herzogs gefunden, aber der Herzog ist ein Greis, und das Greisenalter bietet weder Schutz noch Trost. Ich glaubte das Leben, das er mir bereitete, annehmen zu können; aber ich vermochte die Langeweile nicht zu ertragen, das ruhige, eintönige Leben wäre mein Tod gewesen. Wenn man einmal umkommen soll, so kann man sich ebenso gut in die Flammen eines brennenden Hauses stürzen, als sich mit Kohlendunst ersticken.

Da wurde ich mit dir bekannt: In deinem jugendlich – feurigen, gefühlvollen Wesen glaubte ich mein Ideal gefunden zu haben, und ich beschloss, mitten in meiner geräuschvollen Gesellschaft nur dir zu leben. Ich liebte in dir nicht sowohl etwas, was schon da war, als vielmehr etwas, was ich noch erwartetet. Du nimmst diese Rolle nicht an, du weisest sie als deiner unwürdig zurück, du bist ein ganz gewöhnlicher Bewunderer meiner Reize. Mache es wie die anderen, finde dich mit mir ab, und reden wir nicht mehr davon."

Margarete, durch dieses lange Bekenntnis erschöpft, lehnte sich im Sofa zurück und drückte ihr Taschentuch auf den Mund, um einen leichten Hustenanfall zu ersticken.

„Verzeih mir", stammelte ich; „ich habe das alles eingesehen, aber ich wollte es von dir selbst hören, meine geliebte Margarete. Vergessen wir das Vergangene und erinnern wir uns nur, dass wir füreinander geschaffen sind und das wir uns lieben … Margarete", fuhr ich fort, indem ich sie in meine Arme schloss, „mache mit mir, was du willst, ich bin dein Sklave; aber um des Himmels willen zerreiße meinen Brief und lass mich morgen nicht abreisen; es würde mir das Leben kosten."

Margarete zog meinen Brief aus dem Busen, gab ihn mir und sagte mit unaussprechlich zauberischem Lächeln: „Ich habe ihn schon mitgebracht."

Ich zerriss den Brief und bedeckte Margaretens Hände mit glühenden Küssen.

In diesem Augenblick trat Prudence ein.

„Wissen Sie wohl, Prudence, was er von mit verlangt?", fragte Margarete.

„Dass Sie ihm verzeihen sollen."

„Ganz richtig."

„Sie verzeihen ihm?"

„Ich muss wohl; aber er verlangt noch etwas anderes …"

„Was denn?"

„Er will mit uns soupieren."

„Und Sie willigen ein?"

„Was sagen Sie dazu?"

„Ich sage, dass ihr zwei Kinder seid, denen das Herz mit dem Kopf davonläuft; aber ich sage auch, dass ich großen Hunger habe und mich daher seiner Bitte anschließe."

„Gut, gut, ich gewähre sie", sagte Margarete. „Wir drei haben in meinem Wagen Platz … Hier nimm meinen Schlüssel", setzte sie, sich zu mir wendend, hinzu. „Nanine wird schon schlafen, du öffnest die Tür und … wirst in Zukunft trachten, den Schlüssel nicht mehr zu verlieren."

Ich küsste Margarete zum Ersticken.

In diesem Augenblick trat Josef ein.

„Gnädiger Herr", sagte er mit selbstgefälliger Miene, „die Reisekoffer sind gepackt."

„Schon vollständig gepackt?"

„Ja, es ist alles bereit."

„Nun, so packe nur wieder aus! Ich reise nicht."

Viertes Kapitel

Ich hätte Ihnen den Beginn dieses so innigen, traulichen Verhältnisses in kurzen Worten erzählen können – fuhr Armand fort –, aber ich wollte Ihnen zeigen, durch welche Ereignisse und durch welche Stufenreihe von Gefühlen dieses Verhältnis entstand, wie ich dahin kam, in alles zu willigen, was Margarete wollte, und wie Margarete endlich nicht mehr ohne mich leben konnte.

Am Tage nach ihrem Abendbesuche schickte ich ihr „Manon Lescaut", das Buch, das sie gekauft haben.

Da ich das Leben meiner Geliebten nicht ändern konnte, so änderte ich von jenem Augenblick an meine eigene Lebensweise. Vor allen Dingen wollte ich meinem Geiste nicht die Zeit lassen, über die Rolle, die ich angenommen, nachzudenken, denn wie sehr ich mich auch über gewisse Bedenklichkeiten hinwegzusetzen suchte, so war ich doch zuweilen sehr traurig gestimmt. Mein sonst so stilles, ruhiges Leben nahm daher plötzlich einen Schein der Unordnung und Regellosigkeit an. Glauben Sie nicht, dass die Liebe einer *Femme entretenue*, wie uneigennützig sie auch sei, keine Kosten verursache. Nichts kostet so viel wie die tausend Launen einer in der Modewelt gefeierten Schönheit: Man kann ihr Blumen, Theaterlogen, Soupers, Landpartien unmöglich abschlagen.

Sie wissen, dass ich kein Vermögen besitze. Mein Vater ist Generaleinnehmer in C***. Er steht in dem Rufe eines höchst redlichen Mannes, und dadurch wurde es ihm möglich, die Kaution zu bekommen, die er bei seinem Amtsantritt erlegen musste. Diese Stelle trägt ihm jährlich vierzigtausend Frank ein, und seit zehn Jahren, in denen er diese Stelle bekleidet, hat er nicht nur seine

Kaution zurückgezahlt, sondern auch schon für die Ausstattung meiner Schwester Sorge getragen. Mein Vater ist der ehrenhafteste Mann, den man finden kann. Meine verstorbene Mutter hat eine Rente von sechstausend Frank hinterlassen. Diese hat mein Vater an dem Tage, wo er die gewünschte Stelle erhielt, zwischen meiner Schwester und mir geteilt. Als ich einundzwanzig Jahre alt war, gab er mir zu diesem kleinen Einkommen noch einen jährlichen Zuschuss von fünftausend Frank, mit der Versicherung, dass ich in Paris mit achttausend Frank sehr gut leben könne, wenn ich mir daneben entweder als Advokat oder als Arzt eine Stellung gründen wollte. Ich ging also nach Paris, absolvierte meine Rechtsstudien, machte meine Advokatenprüfung, und … machte es wie viele junge Leute: Ich steckte mein Ernennungsdekret in die Tasche und überließ mich dem müßigen Pariser Leben. Meine Bedürfnisse waren nicht groß; ich verbrauchte in acht Monaten nicht mehr als mein Jahreseinkommen, und die vier Sommermonate lebte ich bei meinem Vater, wodurch ich mein jährliches Einkommen auf zwölftausend Frank brachte und mir den Ruf eines guten Sohnes erwarb. Übrigens hatte ich keinen Sou Schulden.

Dies waren meine Verhältnisse, als ich Margaretens Bekanntschaft machte.

Sie können sich leicht denken, dass ich ohne meinen Willen in größere Ausgaben verwickelt wurde. Margarete war wie ein verzogenes Kind; sie hatte die tausend Zerstreuungen, aus denen ihr Leben bestand, nie als eine bedeutende Ausgabe angesehen. Da sie so viel als irgend möglich in meiner Gesellschaft sein wollte, so pflegte sie mir vormittags zu schreiben, dass sie mit mir speisen würde, aber nicht in ihrem Hause, sondern in einem Gasthause in Paris oder auf dem Lande. Ich holte sie dann ab, wir speisten, gingen ins Theater, soupierten oft, und abends hatte ich vier bis fünf Louisdor ausgeben. Dies betrug monatlich gegen dreitausend Frank; meine Jahresrente reichte daher nicht viel länger als drei Monate, und ich sah mich in die Notwendigkeit versetzt, entweder Schulden zu machen oder Margarete zu verlassen.

Ich war zu allem bereit, nur nicht zu diesem letzten Schritt.

Verzeihen Sie, dass ich Sie mit allen diesen Umständen bekannt mache, aber Sie werden sehen, dass Sie die Ursache der folgenden Ereignisse waren. Was ich Ihnen erzähle, ist eine buchstäblich wahre, einfache Geschichte, der ich das schmucklose Gewand lasse.

Da nichts in der Welt mich bewegen konnte, meine Geliebte zu verlassen, so musste ich auf ein Mittel sinnen, die Ausgaben, die sie mir verursachte, zu bestreiten. Überdies nahm diese Liebe meine ganze Geistestätigkeit dergestalt in Anspruch, dass mir alle Augenblicke, die ich fern von Margarete erlebte, wie Jahre erschienen, und dass ich das Bedürfnis fühlte, diese Augenblicke durch das Feuer irgendeiner Leidenschaft zu zerstören, und sie so schnell zu durchleben, dass ich mir dessen kaum bewusst war und der Stunde des täglichen Stelldicheins wie in einem Taumel zueilte.

Ich fing an, von meinem kleinen Kapital fünf- bis sechstausend Frank zu entlehnen, und versuchte mein Glück im Spiel, denn seit der Abschaffung der Spielhäuser wird überall gespielt. Vormals, als man noch zu Frascati ging, hatte man die Aussicht, dort sein Glück zu machen; man spielte um Geld, und wenn man verlor, so konnte man sich wenigstens mit dem Gedanken trösten, dass man hätte gewinnen können. Jetzt ist es anders: Ausgenommen in den Klubs wo, es mit der Bezahlung noch ziemlich streng genommen wird, hat man fast die Gewissheit, einen bedeutenden Gewinn nicht zu erhalten. Der Grund ist leicht einzusehen.

Das Spiel ist jetzt hauptsächlich eine Zuflucht für junge Leute, die große Bedürfnisse und nicht genug Vermögen haben, um diese bestreiten zu könne; sie spielen also, und das Ergebnis ist notwendig Folgendes: Entweder sie gewinnen, und dann müssen die Verlierenden die Pferde und die Mätressen diese Herren bezahlen, oder sie verlieren, und da es ihnen schon an Geld zur Bestreitung ihrer Bedürfnisse fehlt, so lässt sich noch weniger erwarten, dass sie ihre Spielschulden bezahlen. Das Erste ist lächerlich, das Zweite sehr unangenehm. Es werden Schulden gemacht, die am grünen Tisch begonnenen Freundschaften endigen in Streitigkeiten, wo Ehre und Leben immer Gefahr laufen, und wenn man ein ehrlicher Mann ist, so wird man oft durch sehr brave junge Leute ruiniert, die keinen anderen Fehler haben, als das sie nicht zweihunderttausend Frank besitzen.

Ich habe nicht nötig, von denen zu sprechen, die im Spiel betrügen und deren notgedrungene Abreise oder allzu späte Verurteilung man einst in Erfahrung bringt.

Ich stürzte mich also in dieses geräuschvolle, rastlose, vulkanische Leben, das mir vormals stets einen Schrecken verursacht hatte, sooft ich nur daran dachte, nun aber eine notwendige Ergänzung zu meiner Liebe zu Margarete geworden war. Wie konnte ich auch anders?

Wenn ich nicht in der Rue d'Antin war, so würde mich die Eifersucht verzehrt haben, wenn ich zu Hause geblieben wäre; das Spiel hingegen wandte das Fieber ab, das mein Herz ergriffen hätte, und lenkte es auf eine Leidenschaft, die mich unwiderstehlich fesselte, bis die Stunde schlug, die mir Margarete zum Stelldichein bestimmt hat. Sooft diese Stunde schlug – und daran besonders erkannte ich die Größe meiner Liebe – verließ ich ohne weiteres den Spieltisch, ich mochte nun gewinnen oder verlieren; ich bedauerte sogar die Zurückbleibenden, die kein Glück, wie das meinige, zu erwarten hatten.

Für die meisten war das Spiel eine Notwendigkeit, für mich war es nur ein Heilmittel. Wäre ich von der Leidenschaft für Margarete geheilt worden, so hätte ich auch die Leidenschaft des Spieles nicht mehr gekannt. Ich bewahrte darum immer eine ziemlich große Kaltblütigkeit; ich verlor nur so viel, als ich bezahlen konnte, und gewann nur das, was ich hätte verlieren können.

Übrigens war mir das Glück günstig. Ich machte keine Schulden und gab doch dreimal mehr Geld aus, als ich ausgegeben hatte, bevor ich spielte.

Es war nicht leicht, diesem Leben zu widerstehen, das mir gestattete, ohne mich ihn Geldverlegenheiten zu bringen, Margaretens tausendfältige Launen zu befriedigen. Dabei liebte sie mich mit gleicher und sogar immer größerer Innigkeit als zuvor.

Anfangs hatte ich, wie schon erwähnt, nur zu bestimmten Stunden Zutritt bei ihr; dann erhielt ich von Zeit zu Zeit eine Einladung in ihre Loge, und endlich spielte sie auch zuweilen bei mir. Nach und nach verlängerten sich auch meine Besuche bei ihr.

Margaretens moralische Umwandlung stand noch bevor, eine physische Umwandlung war aber schon deutlich sichtbar. Ich hatte ihre Heilung unternommen, sie erriet meine Absicht und gehorchte mir, um mir ihren Dank zu beweisen. Es war mir ohne gewaltsame Mittel und ohne Anstrengung gelungen, sie von ihrer früheren Lebensweise fast ganz zu entwöhnen. Mein Arzt, den ich ihr zugeführt, hatte mir gesagt, dass nur eine ruhige, geregelte Lebensweise im Stande sei, ihre Gesundheit zu erhalten, und es war fortan nicht mehr die Rede von späten Soupers und Nachtwachen.

Margarete gewöhnte sich unwillkürlich und fast wider ihren Willen an diese neue Lebensweise, deren heilsame Wirkungen sie spürte. Schon fing sie an, einige Abende zu Hause zu bleiben, oder, wenn das Wetter schön war, hüllte sie sich in einen Kaschmir, nahm einen Schleier vor, und wir durchwandelten wie zwei Kinder zu Fuß die dunklen Laubengänge der Champs Elysées. Sie kam ermüdet nach Hause, nahm ein leichtes, bescheidenes Abendessen, spielte etwas Klavier oder las und begab sich dann zur Ruhe.

Die heilsamen Folgen für Margaretens Gesundheit zeigten sich bald. Der Husten, der mir, sooft ich ihn hörte, das Herz zerriss, war fast ganz verschwunden. Nach sechs Wochen war von dem Grafen, der mir entschieden geopfert wurde, gar keine Rede mehr; nur die Rücksicht auf den alten Herzog, zwang mich noch, mein Verhältnis zu Margarete geheim zu halten, und es war oft vorgekommen, dass er unter dem Vorwande, das Fräulein sei unpässlich und schlafe, nicht vorgelassen worden war, wenn ich da war.

Infolge der Gewohnheit und selbst des Bedürfnisses Margaretens, mich zu sehen, gab ich das Spiel gerade in dem Zeitpunkt auf, wo ein gewandter Spieler nicht zurückgetreten wäre. Ich hatte eine Summe von etwa zehntausend Frank gewonnen, und dies schien mir ein unerschöpfliches Kapital.

Die Zeit, zu der ich sonst immer meinen Vater und meine Schwester besucht hatte, war wiedergekehrt, doch reiste ich nicht ab. Beide bestürmten mich daher mit Briefen, worin sie mich baten, zu ihnen zukommen.

Auf alle diese Briefe antwortete ich so gut, als ich konnte, indem ich wiederholt versicherte, dass ich mich wohl befände und kein Geld brauchte, und ich glaubte, dass diese beiden Dinge meinen Vater über die Verspätung meines jährlichen Besuches einigermaßen trösten würden.

Inzwischen kam Margarete an einem herrlichen Morgen auf den Gedanken, den ganzen Tag auf dem Lande zuzubringen. Ich nahm den Vorschlag mit Freuden an. Prudence wurde herbeigeholt, und wir drei verließen die Stadt, nachdem Margarete ihrer Zofe befohlen hatte, dem Herzoge zu sagen, sie habe den schönen Tag benutzen wollen und sei mit Frau Duvernoy aufs Land gefahren.

Die Anwesenheit der Duvernoy war notwendig, um den Herzog zu beruhigen, und überdies gehörte Prudence zu jenen Frauen, die für Landpartien geschaffen zu sein scheinen. Mit ihrer stets ungetrübten Heiterkeit und ihrem unerschöpflichen Appetit, konnte sie denen, die sie begleiteten, keinen Augenblick der Langeweile lassen; sie verstand sich vollkommen darauf, das übliche ländliche Frühstück mit gebackenen Kaninchen, Eiern, Butter, Milch und Kirschen zu bestellen.

Auch bei der Wahl des Ortes zog uns die Duvernoy aus der Verlegenheit.

„Wollen Sie ein wahres Landleben genießen?“, sagte sie.

„Ja“, sagte Margarete.

„Nun, so fahren wir nach Bougival, zu der Witwe Arnould … Armand, besorgen Sie eine Kalesche!“

„Schicke sie hierher und erwarte uns beim Rond-Point in den Champs Elysées“, sagte Margarete zu mir mit einem zärtlichen Kuss; „ich will nicht, dass man dich vor meiner Tür mit mir einsteigen sieht.“

Anderthalb Stunden nachher waren wir in Bougival, bei der Witwe Arnould.

Das Gasthaus zum „Point du Jour“ ist allen Freunden des Landlebens zu Paris wohl bekannt, es ist in der Woche ein Hotel, sonntags eine von Besuchern wimmelnde Schenke. In dem terrassenförmig sich erhebenden Garten hat man eine herrliche Aussicht. Zur Linken wird der Gesichtskreis durch den Aquädukt von Marly begrenzt, zur Rechten schweift der Blick über grüne Hügel; der Fluss, der dort fast gar keine Strömung hat, schlängelt sich wie ein gewässertes weißes Band durch die reizende Landschaft und umspielt die Insel Croissy mit ihren Pappeln und den bis in das Wasser sich neigenden Trauerweiden.

Im Hintergrunde erheben sich kleine, weiße Häuser mit roten Dächern und Fabrikgebäude, die, in der Entfernung gesehen, ihr steifes, prosaisches Ansehen verlieren und der Landschaft einen lebendigen Charakter verleihen.

Prudence hatte Recht, wir waren wirklich auf dem Lande, und ich muss hinzusetzen, dass wir ein wirklich genussreiches ländliches Frühstück hatten. Ich sage dies nicht etwa aus Dankbarkeit für das Glück, das ich dort gefunden, aber Bougival hat, ungeachtet seines schlechten Rufes, eine ungemein reizende Lage. Ich habe viele Reisen gemacht: Ich habe Großartigeres, aber nichts Anziehenderes gesehen als dieses kleine Dorf, das so malerisch am Fuße des grünen Hügels liegt.

Frau Arnould schlug eine Spazierfahrt auf dem Wasser vor. Ein hübscher Kahn war bereit, und wir nahmen den Vorschlag mit Freude an.

Unglücklicherweise brannte die Sonne sehr heiß, und dass Zurückprallen der Strahlen von dem Wasser tat den Augen weh. Wir legten bei der Insel Croissy an und setzten uns in den Schatten.

Man hat die Liebe immer mit dem Landleben in Verbindung gebracht, und mit Recht; denn nichts bildet eine so passende Umgebung des geliebten Gegenstandes wie der reine blaue Himmel, die duftenden Blumen, die idyllischen Baumgruppen, die reizenden Einöden in Feld und Wald. Wie innig man auch ein weibliches Wesen liebt, wie großes Vertrauen man auch zu ihr hat, und wie sicher auch die Gewähr für die Zukunft ist, welche die Vergangenheit bietet, so ist man doch immer eifersüchtig. Wer je wahrhaft geliebt hat, muss das Bedürfnis gefühlt haben, das Wesen, dem man ganz leben will, von der Welt abzusondern. Wie gleichgültig auch der geliebte Gegenstand gegen seine Umgebung sei, so scheint er doch durch die Berührung mit Menschen und Sachen an Reiz und Zauber zu verlieren. Ich empfand das mehr als jeder andere, meine Liebe war kein gewöhnliches Gefühl, ich liebte so innig und feurig, wie nur ein menschliches Wesen lieben kann, aber es war eine Buhlerin, die ich liebte, und daher konnte ich mir in Paris bei jedem Schritt ein Mann begegnen, der ihr Geliebter gewesen war oder es morgen werden konnte, und dies zerriss mir das Herz, trieb aber auch meine Leidenschaft auf den höchsten Grad.

Auf dem Lande hingegen, mitten unter Leuten, die wir nie gesehen hatten und die sich um uns nicht kümmerten, umgeben von der herrlichen Frühlingsnatur, weitab vom Geräusche der Stadt, konnte ich meine Liebe verbergen und ohne Beschämung und Besorgnis lieben.

Die Buhlerin verschwand nach und nach. Ich hatte nicht mehr Margarete Gautier, die *Fille entretenue*, vor Augen, sondern ein reizendes junges Mädchen, das meine Liebe erwiderte und zufällig Margarete hieß. Die Vergangenheit hatte keine Gestalten, die Zukunft keine Wolken mehr. Die Sonne beleuchtete meine Geliebte, wie sie die keuscheste Braut beleuchtet hätte. Wir lustwandelten beide auf der freundlichen Insel, die ausdrücklich gemacht zu sein scheint, um an Verse Lamartines oder an Melodien Scudos zu erinnern. Margarete trug ein weißes Kleid, sie lehnte sich an meinen Arm und wiederholte mir am Abend unter dem Sternenhimmel die Worte, die sie mir tags zuvor gesagt hatte. Das geräuschvolle Treiben der Welt dauerte in der Ferne fort, ohne auf das lachende Bild unserer Jugend und unserer Liebe einen trüben Schatten zu werfen.

Diesen Traum träumte ich, indem ich die glühenden Sonnenstrahlen, die sich durch das Laubdach stahlen, sinnend betrachtete und, in dem langen, üppigen Grase liegend, meinen Gedanken freien Lauf ließ und mich den freudigsten Hoffnungen hingab.

Von der Stelle, wo wir uns befanden, bemerkte ich am Ufer ein wunderhübsches Landhaus, umgeben von grünen Rasenplätzen und malerischen Baumgruppen. Die Außentreppe war ganz von blühenden Schlingpflanzen bedeckt, die sich bis zum ersten Stock hinauf erstreckten. Eine breite Allee von Kastanienbäumen führte vom Ufer zu dem ungewohnt scheinenden Hause.

Je länger ich das Haus betrachtete, desto schwerer ward es mir, meine Blicke von ihm abzuwenden. Endlich konnte ich mich des Gedankens nicht entschlagen, die reizende Besitzung sei mein. Ich sah Margarete und mich, wie wir am Tage in den schattigen Laubgängen auf und ab gingen und abends auf dem Rasen saßen, der sich wie ein Teppich hinter dem Hause ausbreitete, und fragte mich, ob irdische Wesen jemals so glücklich wären wie wir.

Ich sah Margarete an, sie war der Richtung meines Blickes und vielleicht auch meiner Gedanken gefolgt, denn auch sie betrachtete das Haus, das uns gleichsam anlächelte und sich anzubieten schien.

„Welch ein hübsches Haus“, sagte sie zu mir.

„Wo?“, fragte Prudence.

„Dort unten“, antwortete Margarete, indem sie mit dem Finger auf das Landhaus deutete.

„Reizend, allerliebst!“, erwiderte Prudence. „Es gefällt Ihnen?“

„Ungemein.“

„Nun, so sagen Sie dem Herzog, dass Sie hier zu wohnen wünschen. Ich bin überzeugt, dass der das Haus für Sie mieten wird. Ich nehme die Sache auf mich.“

Margarete sah mich an, als ob sie mich fragen wollte, was ich dazu meinte.

Die letzten Worte der Duvernoy hatten meinen Traum verscheucht und mich so unsanft in die Wirklichkeit zurückgeworfen, dass ich noch ganz betäubt war.

„In der Tat ein trefflicher Gedanke!“, stammelte ich, ohne recht zu wissen, was ich sagte.

„Nun, ich werde die Sache zu Stande bringen“, rief Margarete, die meine Worte nach ihrem Wunsche deutete, mit einem zärtlichen Händedruck. „Wir wollen sogleich sehen, ob es zu vermieten ist", fuhr sie fort.

Das Haus war leer und um den Preis von dreitausend Frank zu vermieten.

„Morgen sollen Sie Antwort haben", sagte Margarete zu dem Hausmeister … „Wirst du hier glücklich sein?", fragte sie mich, indem sie mir die Hand drückte.

„Werde ich denn gewiss hierher kommen?", fragte ich zweifelnd zurück.

„Für wen sollte ich mich denn in dieser Einsamkeit begraben?"

„So erlaube mir, teuerste Margarete, dass ich dieses Haus miete."

„Bist du von Sinnen, Armand? Dies wäre nicht nur ganz unnütz, sondern sogar gefährlich. Du weißt ja, dass ich nur von einem Manne etwas annehmen darf; du musst daher ganz aus dem Spiele bleiben."

„Und ich", fragte Prudence, „werde hierher kommen, sooft ich zwei freie Tage habe."

Wir verließen das Haus und kehrten, den neuen Plan ausführlich besprechend, nach Paris zurück. Ich hielt Margarete in meinen Armen, sodass ich schon vor meiner Ankunft zu Hause den Entschluss meiner Geliebten mit weit weniger Bedenklichkeit betrachtete.

Am folgenden Tage entließ mich Margarete vor der Stunde, zu der der Herzog zu kommen pflegte, und versprach mir, das gewohnte abendliche Stelldichein in einem Billett festzusetzen. Um Mittag erhielt ich wirklich von ihr folgende hastig geschriebene Worte:

„Ich fahre mit dem Herzog nach Bougival. Erwarte mich diesen Abend um acht Uhr bei Prudence."

Zur bestimmten Stunde war Margarete zurückgekehrt und suchte mich bei Frau Duvernoy auf.

„Es ist alles in Ordnung", sagte sie eintretend.

„Ist das Haus gemietet?", fragte Prudence.

„Ja. Er hat sogleich eingewilligt."

Ich kannte den Herzog nicht, aber ich schämte mich, ihn so zu betrügen.

„Aber das ist noch nicht alles", fuhr Margarete fort.

„Was denn noch?"

„Ich bin auch auf Armands Wohnung bedacht gewesen."

„In demselben Hause?", fragte Prudence lachend.

„Nein", erwiderte Margarete, „beim ‚Point du Jour', wo ich heute mit dem Herzog gefrühstückt habe. Während er sich an der Aussicht weidete, fragte ich Frau Arnould – so heißt sie doch, nicht wahr? –, ob sie eine hübsche Wohnung habe. Sie hat gerade einen Salon mit Vorzimmer und Schlafgemach. Mich dünkt, das ist genug. Sechzig Frank monatlich. Das Ganze so möbliert, dass ein Griesgram erheitert werden könnte. Ich habe die Wohnung gemietet. Habe ich recht getan?"

Ich fiel Margarete um den Hals.

„Das wird prächtig sein", fuhr sie fort. „Du bekommst den Schlüssel zu der kleinen Tür, und dem

Herzog habe ich einen Schlüssel zu dem Gittertor versprochen. Er wird ihn natürlich nicht nehmen, denn er wird gewiss nie anders als am Tage kommen. Er scheint von dieser Grille entzückt zu sein, weil ich einige Zeit von Paris entfernt sein werde und er dadurch seinen Verwandten die Gelegenheit nehmen kann, sich missbilligend über sein Verhältnis zu mir zu äußern. Gleichwohl schien es ihn zu befremden, dass ich, die Vollblut-Pariserin, mich entschließen konnte, in dieser Einsamkeit zu leben. Ich antwortete ihm, dass ich der Ruhe und der stärkenden Landluft zur Wiederherstellung meiner Gesundheit bedürfe. Er schien mir nicht recht zu glauben. Der arme Alte wittert überall Verrat. Wir müssen also sehr vorsichtig sein, lieber Armand, denn er wird mich überwachen lassen, und dass er mir ein Landhaus mietet, ist noch nicht alles: Er muss auch meine Schulden bezahlen, und ich habe deren leider nur allzu viele. Bist du mit allem einverstanden?"

„Ja", antwortete ich, indem ich die Bedenklichkeit, die diese Lebensweise von Zeit zu Zeit in mir erregt, zu beschwichtigen suchte.

„Wir haben das Haus genau in Augenschein genommen", fuhr Margarete fort, „wir werden dort wie im Paradiese sein. Der Herzog dachte an alles … Du kannst dich in der Tat nicht beklagen", setzte sie halb trunken vor Freude hinzu. „Dir wird von einem Millionär das Bett gemacht."

„Und wann werden Sie einziehen?", fragte Prudence.

„Sobald wie möglich."

„Nehmen Sie Wagen und Pferde mit?"

„Ich nehme mein ganzes Hauswesen mit; Sie sollen während meiner Abwesenheit die Ansicht über meine Wohnung führen."

Acht Tage später hatte Margarete von dem Landhause Besitz genommen, und ich hatte meine Wohnung in Bougival bezogen.

Es begann nun ein Leben, das sich schwer beschreiben lässt.

Im Anfang ihres Aufenthalts auf dem Lande konnte Margarete ihre frühere Gewohnheit nicht völlig aufgeben. Da sie noch immer ein großes Haus machte, so erhielt sie häufig Besuche aus Paris; im ersten Monat verging kein Tag, an dem nicht acht bis zehn Personen bei ihr zu Tisch gewesen wären.

Prudence brachte ihrerseits alle ihre Bekannten mit und machte dann die Honneurs des Hauses, als ob es ihr selbst gehörte.

All dieser Aufwand wurde natürlich von dem Gelde des Herzogs bestritten, und dennoch ließ mich Margarete von Zeit zu Zeit durch Prudence um eine Banknote von tausend Frank bitten. Sie wissen, dass ich im Spiel etwas gewonnen hatte; ich beeilte mich daher, Margarete das Gewünschte zu senden. Da ich aber fürchtete, sie werde mehr bedürfen, als ich hatte, so nahm ich in Paris eine gleiche Summe auf, wie die früher geborgte, die ich sehr pünktlich zurückgezahlt hatte.

Ich befand mich daher wieder im Besitze von zehntausend Frank, ohne meinen jährlichen Zuschuss zu rechnen.

Das Vergnügen, das Margarete an der Bewirtung ihrer Freundinnen fand, verschwand jedoch vor den Ausgaben, die dieses Vergnügen verursachte, und besonders vor der Notwendigkeit, mich zuweilen um Geld anzusprechen oder vielmehr ansprechen zu lassen. Der Herzog, der dieses Haus gemietet hatte, um Margarete Ruhe und Erholung zu verschaffen, erschien nicht mehr. Er fürchtete immer, eine zahlreiche lustige Gesellschaft, von der er nicht gesehen werden wollte, anzutreffen. Die Ursache dieser Zurückhaltung war folgende. Er war eines Tages gekommen, um mit Margarete allein zu speisen, und zu der Stunde, wo er sich zum Diner zu setzen gedachte, hatte er fünfzehn Personen beim Frühstück gefunden, das schon fünf Stunden gedauert hatte und noch nicht beendet war. Als er, ohne etwas zu ahnen, die Tür des Speisezimmers geöffnet hatte, war er durch ein allgemeines Gelächter empfangen worden, und er hatte vor der unziemlichen Lustigkeit der Gäste schnell die Tür wieder geschlossen.

Margarete war vom Tische aufgestanden. Sie hatte den Herzog in dem Nebenzimmer eingeholt und sich alle Mühe gegeben, den alten Kavalier zu beschwichtigen. Dieser aber, in seiner Eigenliebe verletzt, hatte dem armen Mädchen mit einiger Härte vorgeworfen, dass sie ihm nicht einmal in ihrer Wohnung Achtung beschaffen könne, und hatte ihr geradezu erklärt, dass er es müde sei, ihre Torheiten zu bezahlen. Darauf hatte er sich sehr zornig entfernt.

Seit jenem Tage hatte man nichts mehr von ihm gehört. Margarete mochte immerhin ihren bisherigen Gästen die Tür verschließen und ihre Lebensweise ändern: Der Herzog schien keine neue Annäherung zu beabsichtigen. Ich hatte dabei den Vorteil, dass mir meine Geliebte nun ganz angehörte und dass mein Traum sich endlich verwirklichte. Margarete konnte nicht mehr ohne mich leben. Ohne sich um die Folgen zu kümmern, sprach sie ganz frei und offen von unserem Verhältnis. Wir waren einander oft unentbehrlich geworden, dass ich ihr Haus nicht mehr verließ. Die Diener betrachteten mich als ihren wirklichen Herrn.

Prudence hatte Margarete allerdings Vorstellungen gemacht. Aber diese hatte ihrer Ratgeberin geantwortet, sie liebe mich, es sei ihr unmöglich, sich von mir zu trennen, und sie werde unter keine Bedingung auf das Glück verzichten, beständig bei mir zu sein. Sie hatte mit einer sehr merklichen Beziehung hinzugesetzt, wer dies nicht billige, möge immerhin seine Besuche einstellen.

Dies hatte ich eines Tages gehört, als Prudence mit der Nachricht gekommen war, dass sie Margarete etwas sehr Wichtiges mitzuteilen hätte, und ich an der Tür des Zimmers, in dem sich beide befanden, gehorcht hatte.

Einige Zeit nachher kam Prudence wieder. Ich war im Garten, als sie ankam, und sie sah mich nicht. Aus der Befangenheit, mit welcher Margarete sie empfing, schloss ich, dass wieder eine ähnliche Unterredung wie die von mir behorchte stattfinden werde.

Der Wunsch, alles zu wissen, was meine Geliebte anging, trieb mich zu dem Entschlusse, das Gespräch wieder zu belauschen.

Die beiden Freundinnen begaben sich in ein Boudoir, an dessen Tür ich mich auf die Lauer stellte.

„Nun, wie ist's?“, fragte Margarete.

„Ich habe den Herzog gesehen.“

„Was hat er gesagt?“

„Die erste Szene“, sagte er, „wolle er Ihnen gern verzeihen, aber er habe erfahren, dass Sie ganz frei und offen mit einem jungen Manne namens Armand Duval lebten, und das könne er Ihnen nicht vergeben. ‚Margarete möge sich von ihm lossagen,' setzte er hinzu, ‚und wie früher werde ich ihr alles geben, was sie verlangt; wenn nicht, so hat sie durchaus nichts mehr von mir zu erwarten.“

„Was haben Sie darauf geantwortet?“

„Dass ich Ihnen seine Antwort mitteilen würde, und ich habe ihm versprochen, Ihnen vernünftige Vorstellungen zu machen. Bedenken sie wohl die Stellung, die Sie verlieren und die Ihnen Armand nie wieder geben kann. Er liebt Sie so innig, wie nur ein Mann lieben kann, aber er hat nicht Vermögen genug, um alle Ihre Bedürfnisse zu befriedigen, und früher oder später müssen Sie ihn verlassen, wenn es zu spät ist und der Herzog nichts mehr für Sie tun will. Soll ich mit Armand über das alles reden?“

Margarete schien nachzusinnen, denn sie antwortete nicht. Das Herz schlug mir fast hörbar, während ich ihre Antwort erwartete.

„Nein“, erwiderte Margarete nach dieser langen Pause, „ich werde Armand nicht verlassen; ich werde mich nicht verstecken, um mit ihm zu leben. Es ist vielleicht eine Torheit, aber ich kann nicht anders, denn ich liebe ihn. Und überdies, da er daran gewöhnt ist, mich ohne Hindernis zu lieben, würde es ihm zu weh tun, wenn er gezwungen würde, mich zu verlassen, und wäre es auch nur eine Stunde täglich. Was mich selbst betrifft, so habe ich nicht so lange zu leben, um mich unglücklich zu machen und nach dem Willen eines Greises zu handeln, dessen bloßer Anblick mich alt macht. Er mag sein Geld nur behalten, ich werde auch ohne seine Hilfe leben können.“

„Aber wie werden Sie das anfangen?“

„Ich weiß es nicht, aber was liegt mir daran?“

Prudence war ohne Zweifel im Begriffe, etwas zu antworten, aber ich trat unerwartet ein, fiel Margarete zu Füßen und benetzte ihre Hände mit Freudentränen.

„Mein Leben ist dir gewidmet, Margarete; du bedarfst der Hilfe des Herzogs nicht, denn ich bin ja da. Kannst du glauben, dass ich dich je verlassen würde, und werde ich jemals im Stande sein, dir das Glück zu vergelten, das du mir gewährst und das du durch das Geständnis dieser ungeteilten Liebe, nach der ich schon so lange strebe, noch verdoppelst? Keinen Zwang mehr, Margarete! Wir lieben uns – was kümmert uns das Übrige!"

„Sie sehen!", sagte Margarete zu Prudence, indem sie mir zulächelte und mich mit dankbaren, liebevollen Blicken ansah. „Ja, ich liebe dich Armand", hauchte sie, indem sie beide Arme um meinen Nacken schlang, „ich liebe dich mit meiner Innigkeit, deren ich mich nie fähig geglaubt hätte. Wir werden glücklich sein, wir werden in ungestörter Ruhe leben, und ich werde jenem Leben, das mir zur Last ist und dessen ich mich jetzt schäme, auf immer Lebewohl sagen. Du wirst mir die Vergangenheit nie vorwerfen, nicht wahr?"

Tränen ersticken meine Stimme. Ich konnte nur antworten, indem ich Margarete an mein Herz drückte.

„Erzählen Sie das dem Herzog", sagte sie mit tief bewegter Stimme, indem sie sich zu Prudence wandte, „und fügen Sie hinzu, dass wir seiner nicht bedürfen."

Seit jenem Tage war von dem Herzog gar nicht mehr die Rede. Margarete war nicht mehr das Mädchen, das ich früher gekannt hatte. Es war eine gänzliche Umwandlung in ihr vorgegangen. Sie verriet alles, was mich an ihr früheres Leben, indem ich sie kennen gelernt, hätte erinnern können. Keine Frau, keine Schwester konnte ihren Gatten oder Bruder zärtlicher und inniger lieben, als sie mich liebte. Diese krankhaft reizbare Natur war für alle Eindrücke empfänglich, allen Gefühlen zugänglich. Sie hatte mit ihren Freundinnen wie mit ihren Gewohnheiten, mit ihrer früheren Ausdrucksweise wie mit ihrem Aufwande gebrochen. Wer uns gesehen hätte, wenn wir aus dem Hause gingen, um in einem von mir angekauften hübschen Kahn eine Spazierfahrt auf der Seine zu machen, würde nie geglaubt haben, dass das schlanke Mädchen im einfachen weißen Kleide, mit dem großen Strohhut auf dem Kopf und mit der über den Arm geworfenen seidenen Mantille, die sie gegen die Kühle des Wassers schützen sollte, dieselbe Margarete Gautier sei, die vier Monate vorher durch ihren Luxus und ihre Modetorheiten so großes Aufsehen gemacht hatte.

Ach! Wir beeilten uns, das uns gebotene Glück mit vollen Zügen zu genießen, als ob wir geahnt hätten, dass dieses Glück nicht von langer Dauer sein werde.

Seit zwei Monaten waren wir nicht mehr in Paris gewesen. Niemand hatte uns besucht, ausgenommen Prudence und jene Julie Duprat, von der ich Ihnen bei unserer ersten Unterredung sagte und der ich Margarete später die rührende Erzählung einhändigte, die ich hier habe.

Ich saß ganze Tage zu den Füßen meiner Geliebten. Wir pflegten die Fenster zu öffnen, die die Aussicht in den Garten boten, und lauschten dem geheimnisvollen Flüstern der Natur, oder wir saßen im Schatten der dicht belaubten Bäume und atmeten das Leben ein, das weder Margarete noch ich bisher verstanden hatten.

Sie betrachtete oft die geringsten Dinge mit kindlichem Erstaunen. Manchmal lief sie wie ein zehnjähriges Mädchen einem Schmetterling oder einer Wasserjungfer nach. Die vormalige Buhlerin, die für Blumen mehr Geld ausgegeben hatte, als eine ganze Familie zum anständigen Lebensunterhalt braucht, saß zuweilen eine volle Stunde auf dem Rasen und betrachtete die Blumen, deren Namen sie führte.

Inzwischen las sie auch oft in „Manon Lescaut“. Ich überraschte sie zuweilen, wie sie Bemerkungen in das Buch schrieb, und sie sagte mir immer, wer wahrhaft liebe, könne nicht handeln wie Manon.

Zwei- oder dreimal schrieb der Herzog an sie. Sie erkannte die Handschrift und gab mir die Briefe, ohne sie zu lesen.

Der Greis erregte mein innigstes Mitleid, und seine Briefe rührten mich bis zu Tränen. Können Sie sich wohl in die Lage des alten Mannes versetzten, dessen Geisteskräfte durch die Jahre und bangen Kummer schon sehr geschwächt waren? Fühlen Sie wohl, was er leiden musste, wenn er, durch die äußere Ähnlichkeit Margaretes mit seiner Tochter unwiderstehlich angezogen, die Ähnlichkeit weiter ausdehnen wollte: und wenn Margarete durch Leidenschaft oder Gewohnheiten fortgerissen, ihm entschlüpfte, oder in ihm nur ein Mittel, sich ihrer Geldverlegenheit zu entreißen, erblickte?

Er hatte geglaubt, sie zu sich zurückzuführen, indem er ihr seine Börse verschloss. Als er aber Margaretes fortdauerndes Stillschweigen sah, war er seiner Gefühle nicht mehr mächtig; er schrieb an sie und bat sie, wie früher, um die Erlaubnis, sie zu besuchen, welche Bedingungen sie auch an diese Bewilligung knüpfen wolle.

Ich las also die wiederholten dringenden Briefe des Herzogs und zerriss sie, ohne Margarete den Inhalt derselben mitzuteilen und ohne ihr zu raten, den alten Kavalier wiederzusehen, obgleich ein Gefühl des Mitleids mich dazu geneigt machte. Aber ich fürchtete, Margarete werde in diesem Rate den Wunsch erblicken, dass der Herzog mich der Kosten des Hauswesens überhebe, und fürchtete vor allem die Voraussetzung, dass ich in allen pekuniären Folgen, die ihre Liebe zu mir haben konnte, die Verantwortlichkeit zurückzuweisen suche.

Die Folge davon war, dass der Herzog, der keine Antwort erhielt, zu schreiben aufhörte, und dass weder Margarete noch ich an die Zukunft dachte.

Es würde schwer sein, Ihnen unser neues Leben ausführlich zu schildern. Es bestand aus einer Reihe von Tändeleien, die unser höchstes Glück ausmachten, aber für andere kein Interesse haben können. Sie wissen, wie schnell die Tage vergehen und mit welcher liebedurchglühten Lässigkeit man dem anderen Tage entgegenlebt. Sie kennen jenes Vergessen der Außenwelt, das aus einer innigen, vertrauten, ungeteilten Liebe entsteht.

Jedes Wesen, außer dem geliebten Gegenstande, scheint in der Schöpfung überflüssig zu sein. Man bereut, seine Zuneigung schon anderen gewidmet zu haben, und man begreift gar nicht die Möglichkeit, jemals eine andere Hand zu drücken als jene, die man gefasst hat.

Man ist weder einer Geistestätigkeit, noch einer Erinnerung, noch sonst einer Zerstreuung fähig. Mit jedem Tage entdeckt man an der Geliebten einen neuen Reiz, einen bisher unbekannten Zauber. Das Dasein ist nur noch die beständig wiederholte Ausführung eines einzigen Wunsches, die Seele nur die Vestalin, der die Erhaltung des heiligen Liebesfeuers obliegt.

Oft setzten wir uns bei Sonnenuntergang in das am Abhange des Hügels hinter dem Hause befindlichen Wäldchen und lauschten den freudigen Harmonien des Abends. Oder wir saßen am Fenster und überblickten die im Halbdunkel des scheidenden Tages schwimmende weite Landschaft.

Gleichwohl fand ich Margarete zuweilen in trüber Stimmung und manchmal sogar in Tränen. Eines Tages fragte ich sie, woher dieser plötzliche Kummer komme, und sie antwortete mir:

„Meine Liebe ist keine gewöhnliche Liebe, teuerster Armand. Du liebst mich, als ob ich bis zu der Bekanntschaft mit dir keusch und fleckenlos gewesen wäre, ich fürchte, du wirst später deine Liebe bereuen und mir meine Vergangenheit vorwerfen. Wie schrecklich, wenn du mich zwingen würdest, zu dem früheren Leben, in dem du mich gefunden, zurückzukehren! Jetzt, nachdem ich die Seligkeit des neuen Lebens, das du mir bereitet, gekostet habe, würde ein Rückfall mein Tod sein. Gib mir also die Versicherung, dass du mich nie verlassen wirst.“

„Ich schwöre es dir!“

Bei diesen Worten sah sie mich an, als ob sie in meinen Augen lesen wollte, ob mein Schwur aufrichtig sei. Dann sank sie in meine Arme und sagte, ihr Gesicht an meiner Brust verbergend:

„O, du weißt nicht, wie ich dich liebe!“

Eines Abends standen wir am Fenster, betrachteten den Mond, der mühsam aus seinem Wolkenbett hervorzukommen schien, und hörten dem Winde zu, der in den Ästen der Bäume tobte. Wir hielten uns an der Hand und blieben wohl eine Viertelstunde stumm. Endlich sagte Margarete zu mir:

„Nun kommt der Winter. Willst du, dass wir abreisen?“

„Wohin?“

„Nach Italien.“

„Du langweilst dich hier?“

„Ich fürchte den Winter und noch mehr unsere Rückkehr nach Paris.“

„Warum?“

„Aus vielen Gründen.“

Und sie fuhr plötzlich abbrechend fort, ohne mir die Ursache ihrer Besorgnis zu nennen: „Willst du abreisen?

Ich werde meine ganze Habe verkaufen, und wir gehen in ein fernes Land; es bleibt dann nichts übrig von dem, was ich war. Niemand wird dort wissen, wer ich bin. Willst du?“

„Ja, wir wollen fort von hier, Margarete, wenn es dein Wunsch ist, wir wollen eine Reise machen“, sagte ich zu ihr; „aber warum wolltest du Sachen verkaufen, die du bei deiner Rückkehr mit Freuden wieder finden wirst? Mein Vermögen ist nicht so groß, dass ich ein solches Opfer von dir annehmen könnte, aber ich besitze genug, um mit dir eine angenehme Reise von fünf bis sechs Monaten zu machen, wenn es dir ein Vergnügen bereitet.“

„Doch nein“, fuhr sie fort, indem sie das Fenster verließ und sich auf das Sofa in den dunklen Hintergrund des Zimmers setzte, „wozu im fremden Lande so viel Geld ausgeben? Du bringst mir hier schon Opfer genug.“

„Du wirfst mir vor, Margarete, dass ich nicht großmütig …“

„Verzeih mir, lieber Armand“, antwortete sie, mir die Hand reichend. „Dieses stürmische Wetter greift meine Nerven schrecklich an, und ich weiß nicht recht, was ich sage.“

Sie küsste mich und versank dann in tiefes Nachdenken.

Solche Auftritte erneuerten sich zu wiederholten Malen. Die Veranlassung zu ihnen blieb mir unbekannt, aber ich nahm doch bei Margarete ein Gefühl der Unruhe für die Zukunft wahr. An meiner Liebe konnte sie nicht zweifeln, denn meine Zärtlichkeit mehrte sich mit jedem Tage, und trotzdem sah ich sie oft traurig, ohne dass sie für ihre Verstimmung einen anderen Grund als körperliches Unwohlsein angegeben hätte.

Da ich fürchtete, das allzu einförmige Leben werde sie langweilen, schlug ich ihr die Rückkehr nach Paris vor. Aber sie wies diesen Vorschlag stets mit Beharrlichkeit zurück und gab mir die Versicherung, dass sie nirgends so glücklich sein könne wie auf dem Lande.

Prudence kam nur noch selten, dafür aber schrieb sie Briefe, die ich nie zu sehen verlangte, die aber auf Margarete jedes Mal einen sehr niederschlagenden Eindruck machten.

Ich wusste nicht, was ich denken sollte.

Eines Tages schrieb Margarete, die allein in ihrem Zimmer geblieben war, einen langen Brief. In dem Augenblick, als sie den Brief siegelte, trat ich ein.

„An wen schreibst du?“, fragte ich.

„An Prudence“, antwortete sie; „soll ich dir vorlesen, was ich ihr geschrieben habe?“

Jeder Anschein eines Argwohns war mir ein Gräuel, ich antwortete daher, dass ich um Margaretes Briefwechsel gar nicht zu wissen verlange. Und dennoch war ich überzeugt, dass ich aus diesem Briefe die wahre Ursache ihrer Betrübnis erfahren würde.

Am folgenden Tage war das Wetter herrlich. Margarete schlug mir eine Spazierfahrt auf dem Wasser und einen Besuch der Insel Croissy vor, die sie noch nicht genauer kannte. Wir frühstückten bei einem Fischer. Margarete schien sehr heiter. Es war fünf Uhr, als wir wieder zu Hause ankamen.

„Frau Duvernoy ist gekommen“, sagte Nanine, als sie uns eintreten sah.

„Ist sie wieder fort?“, fragte Margarete.

„Ja, sie hat anspannen lassen und ist in der Kutsche nach Paris zurückgekehrt. Sie sagte, es sei so verabredet worden.“

„Gut, gut", sagte Margarete hastig; – „lass jetzt den Tisch besorgen."

Den ganzen Abend war Margarete beinahe ausgelassen lustig.

Zwei Tage nachher kam ein Brief von Prudence, und vierzehn Tage lang schien Margarete ihre rätselhafte Schwermut vergessen zu haben. Sie hörte nicht auf, mich wegen ihrer trüben Stimmung um Verzeihung zu bitten.

Der Wagen kam unterdessen nicht zurück.

„Wie kommt es, dass dir Prudence deinen Wagen nicht zurückschickt?", fragte Margarete.

„Sie hat mir geschrieben, eins der beiden Pferde sei krank und der auf dem Lande sehr abgenutzte Wagen bedürfe einer Ausbesserung. Es ist besser, dass dies alles gemacht werde, solange wir noch hier sind, wo wir keinen Wagen brauchen, als dass wir bis zu unserer Rückkehr nach Paris damit warten."

Ich sah Margarete forschend an, denn sie gab mir diese Erklärung in einem etwas verlegenen Tone, da sie aber im Grunde ziemlich wahrscheinlich war, so begnügte ich mich damit.

Prudence, die uns einige Tage darauf besuchte, bestätigte mir Margaretes Angaben.

Beide gingen einige Augenblicke im Garten auf und ab. Als ich zu ihnen trat, entging es mir nicht, dass sie das Gespräch plötzlich abbrachen.

Als Prudence abends Abschied nahm, bat sie Margarete um einen Kaschmirschal, um sich gegen die Abendkühle zu schützen. Margarete war sogleich dazu bereit.

So verging ein Monat, währenddessen Margarete heiterer und zärtlicher war als je zuvor.

Indessen machte mir der Wagen, der nicht zurückkam, und der Kaschmirschal, den Margarete ebenso wenig wiedererhielt, allerlei Bedenken; und da ich wusste, in welchem Schubfach Margarete die Briefe Prudences aufbewahrte, so benutzte ich einen Augenblick, wo sie im Garten war, und versuchte, das Schubfach zu öffnen; aber meine Bemühungen waren fruchtlos, es war sorgfältig verschlossen.

Dann suchte ich in den übrigen Schubfächern, in denen sie ihre Schmucksachen und Brillanten aufzubewahren pflegte. Diese Fächer waren nicht verschlossen, aber die Schmuckkästchen waren verschwunden, bis auf wenige, die Gegenstände von geringerem Werte enthielten.

Eine peinliche Angst schnürte mir das Herz zusammen. Ich ging zu Margarete, die ohne Zweifel in meinem Gesichte las, wie sehr ich aufgeregt war, und vielleicht auch, was mich so aufgeregt hatte, denn sie erblasste, als sie mich erblickte.

Ich war schon im Begriff, sie über den Gegenstand meines Argwohns zu befragen, aber ich wusste im Voraus, dass sie mir die Wahrheit nicht gestehen würde, und sagte zu ihr:

„Liebe Margarete, erlaube mir, nach Paris zu gehen, in meiner Wohnung weiß man nicht, wo ich bin, und es müssen Briefe von meinem Vater da sein. Er wird gewiss sehr besorgt um mich sein, und ich muss ihm antworten."

„Geh, lieber Armand", erwiderte sie, „aber lass nicht zu lang auf dich warten."

Ich reiste ab. Gleich nach meiner Ankunft begab ich mich zu Prudence.

„Antworten Sie ganz offen", sagte ich ohne Vorrede zu ihr. „Wo sind Margaretes Pferde?"

„Verkauft."
„Der Kaschmirschal?"
„Verkauft."
„Die Brillanten?"
„Versetzt."
„Wer hat alle diese Sachen verkauft und versetzt?", rief ich.
„Ich habe es getan?"
„Warum haben Sie mir nichts davon gesagt?"
„Weil Margarete mir's verboten hatte."
„Warum haben Sie mich nicht um Geld angesprochen?"
„Weil sie es nicht wollte."
„Wozu ist das Geld verwendet worden?"
„Zur Bezahlung einiger Schulden."
„Margarete ist also noch viel schuldig?"
„Noch etwa dreißigtausend Frank … Ach, lieber Armand, ich hatte es Ihnen ja gesagt, aber Sie wollten mir nicht glauben, jetzt müssen Sie sich doch überzeugt haben. Dem Tapezierer, bei dem sich der Herzog für Margarete verbürgt hatte, ist von der Dienerschaft des Herzogs die Tür verwiesen worden, und der Herzog hat ihm den Tag darauf geschrieben, dass er nichts mehr für Fräulein Gautier tun werde. Der Tapezierer hat sein Geld verlangt, man hat ihm Abschlagszahlungen gegeben, und dies ist das Geld, um das ich sie ansprach. Dann hat er von liebreichen Seelen erfahren, seine von dem alten Herzog verlassene Schuldnerin sei die Geliebte eines jungen Mannes ohne Vermögen; die übrigen Gläubiger sind auf gleiche Weise gewarnt worden, sie haben Geld verlangt und die Pfändung vorgenommen. Margarete wollte alles verkaufen, aber es war nicht mehr Zeit, und überdies hätte ich es nicht zuge-

geben. Es musste gezahlt werden, und um Ihnen kein Geld abzufordern, hat sie ihre Pferde und ihre Schals verkauft und ihre Juwelen versetzt. Wollen Sie die Quittungen der Käufer und die Leihhausscheine sehen?"

Prudence öffnete ein Schubfach und zeigte mir die Papiere.

„Sie glauben", fuhr Prudence mit einer gewissen Genugtuung fort, „Sie glauben, es sei genug, sich zu lieben und auf dem Lande ein idyllisches Leben zu führen? Sie irren sehr, lieber Freund. Neben dem idealen Leben steht das materielle Leben und die hochfliegenden Entschlüsse werden durch selten geachtete, aber schwer zu zerreißende starke Fäden auf der Erde zurückgehalten. Margarete hat Sie nicht hintergangen, weil sie eine seltene Ausnahme ist. An gutem Rate habe ich es nicht fehlen lassen, denn es war mir peinlich zu sehen, wie das arme Mädchen nach und nach alles hingeben musste, um nur die Gläubiger zu beschwichtigen. Sie wollte mir nicht folgen; sie antwortete immer, sie könne sich um keinen Preis entschließen, Sie zu täuschen. Das ist alles sehr schön und poetisch, aber die Gläubiger kann man damit nicht befriedigen. Jetzt schuldet sie noch dreißigtausend Frank, wie Sie wissen … Ohne diese Summe kann sie sich nicht aus der Verlegenheit ziehen."

„Es ist gut", erwiderte ich, „diese Summe sollen Sie haben."

„Sie wollen diese Summe auftreiben?"

„Mein Gott, ja."

„Das wäre eine große Unbesonnenheit", entgegnete Prudence; „Sie würden sich mit Ihrem Vater überwerfen und sich Ihre Hilfsquellen verstopfen … Überdies ist es auch gar nicht so leicht, dreißigtausend Frank zu erhalten.

Glauben Sie mir, lieber Armand, ich kenne die Frauen besser als Sie: Begehen Sie diese Torheit nicht, Sie würden es einst bitter bereuen. Seien Sie vernünftig. Ich will nicht sagen, dass Sie Margarete verlassen sollen, aber leben Sie mit ihr, wie sie im Frühjahr mit ihr lebten. Entziehen Sie ihr nicht die Mittel, sich dieser Verlegenheit zu entreißen. Der Herzog wird sich ihr allmählich wieder nähern. Der Graf von N*** sagte mir noch gestern, er wolle alle ihre Schulden bezahlen und ihr vier- bis fünftausend Frank monatlich geben. Er hat zweihunderttausend Frank Renten. Sie hingegen müssen Margarete früher oder später verlassen. Warten Sie nicht, bis Sie völlig ruiniert sind, umso mehr, da Graf von N*** ein Gimpel ist, der Sie nicht hindern wird, Margaretens Geliebter zu sein. Anfangs wird sie wohl ein wenig weinen, aber endlich wird sie sich daran gewöhnen und Ihnen einst sehr dankbar sein. Denken Sie sich nur, Margarete sei verheiratet und Sie täuschten den Mann. Ich habe es Ihnen schon einmal gesagt. Damals war es nur ein guter Rat, heute dagegen ist es beinahe eine Notwendigkeit."

Prudence hatte leider Recht.

„Das ganze Geheimnis", fuhr sie fort, indem sie die Papiere wieder verschloss, „liegt in Folgendem: die *Femmes entretenues* sehen voraus, dass sie Liebe einflößen werden, aber sie sehen nie voraus, dass sie selbst jemals lieben werden, denn sonst würden sie Geld zurücklegen und mit dreißig Jahren könnten sie sich einen Geliebten nach ihrem Gefallen wählen. Wenn ich gewusst hätte, was ich jetzt weiß! Kurz, sagen Sie nichts zu Margarete, führen Sie sie nach Paris zurück. Sie haben vier bis fünf Monate allein mir ihr gelebt, das ist recht hübsch. Drücken Sie die Augen zu, das ist alles, was man von Ihnen verlangt. Nach vierzehn Tagen wird sie den Grafen von N*** erhören, sie wird im Winter etwas ersparen, und im Sommer fangen Sie Ihr idyllisches Leben wieder an."

Prudence schien entzückt von ihrem Rat, ich aber wies ihn mit Entrüstung zurück. Meine Liebe und mein Selbstgefühl sträubten sich gegen diese Handlungsweise, und ich war auch überzeugt, dass Margarete lieber gestorben wäre, ehe sie sich zu dieser Berechnung entschlossen hätte.

„Genug des Scherzes!", sagte ich zu Prudence. „Wie viel braucht Margarete?"

„Ich habe es Ihnen schon gesagt, dreißigtausend Frank!"

„Und wann muss die Summe bezahlt werden?"

„Binnen zwei Monaten."

„Sie soll das Geld haben."

Prudence zuckte die Achseln.

„Ich will es Ihnen übergeben", fuhr ich fort; „aber Sie werden mir feierlich versprechen, dass Sie Margarete nicht sagen wollen, dass ich es Ihnen übergeben habe."

„Seien Sie unbesorgt."

„Und wenn sie Ihnen andere Sachen zu verkaufen oder zu versetzen schickt, so setzen Sie mich davon in Kenntnis."

„In diese Verlegenheit werden wir nicht mehr kommen", erwiderte Prudence; „sie hat nichts mehr."

Diese Worte zerrissen mir das Herz. Ich sann sogleich auf die Mittel, Margaretens Gläubiger zu befriedigen und begab mich zuerst in meine Wohnung, um zu sehen, ob Briefe von meinem Vater da wären.

Es waren vier Briefe da.

In den ersten drei Briefen drückte mein Vater seine Besorgnis über mein Stillschweigen aus und fragte mich um die Ursache; in dem Vierten gab er mir zu erkennen, dass er um meine veränderte Lebensweise wisse und meldete seine nahe bevorstehende Ankunft in Paris.

Ich habe meinen Vater immer verehrt und aufrichtig geliebt. Ich antwortete ihm daher, die Ursache meines Stillschweigens sei eine kleine Reise, die ich gemacht, und bat ihn, mich von dem Tage seiner Ankunft vorher in Kenntnis zu setzen, damit ich ihm entgegengehen könne.

Ich gab meinem Diener meine Adresse auf dem Lande, mit dem Auftrage, mir den ersten, mit dem Poststempel C*** versehenen Brief zu bringen. Dann reiste ich sogleich wieder nach Bougival ab.

Margarete erwartete mich an der Gartentür. Ihr Blick drückte einige Unruhe und Besorgnis aus; sie wünschte offenbar zu wissen, wo ich gewesen war. Sie fiel mir um den Hals, und ihre erste Frage war:

„Hast du Prudence nicht gesehen?“

„Nein.“

„Du bist sehr lange ausgeblieben!“

„Ich habe Briefe von meinem Vater gefunden, und ich musste sie beantworten.“

Wir waren in ein Zimmer des Erdgeschosses getreten, und Margarete, die mich von Zeit zu Zeit forschend ansah, schien von der Wahrheit meiner Aussage nicht ganz überzeugt zu sein. Einige Augenblicke früher trat Nanine außer Atem ein. Margarete stand auf und sprach leise mit ihr.

Als Nanine sich entfernt hatte, sagte Margarete zu mir, indem sie sich wieder zu mir setzte und meine Hand fasste:

„Warum hast du mich getäuscht? Du bist bei Prudence gewesen."

„Woher weißt du das?"

„Nanine hat mir's soeben gesagt."

„Und woher weiß sie es?"

„Sie ist dir gefolgt."

„Auf deinen Befehl?"

„Ja. Ich dachte wohl, dass deine Reise nach Paris eine wichtige Ursache haben müsse, denn du hast mich ja seit vier Monaten nicht verlassen, und ich fürchtete, es sei dir ein Unglück begegnet und du liebtest mich nicht mehr und …"

„Du närrisches Kind!"

„Ich bin ich beruhigt, ich weiß, wo du gewesen bist, aber ich weiß noch nicht, was man zu dir gesagt hat."

Ich zeigte Margarete die Briefe meines Vaters.

„Deine Korrespondenz will ich nicht sehen", sagte sie, die Briefe zurückweisend; „ich wünschte nur zu wissen, warum du zu Prudence gegangen bist."

„Um sie zu besuchen."

„Das ist nicht wahr, lieber Armand."

„Nun, ich bin zu ihr gegangen, um mich nach dem Befinden der Pferde zu erkundigen und um sie zu fragen, ob sie deinen Kaschmirschal nicht mehr braucht."

Margarete wurde rot, aber sie antwortete nicht.

„Ich habe über alles genügende Auskunft erhalten", fuhr ich fort; „ich habe erfahren, welchen Gebrauch du von den Pferden, den Schals und den Diamanten gemacht hast."

„Und zürnst du mir?"

„Ich zürne dir, dass du mir nicht gesagt hast, was du brauchtest.“

„In einem Verhältnis wie das unsrige, lieber Armand, muss das Weib, wenn es noch einige Würde besitzt, lieber alle möglichen Opfer bringen, als den geliebten Mann um Geld ansprechen und den Schein des Eigennutzes auf sich laden. Du liebst mich, das weiß ich, aber du weißt nicht, wie dünn der Faden ist, der die Liebe zu einem Mädchen, wie ich bin, oder vielmehr wie ich war, in dem Herzen zurückhält. Wer weiß? Vielleicht würdest du an einem Tage der Verlegenheit oder des Überdrusses in meiner Liebe nur eine schlaue Berechnung erblicken, und diesen Gedanken solltest du nicht Raum geben. Prudence ist eine Schwätzerin. Wozu brauchte ich die Pferde? Durch den Verkauf derselben habe ich eine Ersparnis gemacht; ich brauche sie nicht mehr und gebe nichts mehr für sie aus. Mein einziger Wunsch ist deine Liebe, und du wirst mich auch ohne Pferde und Wagen, ohne Kaschmirschals und Diamanten ebenso zärtlich lieben.“

Dies alles sagte sie in einem so natürlichen Tone, dass mir die Tränen in die Augen traten, als ich sie anhörte.

„Aber, teuerste Margarete“, antwortete ich, indem ich ihr zärtlich die Hände drückte, „du wusstest wohl, dass ich dieses Opfer früher oder später erfahren und nicht zugeben würde.“

„Warum nicht?“

„Weil ich nicht will, dass dich deine Liebe zu mir auch nur eines Juwels beraube. Auch ich will nicht, dass du in einem Augenblicke der Verlegenheit oder des Überdrusses dem Gedanken Raum gibst, in einem anderen Verhältnisse würdest du glücklicher sein, und dass du auch nur eine Minute deine Liebe zu mir bereust. In einigen Tagen wirst du deine Pferde, deine Diamanten und Kaschmirschals zurückerhalten. Sie sind dir so unentbehrlich wie die Lebenslust. Es ist vielleicht lächerlich, aber ich liebe dich mehr, wenn du von Luxus umgeben, als wenn du in einfachen Verhältnissen lebst."

„Du liebst mich als nicht mehr?"

„Närrin!"

„Wenn du mich liebtest, so würdest du mir erlauben, dich nach meiner Weise zu lieben; aber du willst in mir immer nur noch eine *Fille entretenue* sehen, für die solcher Aufwand ein Bedürfnis geworden ist und deren Liebkosungen du noch immer bezahlen zu müssen glaubst. Du schämst dich, Beweise meiner Liebe anzunehmen. Du gibst dich unwillkürlich dem Gedanken hin, dass du mich einst verlassen wirst, und willst dein Zartgefühl vor dem Argwohn sichern. Du hast Recht, lieber Armand, aber ich hatte es nicht erwartet."

Margarete wollte aufstehen; ich hielt sie zurück und sagte zu ihr:

„Ich will dich glücklich sehen und du sollst mir nichts vorzuwerfen haben."

„Wie leicht vergisst man doch die Vergangenheit, wenn man seine Hoffnung auf die Zukunft setzt", erwiderte Margarete. „Ich hatte mich der Hoffnung hingegeben, du werdest in mir kein gewöhnliches Mädchen erblicken, so wie ich in dir keinen anderen ähnlichen Verehrer zu erkennen glaubte. Ich sagte zu mir selbst: Er wird sich überzeugen, dass ich ihn liebe, wie ein braves Mädchen ihn lieben würde, und er wird gegen mich keine abgeschmackte Eigenliebe an den Tag legen. Ich habe nicht lange zu leben und werde ihm das Glück meiner letzten Lebensjahre verdanken. In dir fand ich die Sühne meiner Vergangenheit, die Ruhe nach meinen früheren Lebensstürmen, und heute bemerke ich, dass sich meine schönen Träume nie verwirklichen werden."

„Warum nicht, Margarete? Wer kann uns trennen?", rief ich.

„Du selbst, denn du willst mir nicht erlauben, deine Stellung zu begreifen und besitzest die Eitelkeit, mir meine Stellung sichern zu wollen. Du selbst, denn du willst mit dem Luxus, der mich früher umgeben, zugleich die zwischen uns liegende moralische Entfernung beibehalten. Du selbst, denn du hältst meine Zuneigung nicht für uneigennützig genug, um mit mir das Vermögen, das du besitzest, zu teilen. Mit diesem Vermögen könnten wir glücklich sein, aber du willst dich lieber zum Bettler machen, um einem lächerlichen Vorurteil zu huldigen. Glaubst du denn, dass ich Kutsche und Juwelen mit deiner Liebe vergleiche? Glaubst du, das Glück bestehe für mich in dem eitlen Prunk, mit dem man sich begnügt, wenn man nicht liebt, der aber sehr unbedeutend wird, wenn man liebt? Du wirst meine Schulden bezahlen, dein Vermögen opfern und für meine Bedürfnisse sorgen! Wie lange wird das alles dauern? Zwei bis drei Monate, und dann wird es zu spät sein, um das Leben, das ich dir vorschlage, zu beginnen. Du würdest dann um meinetwillen jede Bedingung eingehen, und das kann ein Mann von Ehre nicht tun. Jetzt hingegen hast du acht bis zehntausend Frank Renten, mit denen wir ruhig und glücklich leben können. Ich werde das Überflüssige an meiner Habe verkaufen, und mit dem Erlös kann ich mir eine jährliche Rente von zweitausend Frank verschaffen. Wir mieten dann eine gemeinschaftliche kleine Wohnung. Den Sommer bringen wir auf dem Lande zu, aber nicht in einem Hause wie dieses, sondern in einem Häuschen, das für zwei

Personen hinlänglich Platz bietet. Du bist unabhängig, ich bin frei, wir beide sind jung: um des Himmels willen, Armand, wirf mich nicht wieder in das Leben zurück, das ich vormals zu führen gezwungen war!“

Ich konnte nicht antworten, Tränen des Dankes und der Liebe füllten meine Augen, und ich sank in Margaretens Arme.

„Ich wollte das alles in Ordnung bringen, ohne dir etwas davon zu sagen“, fuhr sie fort; „ich wollte alle meine Schulden bezahlen und meine neue Wohnung herrichten lassen. Im Oktober würden wir wieder in Paris gewesen sein, und alles wäre abgetan gewesen. Aber da du von Prudence die Sache erfahren hast, so musst du im Voraus deine Zustimmung geben, statt nachher einzuwilligen. Ist deine Liebe groß genug, um dich zu dieser Einwilligung zu bewegen?“

Es war unmöglich, dieser edelmütigen Hingebung zu widerstehen. Ich küsste Margarete zärtlich die Hände und sagte: „Ich werde tun, was du willst.“

Margaretens Plan sollte also ausgeführt werden. Sie wurde nun ausgelassen lustig; sie tanzte, sang und freute sich wie ein Kind auf die Einsamkeit des Stadtteils, den sie wählte, und auf die Einrichtung des neuen Hauswesens, worüber sie ganz ernsthaft mit mir zu Rate ging.

Sie war überglücklich in der Beratung dieses Planes, der uns miteinander auf immer zu vereinigen schien. Das arme Mädchen! Sie können sich nicht vorstellen, wie viel Gefühlsinnigkeit und Edelmut sie bei dieser Gelegenheit zeigte. Ich wollte ihr nicht nachstehen. Mein Lebensplan war in einem Augenblick gemacht: Ich trat an Margarete die von meiner Mutter stammende Rente ab, die mir zur Vergeltung des mir gebrachten Opfers vollkommen genügend schien. Es blieben mir noch die fünftausend Frank, die ich jährlich von meinem Vater bezog, und dieses Einkommen allein war im Notfalle hinreichend, meine Lebensbedürfnisse zu decken.

Diesen Entschluss hielt ich sorgfältig geheim, denn ich wusste im Voraus, dass Margarete diese Schenkung ablehnen würde.

Diese Rente kam von einem Kapital, das pfandrechtlich auf ein Haus, das ich noch gar nicht gesehen hatte, festgelegt war. Ich wusste weiter nichts, als dass mir der Notar meines Vaters, ein alter Freund unserer Familie, vierteljährig siebenhundertfünfzig Frank gegen Quittung übergab.

An dem Tage, wo ich mich mit Margarete nach Paris begab, um eine Wohnung zu suchen, ging ich zu diesem Notar und fragte ihn, wie ich es anzufangen hätte, um diese Rente auf eine andere Person zu übertragen.

Der brave Mann hielt mich für ruiniert und befragte mich über die Ursache dieses Entschlusses. Da ich mich ihm jedenfalls früher oder später anvertrauen musste, zu wessen Gunsten ich diese Schenkung machen wollte, so sagte ich ihm sogleich die volle Wahrheit.

Er machte mir keine jener Einwürfe, zu denen ihn seine Stellung als Notar und Freund berechtigte, und versprach mir, die Angelegenheit bestens zu ordnen.

Ich empfahl ihm natürlich die größte Verschwiegenheit gegen meinen Vater und begab mich wieder zu Margarete. Diese erwartete mich bei Julie Duprat, bei der sie abgestiegen war, um nicht in die Notwenigkeit zu kommen, Prudence' Moralpredigt anzuhören.

Wir fingen nun an, eine Wohnung zu suchen. Alle jene, die wir sahen, fand Margarete zu teuer, und ich fand sie zu einfach. Endlich kamen wir jedoch überein und mieteten in einem der ruhigsten Stadtteile von

Paris einen von dem Hauptgebäude abgesonderten Pavillon.

Hinter diesem kleinen Pavillon war ein schöner Garten. Die Mauern, die diesen umgaben, waren hoch genug, um und, von unsern Nachbarn zu trennen, und niedrig genug, um die Aussicht nicht zu beschränken. Wir trafen es besser, als wir gehofft hatten.

Während ich mich nach Hause begab, um meine Wohnung aufzukündigen, ging Margarete zu einem Geschäftsmann, der, ihrer Versicherung zufolge, bereits für eine ihrer Freundinnen getan hatte, was er für sie tun sollte.

Margarete holte mich in meiner Wohnung ab. Sie war sehr erfreut. Der Geschäftsmann hatte ihr versprochen, gegen Übernahme aller ihrer Möbel ihre sämtlichen Schulden zu bezahlen, ihr die Quittungen darüber einzuhändigen und ihr noch zehntausend Frank auszuzahlen.

Aus dem Ertrage der öffentlichen Versteigerung haben Sie ersehen, dass der Ehrenmann mehr als dreißigtausend Frank bei dem Geschäft gewonnen hätte.

Wir kehrten in der freudigsten Stimmung nach Bougival zurück und teilten einander unsere Pläne für die Zukunft mit, die wir bei unserer Jugend, bei unserer Sorglosigkeit und hauptsächlich bei unserer Liebe in den reizendsten Farben erblickten.

Acht Tage nachher saßen wir beim Frühstück, als Nanine mir meldete, dass mein Diener mich zu sprechen wünsche. Ich ließ ihn hereinkommen.

„Ihr Herr Vater ist in Paris angekommen", sagte er zu mir, „und ersucht Sie, sich sogleich in Ihre Wohnung zu begeben, wo er Sie erwartet."

Diese Nachricht war die einfachste Sache von der Welt, und dennoch war ich etwas betroffen. Ich sah

Margarete an, sie war ganz blass vor Schrecken. Wir beide ahnten irgendein Unglück.

Ohne dass sie mir dieses peinliche Gefühl, dessen auch ich mich nicht erwehren konnte, mitgeteilt hatte, antwortete ich darauf, indem ich ihre Hand fasste, mit den Worten:

„Fürchte nichts."

„Komm so bald wie möglich zurück", flüsterte sie mir zu, indem sie mich küsste – „ich werde dich am Fenster erwarten."

Ich ließ meinem Vater durch Josef sagen, ich würde mich sogleich auf den Weg machen.

Zwei Stunden später war ich in der Rue de Provence.

Mein Vater saß im Schlafrock in meinem Salon und schrieb.

Aus dem Blicke, den er mir bei meinem Eintritt zuwarf, erriet ich sogleich, dass unser Gespräch eine sehr ernste Wendung nehmen werde.

Die Leidenschaften machen stark gegen die Gefühle. Trotz der hohen Achtung, die ich vor meinem Vater habe, nahm ich mir vor, ihm meine Geliebte nicht zu opfern, wenn er, wie ich es ahnte, dieses Opfer von mir verlangen würde.

Ich redete ihn jedoch ganz unbefangen an, als ob ich in seinem Gesicht nichts erraten hätte, und küsste ihn zärtlich, indem ich zu ihm sagte:

„Wann sind Sie angekommen, lieber Vater?"

„Gestern Abend."

„Sie sind wie gewöhnlich bei mir abgestiegen?"

„Ja."

„Es tut mir sehr Leid, dass ich nicht zu Hause war, um Sie zu empfangen."

Ich erwartete auf diese Worte die Strafpredigt, die mir das ernste Gesicht meines Vaters versprach, losbrechen zu hören. Aber er antwortete mir nicht, siegelte den Brief, den er geschrieben hatte, und schickte ihn durch Josef auf die Post.

Als wir allein waren, stand mein Vater auf und sagte zu mir, indem er sich an den Kamin lehnte:

„Lieber Armand, wir haben von ernsten Dingen miteinander zu reden."

„Ich höre, lieber Vater."

„Du versprachst mir, aufrichtig zu sein."

„Das bin ich von jeher gewesen."

„Ist es wahr, dass du mit einer gewissen Margarete Gautier lebst?“

„Ja, es ist wahr.“

„Weißt du, was dieses Mädchen früher war?“

„Eine *Femme entretenue.*“

„Um ihretwillen hast du vergessen, deine Schwester und mich dieses Jahr zu besuchen?“

„Ja, ich gestehe es.“

„Du liebst dieses Mädchen also wirklich?“

„Sie sehen es, ich habe ja, um bei Margarete zu sein, eine heilige Pflicht versäumt, weshalb ich Sie heute um Verzeihung bitte.“

Mein Vater hatte gewiss keine so entschiedenen Antworten erwartet, denn er schien einen Augenblick nachzusinnen. Dann sagte er:

„Du wirst doch einsehen, dass du nicht immer so leben kannst.“

„Ich fürchte es, lieber Vater, aber ich sehe es nicht ein.“

„Aber du wirst doch einsehen“, fuhr mein Vater in einem etwas trockenen Tone fort, „dass ich es nicht zugeben werde.“

„Ich habe gedacht, dass ich fortan würde leben können wie jetzt, solange ich nichts tue, was der Achtung, die ich Ihrem Namen und der bekannten Unbescholtenheit unserer Familie schuldig bin, zuwider ist. Dies hat meine Besorgnisse einigermaßen beschwichtigt.“

„Dann muss ich dir sagen, dass du von jetzt an ein anderes Leben führen musst.“

„Warum das, Vater?“

„Weil du im Begriffe bist, Handlungen zu begehen, die die Achtung, die du zu haben glaubst, schwer verletzen.“

„Ich verstehe Sie nicht, Vater.“

„Ich werde mich deutlicher erklären. Ich habe nichts dagegen, dass du ein Verhältnis mit einem Mädchen angeknüpft hast, und es geziemt sich für einen Ehrenmann, die Liebe einer *Fille entretenue* anständig zu bezahlen. Dass du aber um ihretwillen die ehrwürdigsten Angelegenheiten beiseite setzest, dass die Kunde von deinem anstößigen Leben sogar bis in die entfernte Provinz dringt und auf den ehrenhaften Namen, den ich dir gegeben, einen Makel wirft – das kann und soll nicht sein!"

„Erlauben Sie mir hierauf zu erwidern, lieber Vater, dass Sie falsch berichtet worden sind, Fräulein Gautier ist meine Geliebte, ich wohne mit ihr in einem Hause, das ist die einfachste Sache von der Welt. Ich gebe nicht mehr aus, als meine Mittel mir erlauben, ich mache keine Schulden, kurz, ich befinde mich keineswegs in einem Falle, der einen Vater berechtigen könnte, seinem Sohne zu sagen, was Sie mir gesagt haben."

„Ein Vater ist immer berechtigt, seinen Sohn von einem Abwege, den er ihn betreten sieht, auf den rechten Weg zurückzuführen. Du hast noch nichts Böses getan, aber du wirst es tun."

„Vater!"

„Ich kenne das Leben besser als du. Nur keusche Frauen können reine Gefühle haben. Nicht jede ist eine Manon, und überdies haben sich die Zeiten und die Sitten geändert. Es wäre unnütz, wenn die Welt älter würde, wenn sie nicht auch besser würde … Du wirst deine Geliebte verlassen."

„Es tut mir Leid, Ihnen ungehorsam sein zu müssen, Vater, aber das ist unmöglich."

„Ich werde dich dazu zwingen!"

„Unglücklicherweise, Vater, gibt es keine Inseln Sainte-Marguerite mehr, wohin man die Buhlerinnen schickt, und gäbe es deren noch, so würde ich Fräulein Gautier dahin folgen, wenn Sie es erwirkten, dass sie dorthin geschickt würde. Ich habe vielleicht Unrecht, aber ich kann nur als Margaretens Geliebter glücklich sein."

„Höre die Stimme der Vernunft, Armand! Öffne die Augen und erkenne deinen Vater, der dir stets von Herzen gut war und nur dein Glück will. Ist es ehrenvoll für dich, eine Geliebte zu haben, bei der einst jeder reiche Mann Zutritt hatte?"

„Was liegt daran", entgegnete ich, „wenn künftig niemand mehr Zutritt bei ihr hat? Was liegt daran, wenn sie mich liebt, wenn sie durch ihre und meine Liebe ein ganz anderes Wesen geworden ist? Kurz, was liegt daran, wenn sie wirklich bekehrt ist?"

„Glaubst du denn", erwiderte mein Vater, „es sei die Aufgabe eines Ehrenmannes, sich Bekehrung der Buhlerinnen angelegen sein zu lassen? Glaubst du denn, Gott habe dem Leben diesen grotesken Zweck gegeben und das Herz dürfe für keine andere Sache begeistert sein? Was wird die Folge dieser wunderbaren Bekehrung sein, und was wirst du von deinem jetzigen Worte denken, wenn sie nicht zu tiefe Spuren in deiner Vergangenheit zurückgelassen hat. Was würdest du zu dieser Stunde sein, wenn dein Vater so gedacht hätte, wie du jetzt denkst, wenn er sich hätte hin und her treiben lassen, statt Ehre und Rechtlichkeit zur Richtschnur seines Lebens zu wählen? Bedenke das, Armand, und verschone mich mit solch einfältigem Geschwätz! Du wirst von dem Mädchen lassen, dein Vater bittet dich inständig darum."

Ich antwortete nichts.

„Armand", fuhr mein Vater fort, „im Namen deiner ehrwürdigen Mutter, verzichte auf dieses Leben, das du schneller vergessen wirst, als du glaubst, und an das dich eine unselige Verblendung fesselt. Du bist vierundzwanzig Jahre alt, denke an die Zukunft! Noch einen Schritt weiter, und du kannst den betretenen Weg nicht mehr verlassen und wirst dein Leben lang nur mit Reue an deine Jugend zurückdenken. Reise mit mir ab, bleibe ein paar Monate bei deiner Schwester! In unserm stillen, traulichen Familienkreise wirst du deinem Fieber bald genesen. Unterdessen wird sich deine Geliebte trösten, sie wird einen anderen Geliebten annehmen, und wenn du einst siehst, um wessen willen du die Zuneigung deines Vaters beinahe verscherzt hättest, so wirst du gestehen, dass ich wohl getan habe, dich abzuholen, und du wirst mir dafür danken. Nicht wahr, Armand, du gehst mit mir?"

Ich sah ein, dass die Worte meines Vaters auf das ganze weibliche Geschlecht passten, aber ich war überzeugt, dass er in Bezug auf Margarete Unrecht hatte. Doch er sprach die letzten Worte in einem so sanften, bittenden Tone, dass ich keine Antwort wagte.

„Nun? ...", fragte er mit bewegter Stimme.

„Ich kann Ihnen nichts versprechen, Vater", antwortete ich endlich; „was Sie von mir verlangen, übersteigt meine Kräfte. Glauben Sie mir", fuhr ich fort, als ich seine Ungeduld bemerkte, „Sie sehen die Folgen dieses Verhältnisses in einem zu trüben Lichte. Margarete entspricht keineswegs dem Begriffe, den Sie sich von ihr machen. Diese Liebe, weit entfernt, mich auf Abwege zu führen, ist im Gegenteil fähig, die edelsten Gefühle in mir zu wecken. Die Liebe hat immer einen veredelnden Einfluss, von welchem Weibe sie auch eingeflößt werden mag. Wenn Ihnen Margarete persönlich bekannt wäre, so würden Sie einsehen, dass mein Verhältnis zu ihr nicht die mindeste Gefahr bietet. Sie steht den edelsten Frauen an Edelmut nicht nach; sie ist so uneigennützig, wie andere habsüchtig sind."

„Trägt aber kein Bedenken, dein ganzes Vermögen anzunehmen, denn du musst nicht vergessen, dass die von deiner Mutter herkommenden sechzigtausend Frank, die du ihr abtreten willst, dein ganzes Vermögen ausmachen."

Diese Schlussrede und die damit verbundene Drohung hatte mein Vater wahrscheinlich aufgespart, um mir noch einen empfindlichen Streich zu versetzen.

Vor seinen Drohungen hielt ich tapferer stand als vor seinen Bitten.

„Wer hat Ihnen gesagt, dass ich ihr diese Summe abtreten will?", fragte ich.

„Mein Notar. Glaubst du denn, ein ehrlicher Mann würde die Urkunde, die du von ihm verlangst, ausgefertigt haben, ohne mich davon in Kenntnis zu setzen? Du sollst dich zu Gunsten eines Mädchens nicht ruinieren, und um dich daran zu hindern, bin ich nach Paris gekommen. Deine Mutter hat dir diese Rente vermacht, um die beruhigende Überzeugung mit uns Grab zu nehmen, dass du anständig leben kannst, und nicht, um dich in den Stand zu setzen, gegen deine Mätresse freigebig zu sein."

„Ich schwöre Ihnen, Vater, dass Margarete von dieser Schenkung nichts weiß."

„Warum machtest du denn die Schenkung?"

„Weil Margarete, die von Ihnen verschmäht wird und die ich verlassen soll, mir ihre ganze Habe opfert, um bei mir zu leben."

„Und du nimmst dieses Opfer an? Du gibst zu, dass eine feile Dirne dir etwas opfert? … Doch genug hiervon. Du wirst von dem Mädchen lassen. Soeben habe ich dich darum gebeten, jetzt befehle ich es dir. Ich will meine Familie nicht auf solche Art besudeln lassen. Packe deine Sachen ein und rüste dich zur Abreise!"

„Verzeihen Sie mir, Vater", erwiderte ich, „aber ich werde nicht abreisen."

„Warum nicht?"

„Weil ich schon das Alter erreicht habe, in dem man nicht einfach jedem Befehl gehorcht."

Mein Vater erblasste bei dieser Antwort.

„Es ist gut, Armand", erwiderte er, „ich weiß, was ich zu tun habe."

Er zog die Glocke. Josef erschien.

„Mein Gepäck zum Hotel de Paris!", rief er meinem Diener zu.

Dann ging er in sein Zimmer, wo er sich vollends ankleidete.

Als er wieder eintrat, ging ich auf ihn zu.

„Versprechen Sie mir, Vater", sagte ich zu ihm, „nichts zu tun, was Margarete weh tun könnte."

Mein Vater blieb stehen, sah mich achselzuckend an und antwortete trocken:

„Du bist von Sinnen."

Dann verließ er das Zimmer und schlug die Tür hinter sich zu.

Ich ging ebenfalls fort, nahm einen Wagen und fuhr sogleich nach Bougival.

Margarete erwartete mich am Fenster.

„Endlich“, rief Margarete, indem sie mich zärtlich umarmte. „Endlich bist du da!“, Aber wie blass du bist!“, setzte sie hinzu.

Ich erzählte ihr den Auftritt, den ich mit meinem Vater gehabt hatte.

„Ach! Mein Gott, ich dachte es wohl“, sagte sie. „Als Josef die Ankunft deines Vaters meldete, erschrak ich wie bei einer Unglücksnachricht. Armer Freund! Und ich bin die Ursache aller dieser Verdrießlichkeiten. Du würdest vielleicht besser tun, mich zu verlassen, als dich mit deinem Vater zu entzweien. Ich habe ihm aber doch nichts getan. Wir haben ganz ruhig gelebt und werden künftig noch ruhiger leben. Er weiß wohl, dass du eine Geliebte haben musst, und er sollte sich glücklich schätzen, dass ich es bin, weil ich dich aufrichtig liebe und mich mit dem begnüge, was du für mich tun kannst … Hast du ihm gesagt, was wir uns für die Zukunft vorgenommen haben?“

„Ja, und eben das hat ihn am meisten erzürnt, denn er hat in diesem Entschlusse den Beweis unserer gegenseitigen Liebe gesehen.“

„Was sollen wir aber tun?“

„Wie bleiben beisammen, teuerste Margarete, und lassen das Ungewitter vorüberziehen.“

„Glaubst du, dass es vorüberziehen wird?“

„Es muss wohl.“

„Aber dein Vater wird es nicht dabei bewenden lassen.“

„Was soll er denn tun?“

„Was weiß ich? Alles, was ein Vater kann, um seinen Sohn zum Gehorsam zu bewegen. Er wird dich wegen meiner Vergangenheit beschämen und Geschichten erfinden, um dich von mir zu trennen."

„Du weißt ja, dass ich dich liebe ..."

„Jawohl, aber ich weiß auch, dass du deinem Vater früher oder später gehorchen musst und dass du dich am Ende vielleicht überzeugst, dass er Recht hat."

„Nein, Margarete, ich werde ihn überzeugen, dass er Unrecht hat. Sein jetziger Zorn ist nur aus den Ohrenbläsereien einiger Freunde entstanden. Aber er ist gut, er ist gerecht und billig denkend, und er wird auf seinen früheren Forderungen nicht bestehen. Und was liegt mir im Grunde daran!"

„Sage das nicht, Armand, ich würde lieber entsagen, als für die Ursache eines Zerwürfnisses mit deinem Vater gehalten werden. Lass diesen Tag vergehen und kehre morgen nach Paris zurück! Dein Vater wird dann die Sache reiflicher erwogen haben, du wirst mit kälterem Blute überlegt haben, und vielleicht werdet ihr euch besser verständigen. Tritt seinen Grundsätzen nicht verletzend entgegen, gib dir das Ansehen, als ob du seinen Wünschen einige Zugeständnisse machtest und nicht mit so inniger Liebe an mir hingest, und er wird die Sache so lassen, wie sie ist. Hoffe, lieber Armand, und sei überzeugt, dass deine Margarete bei dir bleiben wird, was sich auch zutragen mag."

„Du schwörst mir's?"

„Du böser Mensch!", Wozu bedarf es denn eines Schwures?"

Wie süß ist es doch, sich durch eine geliebte Stimme beruhigen zu lassen! Margarete und ich teilten uns wiederholt unsere Pläne mit und waren so eifrig damit beschäftigt, als ob wir die Notwendigkeit, diese in kürzester Zeit auszuführen, erkannt hätten. Wir waren jeden

Augenblick auf ein Ereignis gefasst, aber glücklicherweise verging der Tag, ohne etwas Neues zu bringen.

Es wurde noch einmal verabredet, dass ich am folgenden Tage meinen Vater in Paris wieder sehen sollte.

Am folgenden Tage reiste ich um zehn Uhr ab und erreichte gegen Mittag das Hotel de Paris.

Mein Vater war schon ausgegangen. Ich begab mich in meine Wohnung, wo ich ihn zu finden hoffte. Es war niemand da gewesen. Ich ging zu meinem Notar. Auch dort war niemand. Ich kehrte in das Hotel zurück und wartete bis sechs Uhr. Herr Duval erschien nicht.

Ich machte mich nun wieder auf den Weg nach Bougival. Margarete erwartete mich nicht, wie tags vorher, am Fenster, sondern sie saß am Kaminfeuer, das die herbstliche Abendkühle schon notwendig machte.

Sie war in ihre Betrachtungen so vertieft, dass ich an ihren Sessel trat, ohne dass sie mich hörte. Als ich sie auf die Stirn küsste, schrak sie zusammen, als ob dieser Kuss sie im Schlaf gestört hätte.

„Du hast mir Angst gemacht“, sagte sie, sich umwendend. „Und dein Vater? …“

„Ich habe ihn nicht gesehen. Ich weiß nicht, was das bedeutet. Ich habe ihn weder in seiner Wohnung noch an einem anderen Orte, wo ich ihn vermuten konnte, gefunden.“

Nun, dann musst du deine Nachforschungen morgen wieder aufnehmen“, sagte Margarete.

„Ich habe wirklich Lust zu warten, bis er mich rufen lässt“, erwiderte ich. „Ich glaube, alles getan zu haben, was ich musste.“

„Nein, lieber Armand, es ist noch keineswegs genug, du musst morgen – gleich morgen – deinen Vater wieder aufsuchen.“

„Warum denn gerade morgen?“

Margarete schien mit dieser Frage etwas zu erröten. Sie erwiderte:

„Weil du dadurch dein Verlangen, ihn zu sehen, lebhaft zu erkennen geben und um so leichter seine Verzeihung erlangen wirst.“

Margarete war den ganzen Abend hindurch nachdenklich, zerstreut, niedergeschlagen. Ich war oft genötigt, eine Frage zweimal zu wiederholen, um eine Antwort zu erhalten. Sie schob diese Zerstreutheit auf die Besorgnis, die ihr die letzten Ereignisse für die Zukunft einflößten.

Ich suchte sie so gut wie möglich zu beruhigen, und am folgenden Morgen drang sie mit einer mir unerklärlichen Beharrlichkeit auf meine Abreise.

Wiederum traf ich meinen Vater nicht an; aber er hatte mir ein Billett folgenden Inhalts zurückgelassen:

„Wenn Du heute wiederkommst, so erwarte mich bis vier Uhr! Wenn ich um vier Uhr nicht da bin, so speise morgen mit mir, ich habe mit Dir zu reden.“

Ich wartete bis zur bestimmten Stunde. Mein Vater kam nicht. Ich kehrte nach Bougival zurück.

Tags vorher hatte ich Margarete zerstreut und niedergeschlagen gefunden, an diesem Tage fand ich sie fieberhaft aufgeregt. Als sie mich eintreten sah, fiel sie mir um den Hals und weinte lange in meinen Armen.

Ich drückte mein Befremden und meine Besorgnis über diesen plötzlichen Schmerz aus, aber sie gab mir keinen haltbaren Grund an: Sie schützte vor, was jede Frau, die die Wahrheit nicht antworten will, vorschützen kann.

Als sie etwas beruhigt war, erzählte ich ihr die Ergebnisse meiner Reise, zeigte ihr das kurze Schreiben meines Vaters und gab ihr zu bedenken, dass die an mich ergangene Einladung gewiss eine gute Vordeutung sei.

Als sie das Billett erblickte und meine Bemerkungen vernahm, brach sie wieder so heftig in Tränen aus, dass ich einen Nervenanfall befürchtete und Nanine herbeirief. Wir brachten das arme Mädchen zu Bett.

Margarete schluchzte immerfort, ohne ein Wort zu sagen, aber sie hielt beständig meine Hände und bedeckte sie mit Küssen und Tränen.

Ich fragte Nanine, ob Margarete während meiner Abwesenheit einen Brief oder einen Besuch erhalten habe, wodurch sie in diesen aufgeregten Zustand versetzt worden sei. Aber die Zofe antwortete, es sei niemand da gewesen, auch sei kein Brief angekommen.

Es war indessen seit dem gestrigen Tage etwas vorgegangen, was mich um so besorgter machte, als Margarete ein Geheimnis daraus machte.

Am späten Abend schien sie etwas ruhiger. Sie wies mir einen Platz vor ihrem Bette an und beteuerte mir wiederholt ihre Liebe. Dann lächelte sie mich an, aber dieses Lächeln war gezwungen, und ihre Augen füllten sich mit Tränen.

Ich bot alles auf, um ihr das Geständnis der wahren Ursache dieses Kummers zu entlocken, aber sie gab mir immer die vorigen unbestimmten Gründe an.

Endlich schlummerte sie ein, aber es war ein Schlaf, der mehr erschöpft als stärkt. Von Zeit zu Zeit fuhr sie mit einem Schrei auf. Nachdem sie sich überzeugt hatte, dass ich bei ihr war, küsste sie mich und ließ sich beteuern, dass ich sie stets lieben wolle.

Diese in kurzen Zwischenräumen folgenden Aufwallungen des Gefühls dauerten bis gegen Morgen. Dann fiel Margarete in eine Art Betäubung. Sie hatte zwei Nächte nicht geschlafen.

Diese Ruhe war indessen nicht von langer Dauer. Gegen zehn Uhr erwachte Margarete. Sie sah mich an und rief:

„Willst du denn schon gehn?“

„Nein, Margarete“, erwiderte ich, ihre Hände fassend; „aber ich wollte dich schlafen lassen. Es ist noch früh.“

„Wann gehst du nach Paris?“, fragte sie.

„Um vier Uhr.“

„So früh! Bis dahin bleibst du noch bei mir, nicht wahr?“

„Allerdings, ich bin ja immer bei dir.“

„Welch ein Glück!“

Ich befürchtete, Margarete würde in ein hitziges Fieber verfallen und sah sie mit ängstlicher Besorgnis an.

„Wir frühstücken doch miteinander?“ fragte sie mit zerstreuter Miene.

„Wenn du willst.“

„Und bis zu deiner Abreise wirst du mich noch recht oft küssen?“

Ja, und ich werde so bald wie möglich wiederkommen.“

„Du wirst wiederkommen?“, sagte sie, indem sie mich mit irren Blicken anstarrte.

„Natürlich.“

„Ja, ja, es ist richtig, du wirst diesen Abend wiederkommen, und ich werde dich erwarten, wie gewöhnlich, und du wirst mich lieben, und wir werden glücklich sein, wie wir es sind, seit wir uns kennen.“

Alle diese Worte wurden in einem so hastigen, abgebrochenen Tone gesprochen, und sie scheinen einen so peinlichen Gedanken zu verbergen, dass ich jeden Augenblick zitterte, Margarete den Verstand verlieren zu sehen.

„Höre“, sagte ich zu ihr, „du bist krank, und ich kann dich jetzt nicht allein lassen. Ich will an meinen Vater schreiben, ich könne heute nicht kommen.“

„Nein, nein“, rief Margarete hastig, „tu das nicht! Dein Vater würde sagen, ich verhindere dich, zu ihm zu gehen, wenn er dich sehen will. Nein, nein! Du musst gehen, du musst! Überdies bin ich ja nicht krank, ich befinde mich sehr wohl, ich habe nur einen üblen Traum gehabt, und ich bin nicht gut erwacht. Weiter ist es nichts.“

Von jenem Augenblick an versuchte Margarete, heiterer zu scheinen. Sie weinte nicht mehr; aber ich beobachtete diese scheinbare Ruhe und bemerkte von Zeit zu Zeit ein krampfhaftes, vergebens zurückgehaltenes Schluchzen, das ihr das Herz zersprengen zu wollen schien.

Als die Scheidestunde kam, küsste ich Margarete und fragte, ob sie mich zur Eisenbahn begleiten wolle. Ich hoffte, der Spaziergang werde sie zerstreuen und beruhigen; zugleich wollte ich so lange wie möglich bei ihr sein.

Sie nahm den Vorschlag an, nahm einen Mantel und begleitete mich mit Nanine, um den Rückweg nicht allein machen zu müssen.

Zwanzigmal war ich im Begriffe, mein Vorhaben zu ändern und nicht abzureisen. Aber die Aussicht auf baldige Rückkehr und die Besorgnis, meinen Vater von neuem gegen mich aufzubringen, bewogen mich, meinen ersten Entschluss auszuführen, und ich fuhr mit dem ersten Wagenzuge ab.

„Diesen Abend sehen wir uns wieder", sagte ich, Margaretens Hand zum Abschiede drückend.

Sie antwortete mir nicht.

Sie hatte mir schon einmal auf dieselben Worte nicht geantwortet. Sie erinnern sich an die Ursache jenes Stillschweigens; aber jene Zeit war so fern, dass sie meinem Gedächtnis entrückt zu sein schien. Ich war besorgt; aber dass Margarete mich noch täuschen könne, kam mir nicht in den Sinn.

Sobald ich in Paris ankam, eilte ich zu Prudence, die ich bitten wollte, Margarete zu besuchen; denn ich hoffte, dass sie meine Geliebte mit ihrer unverwüstlichen Heiterkeit und ihrem unerschöpflichen Witz zerstreuen würde.

Ich trat ein, ohne mich melden zu lassen, und fand Prudence bei der Toilette.

„Ach, Sie sind's!", sagte sie mit unruhiger Miene zu mir.

„Jawohl. Sie wundern sich?"

„Keineswegs", stammelte Prudence. „Ist Margarete mitgekommen?"

„Nein."

„Wie geht es ihr?"

„Sie ist leidend."

„Wird sie nicht kommen?", fragte Prudence mit steigender Unruhe.

„Sollte sie denn kommen?", fragte ich.

Frau Duvernoy errötete und antwortete mit einiger Verlegenheit:

„Ich meinte, da Sie in Paris sind, würde Margarete Sie vielleicht abholen."

„Nein."

Ich sah Prudence scharf an, sie schlug die Augen nieder. Ich glaubte in ihrem Gesichte die Besorgnis zu lesen, dass mein Besuch zu lange dauern würde.

„Ich wollte Sie sogar bitten, liebe Prudence, Margarete diesen Abend zu besuchen“, erwiderte ich. „Wenn es ihre Zeit erlaubt, können Sie ihr Gesellschaft leisten und in Bougival übernachten. Ich habe Margarete noch nie in einer solchen Stimmung gesehen wie heute und fürchte, dass sie krank wird.“

„Armer Junge“, sagte Prudence leise. – „Ich bin heute zum Diner eingeladen“, setzte sie laut hinzu, „und kann daher Margarete diesen Abend nicht besuchen; aber morgen werde ich kommen.“

Ich verließ Frau Duvernoy, die mir fast ebenso nachdenklich und zerstreut schien wie Margarete, und begab mich zu meinem Vater, dessen erster Blick sich forschend auf mich richtete.

Er reichte mir die Hand und sagte zu mir:

„Deine beiden Besuche haben mir Freude gemacht, Armand, und ich habe mich der Hoffnung hingegeben, dass du die Sache reiflich erwogen hast, so wie ich sie in Erwägung gezogen habe.“

„Darf ich fragen, lieber Vater, zu welchem Ergebnis Sie gekommen sind?“

„Ich bin zu der Überzeugung gelangt, dass ich den von anderen erhaltenen Nachrichten allzu große Wichtigkeit beigelegt habe, und habe mir vorgenommen, minder streng mit dir zu sein.“

„Was sagen Sie, lieber Vater?“, rief ich voll Freuden.

„Ich sage, lieber Junge, dass man in deinem Alter immer eine Geliebte zu haben pflegt und dass es mir nach den neuen Erkundigungen, die ich eingezogen, lieber ist, wenn Fräulein Gautier deine Geliebte bleibt, als wenn du dir eine andere wählst. Man hat mir versichert, dass sie mehr Herz und Gefühl besitzt, als man sonst bei Mädchen dieser Art findet.“

„Lieber, guter Vater! Wie glücklich machen Sie mich!“, rief ich aus.

Wir sprachen noch eine Weile, dann setzten wir uns zu Tisch. Mein Vater war die Güte und Freundlichkeit selbst.

Ich sehnte mich nach Bougival zurück, um Margarete von seiner veränderten Stimmung zu erzählen. Mein Vater bemerkte, dass ich die Pendüle fast beständig im Auge hatte. „Du siehst nach der Uhr“, sagte er zu mir; „die Zeit dauert dir zu lange bei mir. O ihr jungen Leute, ihr seid immer breit, aufrichtige Zuneigung einem zweifelhaften Gefühle zu opfern!“

„Sagen Sie das nicht, Vater! Margarete liebt mich ebenfalls aufrichtig, das weiß ich gewiss.“

Mein Vater gab keine Antwort; er schien weder zu zweifeln noch zu glauben.

Er wollte durchaus, dass ich den ganzen Abend bei ihm bleiben und erst am folgenden Tage nach Bougival zurückfahren sollte. Aber ich erzählte ihm, dass Margarete beim Abschied leidend gewesen sei, und bat ihn um Erlaubnis, frühzeitig wieder abzureisen. Ich versprach ihm, am folgenden Tage wiederzukommen.

Das Wetter war schön; er erbot sich, mich bis zum Bahnhof zu begleiten. Noch nie war ich so glücklich gewesen wie an jenem Abend. Die Zukunft schien mir, so wie ich sie seit langer Zeit zu sehen gewünscht hatte, und ich liebte meinen Vater, wie ich ihn noch nie geliebt hatte.

In dem Augenblick, wo ich in den Wagen steigen wollte, suchte er mich noch einmal zum Bleiben zu überreden. Ich schlug es ihm ab.

„Du liebst sie also wirklich?“, fragte er.

„Zum Rasendwerden“, erwiderte ich.

„Nun, so geh.“

Und er strich mit der Hand über die Stirn, als ob er einen Gedanken verscheuchen wollte. Dann schien er mir noch etwas sagen zu wollen, aber er drückte mir die Hand, wandte sich schnell ab und rief mir zu:

„Auf morgen also!"

Zehntes Kapitel

Es schien mir, als ob der Wagenzug nicht von der Stelle käme.

Um elf Uhr war ich in Bougival. Als ich Margaretens Haus erblickte, wurde ich von einem eisigen Schauer befallen. Nicht ein einziges Fenster war hell; ich zog die Glocke, ohne dass ich eine Antwort erhielt.

Das war noch nie vorgekommen.

Endlich erschien der Gärtner. Ich eilte in das Haus. Überall herrschte Grabesstille.

Nanine kam mit einem Lichte.

Ich trat in Margaretens Zimmer. Es war leer.

„Wo ist die gnädige Frau?“, fragte ich erblassend, denn ich fürchtete ein Unglück, ohne mir selbst von meinen trüben Ahnungen Rechenschaft geben zu können.

„Die gnädige Frau ist nach Paris gefahren“, antwortete Nanine.

„Nach Paris? Wann ist sie fortgegangen?“

„Eine Stunde nach Ihnen.“

„Hat sie nichts für mich zurückgelassen?“

„Nein.“

„Das ist sonderbar! ... Hat sie gesagt, ich solle sie erwarten?“

„Sie hat gar nichts gesagt.“

„Sie wird ohne Zweifel zurückkommen“, sagte ich, indem ich der Zofe einen Wink gab, sich zu entfernen.

Sie ist vielleicht argwöhnisch, dachte ich, und ist nach Paris gegangen, um sich zu überzeugen, ob der Besuch bei meinem Vater nicht ein Vorwand war, um einen Tag der Freiheit zu genießen ... Vielleicht hat ihr auch Prudence in einer wichtigen Angelegenheit geschrieben.

Aber ich hatte Prudence bei meiner Ankunft gesehen, und sie hatte mir nichts von einem Schreiben an Margarete gesagt.

Plötzlich erinnerte ich mich an die Frage der Duvernoy: „Sie wird also heute nicht kommen?", als ich ihr sagte, dass Margarete unpässlich sei.

Ich erinnerte mich zugleich an Prudences Verlegenheit, als ich sie nach jenen Worten, die ein Stelldichein zu verraten schienen, angesehen hatte. Dazu kamen die Tränen, die Margarete in meiner Gegenwart vergossen hatte und die ich über der liebevollen Aufnahme, die ich bei meinem Vater gefunden, beinahe vergessen hatte.

Von jedem Augenblick an gruppierten sich alle Ereignisse des Tages um meinen ersten Verdacht und verstärkten ihn so sehr, dass ich sogar in der Güte und Nachsicht meines Vaters eine Bestätigung meiner Vermutungen fand.

Margarete hatte meine Rückkehr nach Paris beinahe gebieterisch gefordert. Sie hatte sich ruhig und gefasst gestellt, als ich ihr vorgeschlagen hatte, bei ihr zu bleiben. War ich in meiner Arglosigkeit in eine gestellte Falle geraten? Betrog mich Margarete? Hatte sie sich vorgenommen, zeitig genug zurückzukehren, um ihre Abwesenheit vor mir geheim zu halten, und war sie vielleicht durch einen Zufall zurückgehalten worden? Warum hatte sie nichts zu Nanine gesagt, oder warum hatte sie mir nicht geschrieben? Was bedeuteten die Tränen, die Abwesenheit, die Geheimniskrämerei?

Diese Fragen legte ich mir in einem fürchterlich aufgeregten Gemütszustande vor. Ich saß allein in dem leeren, einsamen Zimmer und starrte die Pendüle an, die auf Mitternacht zeigte und mir anzudeuten schien, dass es zu spät ist, um die Rückkehr meiner Geliebten erwarten zu dürfen.

Nach den Vorkehrungen, die wir erst unlängst getroffen hatten, und bei dem Opfer, das Margarete immerfort brachte, war es unwahrscheinlich, dass sie mich täuschte. Ich suchte mir daher meine ersten Vermutungen aus dem Sinne zu schlagen.

„Das arme Mädchen wird einen Käufer für ihre Möbel gefunden haben“, sagte ich zu mir, „und sie wird nach Paris gegangen sein, um den Kauf abzuschließen. Sie wird mir das verschwiegen haben, um mir keinen Schmerz zu bereiten, denn sie weiß wohl, dass dieser Verkauf, wie notwendig er auch zu unserem Glücke sein mag, sehr peinlich für mich ist, und sie wird gefürchtet haben, durch Erwähnung dieser Angelegenheit meine Eigenliebe zu verletzen. Sie zieht es vor, erst nach dem Abschlusse des Handels wieder zu erscheinen. Prudence erwartete sie ohne Zweifel in dieser Absicht; sie hat sich gegen mich verraten. Margarete hat wahrscheinlich den Kauf heute nicht abschließen können. Sie übernachtet in Paris oder wird vielleicht sogleich zurückkommen, denn sie kann sich wohl denken, wie sehr ich in Sorgen bin, und wird mich gewiss nicht in dieser peinlichen Ungewissheit lassen.

Aber woher denn die Tränen? Das arme Mädchen hat sich gewiss, trotz ihrer Liebe zu mir, nicht entschließen können, ohne Tränen jenen Prunk hinzugeben, in dem sie bis jetzt ein glückliches, viel beneidetes Leben geführt hat.“

Diese trübe Stimmung verzieh ich ihr sehr gern. Indem ich mich in diesen Gedanken immer mehr zu bestärken suchte, erwartete ich ungeduldig meine Geliebte, um ihr mit zärtlichen Küssen zu sagen, dass ich die Ursache ihrer rätselhaften Abwesenheit erraten hätte.

Inzwischen rückte die Nacht vor, und Margarete kam nicht. Meine Unruhe wurde größer. Vielleicht war ihr etwas Unangenehmes begegnet? Vielleicht hatte sie Schaden genommen oder war erkrankt, vielleicht gar tot? Vielleicht sollte ich bald einen Boten kommen sehen mit einer traurigen Nachricht? Vielleicht würde mich der Tagesanbruch noch in derselben Ungewissheit und Besorgnis finden?

Dass Margarete mich betrügen könne zu der Stunde, wo ich sie so sehnsuchts- und sorgenvoll erwartete, kam mir nicht mehr in den Sinn. Nur eine von ihrem Wollen unabhängige Ursache konnte sie auf diese Weise fern von mir zurückhalten, und je länger ich darüber nachsann, desto mehr war ich überzeugt, die Ursache könne nichts anderes sein als ein Unglück. Die Eitelkeit der Männer zeigt sich doch unter allen Gestalten.

Es schlug ein Uhr. Ich nahm mir vor, noch eine Stunde zu warten, aber um zwei Uhr wollte ich nach Paris gehen, um meiner Unruhe ein Ende zu machen.

Unterdessen sah ich mich nach einem Buche um, denn ich suchte meinen Gedanken zu entfliehen.

„Manon Lescaut“ lag auf dem Tische. Ich schlug das Buch auf. Es kam mir vor, als ob die Blätter hier und dort von Tränen benetzt wären. Nachdem ich einige Seiten flüchtig gelesen hatte, legte ich das Buch weg, die Worte erschienen mir durch einen Schleier meiner Zweifel ohne Sinn und Bedeutung.

Die Stunde verstrich unausstehlich langsam. Der Himmel war bewölkt. Ein feiner Herbstregen schlug gegen die Fenster. Alles war düster um mich her. Das leere Bett schien mir von Zeit zu Zeit das Aussehen eines Grabes anzunehmen. Ich fürchtete mich beinahe.

Ich öffnete die Tür und horchte; aber ich hörte nichts als das Brausen des Windes in den Bäumen. Kein Wagen fuhr auf der Straße vorüber. Auf dem Kirchturme schlug es halb zwei. Ich fing an zu fürchten, es könne jemand kommen, denn es schien mir, als ob zu dieser Stunde und in diesem düsteren Wetter nur ein Unglücksbote kommen könnte.

Es schlug zwei. Eine kleine Weile wartete ich noch. Die Tischuhr allein unterbrach die Totenstille mit ihren eintönigen, gemessenen Pendelschlägen.

Endlich verließ ich das Zimmer, in dem die geringsten Gegenstände jenes trübe Aussehen angenommen hatten, das bange Herzenseinsamkeit überall findet. In dem Nebenzimmer fand ich Nanine, die bei ihrer Arbeit eingeschlafen war. Bei dem Geräusch der aufgehenden Tür erwachte sie und fragte mich, ob Margarete wieder da sei.

„Nein, aber wenn sie kommt", erwiderte ich, „so sage ihr, ich hätte diese Unruhe nicht länger aushalten können und sei nach Paris gegangen."

„Jetzt wollen Sie nach Paris?"

„Ja …"

„Aber wie wollen Sie dahin kommen? Es ist jetzt kein Wagen zu haben."

„Ich gehe zu Fuß."

„Aber es regnet."

„Was liegt daran?"

„Die gnädige Frau wir gewiss bald zurückkommen. Wenn sie aber nicht zurückkommt, so ist es ja am Tage noch immer Zeit, nachzusehen, was sie in Paris zurückgehalten hat. Es ist gefährlich, in der Nacht den Weg zu machen."

„Es hat keine Gefahr, liebe Nanine … Lebe wohl, morgen bin ich wieder da."

Das brave Mädchen holte mir einen Mantel, warf ihn mir über die Schultern und erbot sich, zu der Witwe Arnould zu gehen und sich zu erkundigen, ob vielleicht doch ein Wagen zu haben sei; aber ich gab es nicht zu, denn ich war überzeugt, dass ich bei diesem vielleicht fruchtlosen Versuche mehr Zeit verlieren würde, als ich brauchte, um die Hälfte des Weges zurückzulegen.

Überdies bedurfte ich der frischen Luft und einer körperlichen Anstrengung, um mich gegen die auf mich einstürmenden Eindrücke abzustumpfen.

Ich nahm den Schlüssel zu der Wohnung in der Rue d'Antin, und nachdem ich Naninen, die mich bis an das Gittertor begleitete, Lebewohl gesagt hatte, machte ich mich auf den Weg.

Zuerst fing ich an zu laufen, aber die Erde war vom Regen erweicht, und ich erschöpfte meine Kräfte. Nach einer halben Stunde musste ich stehen bleiben, ich war in Schweiß gebadet. Ich schöpfte Atem und setzte meinen Weg fort. Die Nacht war so finster, dass ich jeden Augenblick fürchtete, gegen einen der am Wege stehenden Bäume zu stoßen, die mir plötzlich wie riesige Gespenster vor die Augen traten.

Ich holte einige Karren ein, die ich bald weit zurükkließ. Eine Kalesche fuhr in raschem Trabe in der Richtung gegen Bougival. In dem Augenblick, als sie an mir vorüberfuhr, kam mir der Gedanke, Margarete könne darin sitzen.

Ich stand daher still und rief: „Margarete!", Aber niemand antwortete mir, und die Kalesche setzte ihren Weg fort. Ich sah ihr eine Weile nach und ging dann weiter.

Ich brauchte zwei Stunden bis zur Barriere de l'Etoile.

Der Anblick von Paris gab mir wieder einige Kraft. Ich ging mit schnellen Schritten durch die lange Allee, die ich so oft durchwandert hatte, um Margarete zu begegnen.

Der Tag fing eben an zu grauen; kein Mensch begegnete mir. Man hätte den prächtigen Baumgang für den Wandelpark einer ausgestorbenen Stadt halten können.

Als ich in die Rue d'Antin kam, begann die Riesenstadt sich etwas zu regen, bevor sie wieder völlig zum Leben erwachte.

Es schlug fünf Uhr auf der St. Rochuskirche, als ich in Margaretens Haus trat.

Ich nannte meinen Namen. Der Hausmeister hatte genug Zweifrankstücke von mir erhalten, um zu wissen, dass ich ein Recht hatte, zu jeder Stunde bei Fräulein Gautier zu erscheinen. Ich ging also ungehindert an dem Fenster des Zerberus vorüber.

Ich hätte ihn fragen können, ob Margarete zu Hause sei, doch er hätte meine Frage vielleicht verneinend beantwortet; ich wollte aber lieber einige Minuten länger im Zweifel bleiben, denn indem ich zweifelte, blieb mir noch einige Hoffnung.

Ich ging hinauf. An der Tür blieb ich lauschend stehen – kein Geräusch, keine Bewegung war zu vernehmen. Die ländliche Stille schien sich bis auf diese Prunkgemächer zu erstrecken.

Ich schloss die Tür auf und trat ein.

Alle Vorhänge waren dicht verschlossen. Ich zog die Vorhänge des Speisegemachs auf und öffnete hastig die Tür des Schlafgemachs. Kaum war ich eingetreten, so eilte ich ans Fenster und zog auch hier mit fieberhafter Ungeduld den Vorhang auf.

Ein mattes Licht drang durch das Fenster. Ich eilte zum Bett – es war leer. Ich öffnete die Türen und eilte durch alle Zimmer. Niemand war da. Es war zum Rasendwerden.

Ich ging in das Toilettenzimmer, öffnete das Fenster und rief Prudence zu wiederholten Malen.

Das Fenster der Duvernoy blieb geschlossen.

Dann ging ich hinunter zu dem Hausmeister und fragte, ob Fräulein Gautier am gestrigen Tage da gewesen sei.

„Ja", antwortete er, „sie ist mit Frau Duvernoy da gewesen."

„Hat sie keine Nachricht für mich hinterlassen?"

„Nein."

„Wissen Sie, was die beiden Frauen nachher getan haben?"

„Sie sind in einen Wagen gestiegen."

„In was für einen Wagen?"

„In eine Herrschaftskutsche."

Was hatte das zu bedeuten? Ich eilte zu dem Nachbarhaus und zog die Glocke.

„Zu wem wollen Sie?", fragte mich der Hausmeister.

„Zu Frau Duvernoy."

„Sie ist nicht nach Hause gekommen."

„Wissen Sie das bestimmt?"

„Jawohl, mein Herr, denn ich habe hier einen Brief, der gestern Abend abgegeben wurde und den ich ihr noch nicht überreichen konnte."

Der Hausmeister zeigte mir einen Brief, auf den ich unwillkürlich einen Blick warf.

Ich glaubte Margaretens Hand zu erkennen.

Ich nahm den Brief. Ich hatte mich nicht geirrt, die Adresse enthielt sogar folgende Worte: „An Frau Duvernoy, für Herrn Armand Duval."

„Dieser Brief ist an mich", sagte ich zu dem Hausmeister, indem ich ihm die Adresse zeigte.

„Sind Sie Herr Duval?“, fragte er.

„Ja.“

„Richtig, jetzt erkenne ich Sie. Sie kommen ja oft zu Frau Duvernoy.“

Ich gab ihm keine Antwort und entfernte mich.

Sobald ich auf der Straße war, erbrach ich das Siegel und las den Brief.

Wenn der Blitz zu meinen Füßen eingeschlagen hätte, so würde ich nicht mehr erschrocken sein als durch diese Zeilen.

Der Brief lautete folgendermaßen: „Wenn dieser Brief in deine Hände kommt, bin ich die Geliebte eines andern. Ich habe Dir diesen notwendigen Entschluss gestern nicht mitgeteilt, weil ich nicht den Mut dazu hatte und ein Wort von Dir genügend gewesen wäre, mich an der Ausführung eines Planes, von welchem dein Glück abhängt, zu hindern.

Jetzt sind wir auf immer geschieden. Du wirst gewiss sehr leiden, aber einigen Trost gewährt mir doch der Gedanke, dass Du nicht so viel leiden kannst, wie ich seit zwei Tagen gelitten habe.

Lebe wohl, teurer Freund! Ich fordere Deine Liebe nicht mehr, denn Du würdest sie mir verweigern. Du wirst mich verachten; Du wirst mich hassen und mir vielleicht Böses tun. Ich verzeihe Dir im Voraus, denn Du wirst einst einsehen, dass noch nie eine Geliebte, wie zärtlich sie auch dem Gegenstande ihrer Liebe zugetan war, für ihn getan hat, was ich heute für Dich tue.

Geh zu Deinem Vater, lieber Armand. Seine Erfahrung wird Dich besser belehren, als ich es im Stande bin, und vielleicht wird er einst gütig genug sein, das Opfer zu begreifen, das ich bringe, und Dich zur Verzeihung bewegen.

Begib Dich zu Deiner Schwester, dem reinen, keuschen Mädchen, das von all unserm Elend nichts weiß. Bei ihr wirst Du bald vergessen, was Du um die unglückliche Margarete Gautier erduldet, die Dir die einzigen glücklichen Augenblicke eines gewiss nicht mehr langen Lebens verdankt."

Als ich das letzte Wort gelesen hatte, glaubte ich den Verstand zu verlieren.

Einen Augenblick fürchtete ich wirklich, auf das Straßenpflaster zu fallen. Eine Wolke kam mir vor die Augen, das Blut hämmerte mir in den Schläfen, und alle Gegenstände schienen sich im Kreise um mich zu drehen.

Endlich vermochte ich mich etwas zu fassen. Ich blickte um mich und sah, wie das beginnende Leben der Hauptstadt teilnahmlos an meinem Unglück vorüberging. Ich war nicht stark genug, den schmerzlichen Schlag, der mich getroffen hatte, allein zu ertragen.

Da fiel mir ein, dass mein Vater in der Nähe war, dass ich in zehn Minuten bei ihm sein konnte und dass er meinen Schmerz, ohne Rücksicht auf dessen Ursache, teilen werde.

Ich eilte zum Hotel de Paris; der Schlüssel steckte in der Zimmertür meines Vaters. Ich trat ein.

Er las gerade. Über mein Erscheinen war er so wenig erstaunt, dass man hätte glauben können, er habe mich erwartet.

Ich sank in seine Arme, ohne ein Wort zu sagen, und gab ihm den Brief Margaretens. Dann sank ich vor seinem Bett nieder und brach in Tränen aus.

Elftes Kapitel

Als ich wiederum alle mich umgebenden Dinge in dem gewohnten Geleise sah, konnte ich nicht glauben, dass der junge Tag den vorhergegangenen Tagen nicht völlig gleich sein sollte. Es gab Augenblicke, wo ich überzeugt war, ich hätte infolge eines Umstandes, dessen ich mich nicht erinnerte, die Nacht außerhalb meiner und Margaretens Wohnung zugebracht, aber bei meiner Rückkehr nach Bougival würde ich sie voll Angst und Besorgnis wieder finden. Ich glaubte schon zu hören, wie sie mich mit zärtlicher Stimme fragte, warum ich so lange ausgeblieben sei.

Wenn eine Gewohnheit einmal so tief eingewurzelt ist, so scheint es unmöglich, dass sie aus dem Dasein herausgerissen werden könne, ohne dass zugleich alle anderen Triebfedern des Lebens zerbrechen.

Ich war daher gezwungen, von Zeit zu Zeit Margaretens Brief zu lesen, um mich zu überzeugen, dass ich nicht geträumt hatte.

Mein Körper, der dieser heftigen seelischen Erschütterung unterlag, war keiner Bewegung fähig. Die Unruhe, die anstrengende, nächtliche Wanderung, die am Morgen erhaltene Schreckensnachricht hatten mich erschöpft. Mein Vater benutzte diese gänzliche Erschöpfung meiner Kräfte und forderte von mir das förmliche Versprechen, mit ihm abzureisen.

Ich versprach alles, was er wollte. Es war mir unmöglich, auf eine nähere Erörterung einzugehen, und ich bedurfte einer wahren Zuneigung, um mich nach diesem furchtbaren Schlage noch an das Leben zu fesseln. Ich fühlte mich überglücklich, dass mein Vater in diesem Kummer liebevolle Worte des Trostes zu mir sprach.

Das einzige Ereignis jenes Tages, das mir noch erinnerlich blieb, war unsere Abreise. Gegen fünf Uhr brachte mich mein Vater in eine Postkutsche. Ohne mir ein Wort zu sagen, hatte er mein Gepäck besorgen und mit dem seinigen hinten auf dem Wagen verstauen lassen.

Erst als die Stadt verschwunden war und die Einsamkeit des Weges mich an die Öde meines Herzens erinnerte, wurde ich mir dessen, was ich tat, deutlich bewusst, und ich brach abermals in Tränen aus.

Mein Vater hatte wohl eingesehen, dass Worte, selbst aus seinem Munde, mich nicht trösten würden. Er ließ mich weinen, ohne mir ein Wort zu sagen; nur von Zeit zu Zeit drückte er mir die Hand, als ob er mir in Erinnerung bringen wollte, dass mir ein Freund zur Seite sitze.

In der Nacht schlief ich nur wenig. Ich träumte von Margarete. Manchmal fuhr ich aus dem Schlafe auf und begriff nicht, warum ich in einem Wagen saß.

Dann trat mir die Wirklichkeit wieder vor die Seele und der Kopf sank mir auf die Brust.

Ich getraute mich nicht, meine Gefühle auszusprechen. Ich fürchtete immer, mein Vater würde zu mit sagen: „Du siehst, dass ich Recht hatte, die Liebe dieses Mädchens zu bezweifeln."

Aber er benutzte seinen Vorteil nicht, und wir kamen nach C***, ohne dass er das Ereignis, das meine Abreise veranlasst, nur mit einem Wort berührt hatte.

Als ich meine Schwester begrüßte, fielen mir die Worte in Margaretens Brief ein. Aber ich fühlte wohl, dass ich in der Gesellschaft meiner Schwester, wie gut und liebenswürdig sie auch war, die Geliebte nie vergessen würde.

Die Jagd war eröffnet. Mein Vater glaubte, sie würde mir Zerstreuung gewähren. Er veranstaltete daher Jagdpartien mir Nachbarn und Freunden. Ich nahm ohne Widerstreben, aber auch ohne Freude daran teil; ich zeigte auch bei diesen Unterhaltungen jene Apathie, durch die sich seit meiner Abreise alle meine Handlungen auszeichneten.

Es wurden Treibjagden abgehalten. Man stellte mich auf meinen Posten. Ich aber lehnte mein Gewehr an einen Baum und überließ mich meinen Gedanken. Bald starrte ich die vorüberziehenden Wolken an, bald schweiften meine Blicke über die mich umgebende Einöde. Von Zeit zu Zeit hörte ich die Stimme eines Jägers, der mir einen zehn Schritte von mir vorüberlaufenden Hasen zeigte.

Dies alles entging meinem Vater keineswegs, doch ließ er sich durch meine äußere Ruhe nicht täuschen. Er sah wohl ein, dass meine niedergeschlagenen Gefühle sich früher oder später auf eine gewaltsame, vielleicht gefährliche Weise wieder erheben würden. Ohne sich das Ansehen zu geben, als ob er mich trösten wollte, bot er alles auf, mich zu zerstreuen.

Meine Schwester, die natürlich nicht wusste, was meine Rückkehr veranlasst hatte, konnte sich nicht erklären, warum ich, der einst so heitere, lebensfrohe Mensch, auf einmal so düster und nachdenklich geworden war.

Zuweilen wurde ich in meiner Traurigkeit durch den unruhigen Blick meines Vaters überrascht. Dann reichte ich ihm die Hand und drückte ihm die seinige, gleichsam um ihn wegen des Kummers, den ich ihm verursachte, stillschweigend um Verzeihung zu bitten.

So verfloss ein Monat. Margaretens Bild verfolgte mich unablässig. Ich hatte sie zu innig geliebt, als dass sie mir auf einmal hätte gleichgültig werden können. Dieses Gefühl war noch keineswegs in mir erloschen. Ich musste sie entweder lieben oder hassen, und ich fühlte das Bedürfnis, sie bald wiederzusehen.

Dieses Verlangen wurde plötzlich in mir rege und bemächtigte sich meines ganzen Wesens mit der ungestümen Gewalt des Willens, der sich in einem seit langer Zeit machtlosen Körper endlich wieder geltend machte. Es war keine unbestimmte Sehnsucht, die mich erfüllte; ich hegte nicht etwa den Wunsch, Margarete in ferner Zukunft, in einem Monat, in acht Tagen wiederzusehen – ich wollte und musste sie sogleich sehen, und die Zeit, die ich zu der Reise nach Paris brauchte, schien mir unendlich lang für meine Wünsche. Ich zeigte daher meinem Vater an, dass ich in wichtigen Geschäften nach Paris reisen müsse, versprach aber, in wenigen Tagen zurückzukehren.

Mein Vater erriet ohne Zweifel den Beweggrund dieses Entschlusses, denn er suchte mich zum Bleiben zu bewegen. Aber er sah wohl ein, dass die Vereitelung dieses Wunsches in meinem reizbaren Zustande verderbliche Folgen für mich haben könne, und gab nach. Obwohl er die wahre Ursache meiner Abreise mit keinem Wort berührte, gab er doch nicht undeutlich zu erkennen, dass er sie erraten, und bat mich fast mit Tränen, bald nach C*** zurückzukommen.

Vor meiner Ankunft in Paris fand ich keinen Schlaf. Was ich dort eigentlich wollte? Ich wusste es nicht, nur das wusste ich, dass ich mich vor allem nach Margarete umsehen musste.

Ich begab mich in meine Wohnung, um meine Reisekleider abzulegen. Da das Wetter schön war, so ging ich in die Champs Elysées.

Nach einer halben Stunde bemerkte ich Margaretens Wagen. Sie hatte ihre Pferde zurückgekauft, denn das Fuhrwerk war dasselbe wie früher, nur fuhr die Kutsche ganz langsam, und Margarete saß nicht darin.

Kaum hatte ich diese Abwesenheit bemerkt, so erblickte ich Margarete, die in Begleitung einer mir unbekannten Dame zu Fuß die Allee herabkam.

Margarete erblasste, als sie an mir vorüberging, und ihre Gesichtszüge schienen krampfhaft zu zucken. Mein Herz pochte ungestüm, aber es gelang mir doch, meine äußere Ruhe zu bewahren, und ich grüßte meine frühere Geliebte mit kalter Höflichkeit. Gleich darauf trat sie an den Wagen und stieg mit ihrer Begleiterin ein.

Dieses unerwartete Zusammentreffen musste einen erschütternden Eindruck auf Margarete gemacht haben. Ohne Zweifel hatte sie von meiner Abreise erfahren und war dadurch über die Folgen unseres Bruches beruhigt worden. Als sie aber plötzlich mein blasses Gesicht erblickte, hatte sie gewiss eingesehen, dass meine Rückkehr einen Zweck hatte, und blickte nun voll Erwartung und Besorgnis auf meine weiteren Schritte.

Hätte ich Margarete augenblicklich leidend wiedergefunden, hätte ich ihr, um mich an ihr zu rächen, zu Hilfe kommen können, so würde ich ihr vielleicht verziehen haben und würde gewiss nicht auf den Gedanken gekommen sein, ihr weh zu tun. Aber ich fand sie schöner als je wieder. Ein anderer hatte ihr den Prunk zurückgegeben, den ich ihr nicht gewähren konnte. Unser Zerwürfnis, das von ihr veranlasst worden war, nahm folglich den Schein des Eigennutzes an. Ich war in meinem Selbstgefühl wie in meiner Liebe gedemütigt. Sie sollte büßen für den Schmerz, den sie mir verursacht hatte.

Margaretens Tun und Treiben konnte mich unmöglich gleichgültig lassen, nichts musste ihr daher peinlicher sein, als meine Gleichgültigkeit zur Schau zu tragen, um nicht dem geringsten Zweifel an der Wirklichkeit derselben Raum zu geben.

Ich versuchte eine heitere, sorglose Miene anzunehmen und begab mich zu Prudence.

Die Kammerjungfer meldete mich und ließ mich einige Augenblicke im Salon warten.

Endlich erschien Frau Duvernoy und führte mich in ihr Boudoir. In dem Augenblick, als ich mich setzte, hörte ich die Tür des Salons aufgehen und ein seidenes Gewand rauschen; dann wurde die äußere Tür heftig zugeschlagen, als ob sich jemand eilends entfernte.

„Störe ich Sie vielleicht?“, fragte ich Prudence.

„Durchaus nicht; Margarete war da, doch als sie Ihren Namen hörte, eilte sie fort. Sie ist soeben hinausgegangen.“

„Sie fürchtet mich also?“

„Nein, aber sie glaubt, es werde Ihnen unangenehm sein, sie wieder zu sehen.“

„Warum denn?“, sagte ich mit mühsam erzwungener Sorglosigkeit, während mir das Herz zerspringen zu wollen schien; „das arme Mädchen hat mich verlassen, um Equipage, Möbel und Geschmeide zu erhalten. Sie hat recht getan und ich verarge es ihr durchaus nicht … Sie ist mir heute begegnet“, setzte ich gleichgültig hinzu.

„Wo?“, fragte Prudence, die mich forschend ansah, und die ihren Ohren nicht zu trauen schien, als sie den Mann, der Margarete so innig geliebt hatte, in solchem Tone reden hörte.

„In den Champs Elysées! Sie hatte ein anderes, sehr hübsches Mädchen bei sich. Wer ist denn diese andere?“

„Wie sieht sie aus?“

„Sie ist schlank und blond, hat blaue Augen, trägt lange Locken und ist sehr elegant.“

„Ah! Das ist Olympia, ein sehr hübsches Mädchen.“

„Wo wohnt sie?“

„Rue Tronchet, Nr. … Beabsichtigen Sie etwa, ihr den Hof zu machen?“

„Wohl möglich.“

„Und an Margarete denken Sie nicht mehr?“

„Es wäre die Unwahrheit, wenn ich sagte, dass ich gar nicht mehr an sie dächte. Aber ich gehöre zu den Männern, die besonders auf die Art und Weise sehen, wie man mit ihnen bricht. Margarete hat mich auf so leichtfertige Weise verabschiedet, dass meine frühere heiße Liebe zu ihr in der Tat sehr lächerlich erschien, denn ich bin dem Mädchen wirklich gut gewesen.“

Sie können denken, in welchem Tone ich dies zu sagen suchte; der Schweiß rann mir von der Stirn.

„Sie war Ihnen auch unendlich gut und ist es noch“, erwiderte Prudence;“ ist sie doch heute sogleich zu mir gekommen, um mir zu erzählen, dass sie Ihnen begegnet sei. Als sie hierher kam, zitterte sie. Ich glaubte, sie würde in Ohnmacht fallen.“

„Nun, was hat sie zu Ihnen gesagt?“, konnte ich mich nicht enthalten zu fragen.

„Sie sagte zu mir, Sie würden mich ohne Zweifel besuchen, und bat mich, ihr Verzeihung bei Ihnen zu erwirken.“

„Ich habe ihr längst verziehen“, erwiderte ich; „das können Sie ihr sagen. Sie ist ein gutes Mädchen, aber sie ist ein Mädchen wie alle anderen, und ich musste mich gefasst machen auf das, was sie getan hat. Ich bin ihr sogar dankbar für den Entschluss, den sie gefasst hat;

denn jetzt, wo ich ruhig darüber nachdenke, frage ich mich selbst, wohin uns mein Plan, ganz bei ihr zu leben, geführt hätte. Es war eine Torheit."

„Es wird ihr sehr lieb sein", sagte die Duvernoy, „zu erfahren, dass Sie von der Notwendigkeit dieses Schrittes überzeugt sind und sich so leicht dareinzufinden wissen. Es war Zeit, dass sie von Ihnen ging, lieber Freund. Der Geschäftsmann, dem sie ihre Möbel zum Verkauf angeboten hatte, war zu ihren Gläubigern gegangen, um selber zu fragen, wie viel sie ihnen schulde. Diesen wurde ihr Geld bange, und es sollte in zwei Tagen alles verkauft werden."

„Und jetzt sind die Schulden bezahlt?"

„Ja, so ziemlich alle."

„Und wer hat das Geld hergegeben?"

„Der Graf von N***. Ach, lieber Armand, es gibt Männer, welche die Schönen, denen sie huldigen, nur durch Geld gewinnen können. Kurz, er hat zwanzigtausend Frank an die Gläubiger auszahlen lassen; aber er hat damit auch seine Wünsche erreicht. Er weiß wohl, dass Margarete ihn nicht liebt, aber er ist trotzdem sehr artig gegen sie. Sie haben gesehen, dass er ihr Pferde und Wagen zurückgekauft hat, er hat ihr Geschmeide eingelöst und gibt ihr so viel, wie sie früher von dem alten Herzog erhielt. Wenn sie ruhig und eingezogen leben will, wird er ihr lange treu bleiben."

„Wohnt sie wieder in Paris?"

„Ja, als Sie fort waren, wollte sie nicht wieder nach Bougival gehen. Ich habe Margaretens Sachen und auch die Ihrigen von dort geholt. Die Ihrigen sind eingepackt und stehen hier zu Ihrer Verfügung. Nur eine kleine Brieftasche mir Ihrem Namenszuge hat Margarete zu sich genommen. Wenn Ihnen aber daran liegt, so werde ich sie ihr abfordern."

„Sie mag die Brieftasche nur behalten", stammelte ich, denn ich fühlte mir die Tränen aus dem Herzen in die Augen steigen bei der Erinnerung an jenes liebliche Dorf, wo ich so glücklich gewesen war, und bei dem Gedanken, dass Margarete gern ein Andenken von mir behalten wollte.

Wenn sie in jenem Augenblick eingetreten wäre, so hätte ich alle meine Rachegedanken aufgegeben und wäre ihr zu Füßen gefallen.

„Übrigens", fuhr Prudence fort, „habe ich sie noch nie so gesehen, wie sie jetzt ist: Sie schläft fast nicht mehr, sie besucht alle Bälle, soupiert und betrinkt sich sogar. Unlängst musste sie nach einem Souper acht Tage lang das Bett hüten. Und an dem Tage, wo ihr der Arzt erlaubte aufzustehen, hat sie dieses Leben wieder angefangen, auf die Gefahr hin, zu Grunde zu gehen. Werden Sie sie besuchen?"

„Wozu das? Ich mache Ihnen einen Besuch, weil Sie immer sehr nett zu mir waren und weil ich Sie früher kannte als Margarete. Ihnen verdanke ich es, Margaretens Geliebter gewesen zu sein, so wie ich es Ihnen verdanke, dass ich es nicht mehr bin, nicht wahr?"

„Ja, wahrhaftig, ich habe alles aufgeboten, um Sie von ihr zu trennen, und ich glaube, dass Sie mir deshalb nicht zürnen werden."

Im Gegenteil, ich bin Ihnen doppelt dankbar dafür", antwortete ich aufstehend, denn die berechnende Klugheit der Duvernoy ekelte mich an.

„Sie wollen schon gehen?", fragte sie.

„Ja", erwiderte ich.

Ich wusste ja alles, was ich wissen wollte.

„Wann wir man Sie wieder sehen?"
„Bald! Leben Sie wohl!"
„Leben Sie wohl!"
Prudence begleitete mich bis an die Tür. Ich kehrte mit Tränen der Wut in den Augen und mit Rachedurst im Herzen nach Hause zurück.

Margarete war also wirklich ein Mädchen ganz gemeinen Schlages. Ihre Liebe zu mir hatte also nicht gekämpft gegen das Verlangen, ihr früheres Leben wieder anzufangen, und gegen das Bedürfnis, sich eine Equipage zu halten und sich mit Prunk zu umgeben.

Das waren meine Gedanken in den schlaflosen Nächten. Wenn ich in jenem geräuschvollen Leben, das Margarete wieder angefangen hatte, nur das Bestreben gesehen, einen unablässig sich aufdrängenden Gedanken, eine immer wiederkehrende Erinnerung zum Schweigen zu bringen.

Unglücklicherweise gewann die blinde Leidenschaft in mir die Oberhand: Ich sann nur noch auf Mittel, das arme Geschöpf zu peinigen.

Oh! Der Mensch ist sehr engherzig und erbärmlich, wenn seine Eigenliebe verletzt wird.

Ich brachte in Erfahrung, dass jene Olympia, die ich mit Margarete gesehen hatte, ihre Freundin oder doch wenigstens ihre tägliche Gesellschafterin war. Ich erfuhr außerdem, dass sie einen Ball geben werde, und da ich vermutete, dass Margarete diesen Ball besuchen würde, so suchte ich mir eine Einladung zu verschaffen und erhielt sie auch.

In meiner peinlichen Stimmung kam ich auf diesen Ball, der bereits sehr belebt war. Man tanzte und lärmte, und in einer Quadrille bemerkte ich Margarete, die mit dem Grafen von N*** tanzte. Der junge Kavalier schien sich viel auf seine Eroberung einzubilden und allen Anwesenden sagen zu wollen: Diese gefeierte Schönheit ist mein.

Ich lehnte mich an den Kamin, Margarete gerade gegenüber, und ließ sie nicht aus den Augen. Kaum hatte sie mich bemerkt, so wurde sie verlegen. Ich sah es und winkte ihr mit der Hand und den Augen einen kalten nachlässigen Gruß zu.

Als mir in den Sinn kam, dass sie nicht von mir, sondern von diesem reichen Tropf auf den Ball geführt worden war, stieg mir das Blut ins Gesicht, und ich fühlte mehr als je das Bedürfnis, mich zu rächen.

Nach dem Kontretanz begrüßte ich die Ballgeberin, die sehr schöne, wohl gerundete Schultern und einen blendend weißen Nacken zur Schau stellte.

Sie war überhaupt schön und hinsichtlich der äußeren Formen schöner als Margarete. Ich erkannte dies noch mehr an gewissen Blicken, die Letztere auf Olympia warf, während ich mit ihr sprach. Der Geliebte dieser gefeierten Modeschönheit konnte in der Tat ebenso stolz sein wie der Graf von N***; sie war schön genug, um eine ebenso glühende Leidenschaft zu entzünden, wie ich für Margarete empfunden hatte.

Ich wusste, dass sie damals keinen erklärten Verehrer hatte und dass es nicht schwer sein würde, es zu werden. Es handelte sich nur darum, durch Gold zu glänzen und sich ein Ansehen zu geben.

Mein Entschluss war bald gefasst. Olympia sollte meine Geliebte werden.

Ich begann meine Werbung dadurch, dass ich mit ihr tanzte. Eine halbe Stunde nachher ließ sich Margarete, die totenbleich war, ihren Pelz bringen und verließ den Ball.

Zwölftes Kapitel

Das war schon etwas, aber es war noch nicht genug. Ich erkannte die Gewalt, die ich über Margarete hatte, und war erbärmlich genug, sie zu missbrauchen.

Wenn ich bedenke, dass das arme Geschöpf jetzt tot ist, so zweifle ich, ob Gott mir jemals verzeihen wird, was ich ihr angetan habe.

Nach dem sehr geräuschvollen Souper fing die Gesellschaft an zu spielen.

Ich nahm neben Olympia Platz und setzte mein Geld mit solcher Kühnheit, dass sie sich nicht enthalten konnte, mich anzusehen. In wenigen Minuten gewann ich hundertfünfzig bis zweihundert Louisdor, die ich vor mir ausbreitete und auf die die Ballgeberin lüsterne Blicke warf.

Ich war der Einzige, dessen Aufmerksamkeit nicht durch das Spiel völlig in Anspruch genommen wurde, sondern sich auch ihr zuwandte. Ich gewann immerfort, und ich gab meiner schönen Nachbarin Geld zum Spielen, denn sie hatte alles verloren, was sie vor sich hatte, wahrscheinlich ihr ganzes Vermögen.

Um fünf Uhr morgens ging die Gesellschaft auseinander. Ich hatte dreihundert Louisdor gewonnen.

Alle Spieler waren schon unten, ich war allein zurückgeblieben, ohne dass es bemerkt wurde, denn ich war mit keinem der Gäste befreundet.

Olympia hatte mich mit dem Lichte bis zu Treppe begleitet. Ich war bereits einige Stufen hinuntergegangen, als ich mich umwandte und zu ihr sagte:

„Ich muss mit Ihnen reden."

„Morgen", antwortete sie.

„Nein, jetzt."

„Was haben Sie mir zu sagen?"
„Sie werden es sogleich hören …"
Und ich trat mit ihr in den Salon.
„Sie haben verloren?", sagte ich zu ihr.
„Ja."
„Und zwar ihre ganze Barschaft …"
Sie zögerte mit der Antwort.
„Sagen Sie es nur aufrichtig."
„Nun ja, es ist wahr."
„Ich habe dreihundert Louisdor gewonnen. Hier sind sie … Nehmen Sie."

Bei diesen Worten warf ich die Goldstücke auf den Tisch.

„Warum bieten Sie mir das an?", fragte sie.
„Mein Gott, weil ich sie liebe."
„Nein, weil sie Margarete lieben und sich an ihr rächen wollen, indem Sie mir den Hof machen. Mich täuscht man nicht, lieber Freund. Unglücklicherweise bin ich noch zu jung und zu schön, um die mir zugedachte Rolle anzunehmen."
„So geben Sie mir also einen Korb?"
„Ja."
„Bedenken Sie, was Sie tun, liebe Olympia", sagte ich. „Eine uneigennützige Liebe würde ich nicht von Ihnen annehmen. Hätte ich Ihnen durch eine dritte Person dieses Geld gesandt, so würden Sie es angenommen haben. Ich ziehe aber vor, unmittelbar mit Ihnen zu unterhandeln. Forschen Sie nicht nach den Beweggründen meiner Bewerbung; Sie wissen ja, dass Sie schön sind, und es ist durchaus nicht befremdend, dass ich Sie liebe."

Margarete war eine *Femme entretenue* wie Olympia. Dennoch würde ich bei unserer ersten Begegnung nicht so zu ihr gesprochen haben. Ich liebte Margarete und entdeckte in ihr ein edles Gefühl, an dem es Olympia gänzlich fehlte. Olympia war mir daher trotz ihrer außerordentlichen Schönheit völlig gleichgültig, und ich fühlte sogar eine gewisse Abneigung gegen sie.

Gleichwohl gab es Leute, die sich um ihretwillen ruiniert hatten.

Es bedarf wohl kaum mehr der Bemerkung, dass der mir überreichte Korb zurückgenommen wurde. Seit jenem Ballabend war Margarete ein Gegenstand meiner unablässigen Verfolgung. Sie brach allen Umgang mit Olympia ab. Sie begreifen wohl, warum. Ich schenkte meiner neuen Geliebten eine Kutsche und Geschmeide, ich spielte, kurz, ich beging alle Torheiten, die in der Pariser Modewelt zu Hause sind. Das Gerücht von meiner neuen Leidenschaft verbreitete sich sogleich.

Selbst Prudence ließ sich täuschen und glaubte endlich, ich hätte Margarete gänzlich vergessen. Ob diese den wahren Beweggrund meines Handelns erraten hatte oder ob sie sich ebenfalls täuschen ließ, kann ich nicht entscheiden; genug, sie beobachtete bei allen Kränkungen, die ich ihr verursachte, eine ernste würdevolle Haltung. Sie schien jedoch sehr zu leiden, denn überall, wo sie mir begegnete, erschien sie mit jedem Tage blässer und trauriger. Meine Liebe war dermaßen gesteigert, dass ich sie für glühenden Hass hielt, und ich frohlockte bei dem Anblicke dieses Schmerzes. Bei einigen Gelegenheiten, wo ich wirklich teuflisch grausam war, sah sie mich mit so bittenden Blicken an, dass ich über die Rolle, die ich spielte, errötete und im Begriff war, sie um Verzeihung zu bitten.

Aber diese Anwandlungen von Reue gingen sehr schnell vorüber, und Olympia, die endlich alle Selbstachtung verleugnete und sich überzeugt hatte, dass sie von mir alles erlangen konnte, wenn sie Margarete weh tat, reizte mich unaufhörlich gegen sie auf und kränkte sie, sooft sich die Gelegenheit dazu bot, mit der unwürdigen Beharrlichkeit eines Weibes, das von einem Manne die Ermächtigung zu ihrem Betragen erhalten zu haben glaubt.

Margarete ging endlich nicht mehr ins Theater und besuchte keinen Ball mehr, weil sie mit Olympia und mir zusammenzutreffen fürchtete. Den persönlichen Beleidigungen folgten nun anonyme Briefe und unwürdige Verleumdungen.

Sie können sich leicht denken, dass ich mich in einem an Wahnsinn grenzenden Gemütszustande befinden musste, um meiner Rachsucht auf solche Weise zu frönen. Ich glich einem Menschen, der sich an einem schlechten Wein berauscht und in einen Zustand der Überreizung verfällt, in dem die Hand eines Verbrechens fähig ist, ohne dass der Verstand daran teilnimmt. Dabei befand ich mich in einer entsetzlichen Stimmung. Die ruhige, würdevolle Haltung, die Margarete allen meinen Angriffen entgegenstellte, gab ihr in meinen eigenen Augen eine Überlegenheit und erbitterte mich nur noch mehr gegen sie.

Eines Abends war Olympia an einem öffentlichen Ort gewesen und dort mit Margarete zusammengetroffen. Letztere war diesmal gegen die freche Dirne, die sie beleidigte, schonungslos gewesen und hatte sie gezwungen, das Feld zu räumen. Margarete war aber durch diesen ärgerlichen Vorfall so tief erschüttert worden, dass man sie ohnmächtig weggetragen hatte.

Olympia kam sogleich zu mir, erzählte mir, Margarete habe sie öffentlich beleidigt, und forderte mich auf, sie schriftlich darüber zur Rede zu stellen und ihr mit allem Nachdruck die gebührende Achtung gegen meine Geliebte zu empfehlen.

Ich brauche Ihnen wohl nicht zu sagen, dass ich in diese Zumutung willigte und dieses Schreiben in den bittersten, verletzendsten Worten abfasste.

Dieser Schlag war zu stark, als dass ihn die Unglückliche stillschweigend hätte ertragen können.

Ich vermutete wohl, dass ich eine Antwort erhalten würde, und beschloss daher, den ganzen Tag zu Hause zu bleiben.

Gegen zwei Uhr wurde die Türglocke gezogen, und ich sah Prudence eintreten.

Ich fragte sie mit möglichst gleichgültiger Miene die Ursache ihres Besuchs. Aber an diesem Tage war die Duvernoy nicht in ihrer gewohnten heiteren Stimmung, und sie sagte in einem beinahe weinerlichen Ton, dass ich seit meiner Rückkehr nach Paris, nämlich seit etwa drei Wochen, keine Gelegenheit hätte vorübergehen lassen, Margarete weh zu tun; dass diese aus Gram krank geworden sei und seit dem gestrigen Vorfalle, besonders aber seit dem Empfange meines Briefes, das Bett hüten müsse.

Kurz, ohne mir Vorwürfe zu machen, ließ mich Margarete um Schonung bitten, indem sie mir sagen ließ, sie habe weder genug geistige noch physische Kraft mehr, um solche Misshandlungen zu ertragen.

„Wenn Fräulein Gautier", erwiderte ich, „mich zu verabschieden für gut findet, so ist sie in ihrem Rechte, und ich kann nichts dagegen einwenden, aber nie werde ich zugeben, dass sie meine Geliebte beleidige …"

„Lieber Freund", unterbrach mich Prudence, „Sie haben sich von einem geist- und herzlosen Mädchen betören lassen. Sie lieben dieses Mädchen: Aber das ist kein Grund, eine Wehrlose zu quälen."

„Fräulein Gautier mag ihren Grafen von N*** schicken, dann sind die Parteien auf beiden Seiten gleich."

„Sie wissen sehr wohl, dass sie das nicht tut. Lassen Sie sie also in Ruhe, lieber Armand! Wenn Sie Margarete sähen, so würden Sie sich Ihres Benehmens gegen sie schämen. Sie ist totenbleich und hustet ... Es wird schwerlich noch lange mit ihr dauern."

Prudence reichte mir die Hand und setzte in bittendem Tone hinzu:

„Gehen Sie zu ihr. Ihr Besuch wird ihr große Freude machen."

„Ich werde mich hüten, ich habe keine Lust, den Grafen bei ihr anzutreffen."

„Der Graf ist nie bei ihr, sie kann ihn nicht ausstehen."

„Wenn Margarete mich zu sehen und zu sprechen wünscht, so weiß sie, wo ich wohne. Sie mag zu mir kommen; aber ich werde ihre Wohnung nie mehr betreten."

„Und Sie werden sie gut empfangen?"

„Das versteht sich."

„Nun, dann wird sie gewiss kommen. Werden Sie heute ausgehen?"

„Ich bleibe den ganzen Abend zu Hause."

„Ich werde es ihr sagen."

Prudence entfernte sich.

Ich war fest überzeugt, dass Margarete kommen würde. Ich wusste nicht, sollte ich sie lieben oder hassen?

Ich schrieb nicht einmal an Olympia, dass ich diesen Abend nicht ausgehen würde. Sie war mir immer gleichgültig gewesen, und ich beobachtete sehr wenig

Rücksicht gegen sie: Es vergingen oft mehrere Tage, ohne dass ich sie sah. Sie tröstete sich darüber, wie mir schien, mit einem Schauspieler von irgendeinem Boulevard-Theater.

Ich ging zum Diner und kam sogleich wieder nach Hause. Ich ließ Feuer im Kamin anzünden und entließ meinen Diener Josef.

Wenn sie nur ohne Begleitung kommt!, dachte ich.

Die widerstreitenden Gefühle, die eine Stunde lang auf mich einstürmten, kann ich Ihnen unmöglich beschreiben; und als ich gegen neun Uhr die Türglocke hörte, war ich so ergriffen, dass ich nur mit Mühe meine Fassung gewann, ehe ich an die Tür ging, um zu öffnen.

Glücklicherweise war das Wohnzimmer nur matt beleuchtet, sodass die Veränderung meiner Gesichtszüge minder sichtbar war.

Ich öffnete die Tür. Margarete trat ein. Sie war ganz schwarz gekleidet und verschleiert; ihr Gesicht war hinter dem Spitzenschleier kaum zu erkennen.

Sie trat in den Salon und hob den Schleier. Sie war weiß wie Marmor.

„Hier bin ich, Armand", sagte sie, „sie wünschten mich zu sehen … ich bin gekommen …"

Sie sprach nicht weiter, sie presste beide Hände vor das Gesicht und brach in Tränen aus.

Ich trat auf sie zu.

„Was fehlt Ihnen?", fragte ich mit bewegter Stimme.

Sie drückte mir die Hand, ohne zu antworten, denn die Tränen erstickten ihre Stimme. Endlich suchte sie sich zu fassen und sagte zu mir:

„Sie haben mir sehr weh getan, Armand … und ich habe ihnen doch nichts getan …"

„Nichts?", erwiderte ich mit bitterem Lächeln.

„Nichts, als was die Umstände mir zur Pflicht machten.“

Ich weiß nicht, ob Sie je im Leben empfunden haben oder empfinden werden, was ich bei Margaretens Anblick empfand.

Das letzte Mal, als sie zu mir gekommen war, hatte sie auf derselben Stelle gesessen, auf der sie jetzt saß; aber seit jener Zeit war sie die Geliebte eines anderen geworden; ihr schöner Mund war durch einen anderen Mund berührt worden. Und dennoch fühlte ich, dass ich sie ebenso heiß und vielleicht noch heißer liebte als je zuvor. Gleichwohl wurde es mir schwer, das Gespräch auf den Gegenstand zu lenken, der sie zu mir geführt hatte. Margarete schien dies zu erraten, denn sie fuhr nach einer Pause fort:

„Mein Besuch wird Ihnen unangenehm sein, Armand, denn ich habe sie um zweierlei zu bitten. Erstens, mir zu verzeihen, was ich gestern zu Fräulein Olympia gesagt habe, und zweitens, mir fortan mit Schonung zu begegnen. Seit Ihrer Rückkehr haben Sie mir, absichtlich oder unabsichtlich, so weh getan, dass ich jetzt nicht im Stande sein würde, den vierten Teil des Schmerzes zu ertragen, den ich bis diesen Morgen ertragen habe. Sie werden Mitleid mit mir haben, nicht wahr? Und Sie werden einsehen, dass es für einen Mann von Charakter höhere Bestrebungen gibt, als sich an einem kranken, tief getrübten Weibe zu rächen. Fassen Sie meine Hand! Ich habe Fieber, ich habe das Bett verlassen, um Sie – nicht um Ihre Freundschaft, sondern um ihre Gleichgültigkeit zu bitten.“

Ich fasste Margaretens Hand, sie war glühend heiß, und das arme Mädchen zitterte vor Frost unter ihrem Samtmantel.

Ich rollte den Armsessel, in dem sie saß, vor das Kaminfeuer.

„Glauben Sie denn“, erwiderte ich, „dass ich keinen Schmerz gelitten habe, in jener Nacht, wo ich Sie auf dem Lande erwartete und nach Paris zurückeilte, um Sie aufzusuchen, und wo ich nichts fand als jenen Brief, der mich beinahe rasend machte? Wie konnten Sie mich auch so täuschen, Margarete? Wie konnten Sie es über sich bringen, meine Liebe so betrügen?“

„Still davon, Armand, ich bin nicht gekommen, um davon zu reden. Ich wollte Sie nur verwöhnen und Ihnen noch einmal die Hand drücken. Sie haben eine junge, schöne Geliebte, und man sagt, Sie wären ihr sehr gut. Seien Sie glücklich mit ihr und vergessen Sie mich.“

„Sie selber sind gewiss recht glücklich?“

„Sehe ich denn glücklich aus, Armand? Spotten Sie nicht meines Schmerzes, dessen Ursache und Größe Ihnen besser als sonst jemandem bekannt ist.“

„Es hing nur von Ihnen ab, nie unglücklich zu sein … wenn Sie es anders wirklich sind, wie Sie sagen.“

„Nein, lieber Armand, die Verhältnisse waren stärker als mein Wille. Ich bin keineswegs den Eingebungen weiblicher Laune gefolgt, wie sie zu glauben scheinen, ich habe mich einer traurigen Notwendigkeit gefügt. Die Gründe, die mich zu jenem verhängnisvollen Schritte trieben, werden Sie einst erfahren, und Sie werden mir verzeihen.“

„Warum sagen Sie mir diese Gründe nicht heute?“

„Weil diese Gründe doch nicht im Stande sein würden, eine nunmehr unmöglich gewordene Annäherung zwischen uns wieder herbeizuführen, und weil Ihre Entfremdung von Personen, die Ihnen nahe stehen, vielleicht die Folge davon sein würde.“

„Wer sind diese Personen?“

„Das kann ich Ihnen nicht sagen.“

„Dann lügen Sie.“

Ich sprach diese Worte mit solcher Heftigkeit, dass Margarete aufstand und auf die Tür zuging.

Diesen stummen, beredten Schmerz konnte ich nicht ohne tiefes Mitleid ansehen, wenn ich in Gedanken dieses blasse, weinende Mädchen mit jener koketten Schönen verglich, die sich einst im Theater über mich lustig gemacht hatte. Einen Augenblick glaubte ich vergessen zu können, was seit meiner Abreise von Bougival vorgegangen war, und ich sagte zu Margarete, indem ich ihr in den Weg trat:

„Du wirst nicht fortgehen … Ungeachtet des Kummers, den du mir bereitet hast, liebe ich dich noch. Ich lasse dich jetzt nicht mehr, wir wollen fort von hier, wir wollen Paris miteinander verlassen …“

„Nein, nein“, sagte sie, sich abwendend, „wir würden zu unglücklich sein; ich kann dich nicht mehr glücklich machen. Verknüpfe deine Zukunft nicht mehr mit der meinigen, wir beide würden nur mit zu peinlichen Erinnerungen zu kämpfen haben. Wir haben einen kurzen Wonnetraum geträumt, und das Erwachen ist nur allzu schnell gekommen … Auch die Erinnerung wird bei mir bald vorüber sein …“

Margarete stockte, sie hatte ohne Zweifel eine Ahnung ihres nahen Todes. Sie war leichenblass, und zwei dicke Tränen perlten über ihre Wangen. Sie wandte sich ab, drückte die Hand auf die Augen und eilte mit einem in herzzereißendem Tone gesprochenen „Lebe wohl!“, aus dem Salon.

Ich starrte ihr eine Weile in einem Zustande halber Betäubung nach. Dann sprang ich auf und eilte ihr nach, aber sie war schon die Treppe hinunter, und ihr Wagen rollte davon.

Die Einsamkeit, in der sie mich zurückließ, war mir schrecklich. Ich war in einem schwer zu beschreibenden Gemütszustand. Mein Selbstgefühl kämpfte mit meiner eben erwachten Liebe. In der Nacht schloss ich kein Auge.

Am folgenden Morgen um zehn Uhr eilte ich zu Margarete.

„Die gnädige Frau ist um sechs Uhr nach England abgereist", antwortete mir der Hausmeister.

Nun fesselte mich nichts mehr an Paris, weder Hass noch Liebe. Ich war durch alle diese Erschütterungen erschöpft. Einer meiner Freunde war im Begriff, eine Reise nach dem Orient anzutreten. Ich ging sofort nach C*** und gab meinem Vater den Wunsch zu erkennen, die Reise mitzumachen. Mein Vater willigte sogleich ein, er gab mir Wechsel und Empfehlungsschreiben, und acht oder zehn Tage später schiffte ich mich in Marseille ein.

In Alexandrien erfuhr ich durch einen Gesandtschafts-Attaché, den ich zuweilen bei Margarete gesehen hatte, von der Krankheit des armen Mädchens.

Ich schrieb ihr sodann den Brief. Die Antwort, die Ihnen bekannt ist, erhielt ich in Toulon.

Ich reiste sogleich ab, das Übrige wissen Sie.

Jetzt haben Sie nur noch die Blätter zu lesen, die mir Julie Duprat übergeben hat und die eine notwendige Ergänzung meiner Erzählung sind.

Armand, durch diese von seinen Tränen oft unterbrochene Erzählung erschöpft, drückte beide Hände auf die Stirn und schloss die Augen, entweder um nachzusinnen oder um einzuschlafen, nachdem er mir das von Margaretens Hand geschriebene Tagebuch gegeben hatte.

Bald erkannte ich an Armands tieferen Atemzügen, dass er schlief, aber sein Schlaf war offenbar so leicht, dass er durch das geringste Geräusch verscheucht werden konnte.

Ich las Folgendes, das ich Wort für Wort abschreibe, ohne eine Silbe hinzuzusetzen oder wegzulassen.

*

Heute ist der 15. Dezember. Ich bin seit drei bis vier Tagen leidend. Heute muss ich das Bett hüten; das Wetter ist trübe, ich bin traurig, es ist niemand bei mir. Ich denke an Dich, Armand. Wo bist Du in diesem Augenblicke, wo ich diese Zeilen schreibe? Weit, weit von Paris, wie man mir gesagt hat, und vielleicht hast Du die arme Margarete schon vergessen. Nun, ich wünsche Dir von Herzen Glück, ich verdanke Dir ja die einzigen freudevollen Augenblicke meines Lebens.

Ich konnte dem Wunsche nicht widerstehen, Dir eine Aufklärung über mein Benehmen zu geben, und hatte Dir einen Brief geschrieben. Aber ein solcher Brief, von einem Mädchen, wie ich bin, geschrieben, kann als eine Lüge betrachtet werden, wenn ihm nicht der Tod das Siegel der Wahrheit aufdrückt und ihn zum feierlichen Bekenntnis macht.

Heute bin ich krank; ich kann an dieser Krankheit sterben, denn ich habe immer eine Ahnung gehabt, dass ich jung sterben werde. Meine Mutter ist an einem unheilbaren Brustleiden gestorben, und meine bisherige Lebensweise hat dieses Übel, mein einziges Erbteil, das ich von ihr aufzuweisen habe, nur verschlimmern können. Aber ich will nicht sterben, ohne dass Du erfährst, was von mir zu halten ist, vorausgesetzt, dass Du Dich um das arme Mädchen, das Du einst so innig liebtest, nach deiner Rückkehr noch kümmerst.

Der Inhalt des Briefes, den ich an Dich abgeschickt habe, ist Folgender: Ich nehme diese Zeilen mit Freuden hier auf, um Dir einen neuen Beweis meiner Rechtfertigung zu geben.

Du erinnerst Dich, Armand, wie uns die Ankunft Deines Vaters in Bougival überraschte; Du erinnerst Dich des unwillkürlichen Schreckens, den mir diese Ankunft verursachte, des Auftritts, der zwischen Dir und ihm stattgefunden und den Du mir am Abend erzähltest.

Als Du am folgenden Tage in Paris warst und vergebens deinen Vater erwartetest, erschien ein Mann in meiner Wohnung und brachte mir einen Brief von Herrn Duval.

Dieser Brief, den ich hier beilege, bat mich in den dringendsten Ausdrücken, Dich am folgenden Tage unter irgendeinem Vorwand von Bougival zu entfernen und Deinen Vater zu empfangen, der mit mir zu reden habe, und empfahl mir hauptsächlich das tiefste Stillschweigen über diese beabsichtigte Unterredung.

Du weißt, wie dringend ich Dich nach Deiner Rückkehr aufforderte, am folgenden Tage wieder nach Paris zu gehen.

Du warst etwa eine Stunde fort, als Dein Vater kam. Ich schweige von dem Eindruck, den sein ernstes Gesicht auf mich machte. Dein Vater war der Meinung, jede Buhlerin sei ein herzloses, ja beinahe vernunftloses Wesen, eine Art Maschine zum Zusammenraffen des Goldes, die, gleich den eisernen Maschinen, jederzeit bereit sei, die Hand, die ihr etwas darreicht, zu zermahlen, und jenen, der ihr Dasein fristet, blindlings und erbarmungslos zu vernichten.

Dein Vater, der mir einen sehr anständigen Brief geschrieben hatte, um mich günstig zu stimmen, zeigte sich bei seinem Erscheinen nicht ganz so, wie er geschrieben hatte. In den ersten Worten, mit denen er mich anredete, war viel Hochfahrendes, Ungebührliches und selbst Drohendes, sodass ich mich genötigt sah, ihm zu verstehen zu geben, ich sei in meinem eigenen Hause und habe ihm nur wegen meiner aufrichtigen Zuneigung zu seinem Sohne Rechenschaft über mein Tun und Lassen abzulegen.

Herr Duval wurde etwas gelassener, machte dabei jedoch die Bemerkung, er könne nicht länger dulden, dass sich sein Sohn um meinetwillen zu Grunde richte. Ich sei allerdings schön, aber ich dürfe meine Schönheit nicht missbrauchen, um durch einen Aufwand, wie ich ihn machte, die ganze Zukunft eines jungen Mannes zu vernichten.

Hierauf war nur eins zu antworten, nicht wahr? Ich musste Deinem Vater beweisen, dass ich kein Opfer gescheut hatte, um Dir treu zu bleiben, ohne Dir größere Ausgaben aufzubürgen, als Du bestreiten könntest. Ich zeigte ihm die Pfandscheine, die Quittungen von Personen, denen ich Sachen, die nicht versetzt werden konnten, verkauft hatte. Ich sprach von meinem Entschlusse, meine sämtlichen Möbel zu verkaufen, um meine Schulden zu bezahlen und mir selbst ein kleines Einkommen zu gründen. Ich schilderte ihm das Glück, das ich Dir verdankte, und das stille, anspruchslose, aber an Freuden so reiche Leben, das wir seit meiner Entfernung von Paris geführt hatten. Er wurde endlich überzeugt, reichte mir die Hand und bat mich um Verzeihung wegen der schonungslosen Sprache, die er anfangs gegen mich geführt.

Dann sagte er zu mir: „Ich werde nun nicht mehr durch Vorwürfe und Drohungen, sondern durch Bitten ein Opfer von Ihnen zu erlangen suchen, das größer ist als alle jene, die Sie meinem Sohne bisher gebracht haben."

Ich zitterte bei dieser Vorrede. Dein Vater, dem meine Besorgnis nicht entging, fasste meine beiden Hände und fuhr mit zutraulichem Tone fort:

„Mein Kind, nehmen Sie mir nicht übel, was ich Ihnen sagen werde, sehen Sie nur ein, dass uns das Leben zuweilen in eine traurige Notwendigkeit versetzt, der man sich unterwerfen muss. Sie haben ein edles Herz, ein edleres als viele Frauen, die vielleicht mit Verachtung auf Sie herabblicken. Aber bedenken Sie, dass neben der Geliebten die Familie steht; dass es außer der Liebe auch Pflichten gibt; dass den Jahren der Leidenschaft das reifere Alter folgt, in dem der Mann einer sicheren, ehrenvollen Stellung bedarf, um geachtet zu werden. Mein Sohn besitzt kein Vermögen und ist dennoch bereit, Ihnen sein mütterliches Erbteil zu überlassen. Wenn er das Opfer, dass Sie ihm bringen wollen, annähme, so würde er es seiner Ehre und Würde schuldig sein, Ihnen zum Ersatz diese Schenkung zu machen, durch die Sie stets vor gänzlichem Mangel geschützt sein würden. Aber dieses Opfer kann er nicht annehmen, weil die Welt, die Sie nicht kennt, in dieser Einwilligung einen unedlen Beweggrund finden würde, und von solchem Vorwurf muss unser makelloser Name frei bleiben. Die Welt fordert gewisse Rücksichten und stellt gewisse Ansprüche an jedermann, der eine geachtete Stellung behaupten will. Man würde nicht berücksichtigen, ob Armand sie liebt, ob Sie ihn lieben, ob diese doppelte Liebe für ihn ein Glück und für Sie eine Sühne ist: Man würde nur das eine sehen, dass Armand Duval von einer *Fille entretenue* – verzeihen Sie mir, mein Kind, was ich nicht verschweigen darf – ein solches Opfer angenommen hat. Verlassen Sie sich darauf, der Tag der Vorwürfe und der Reue würde für Sie kommen wie für alle anderen, und am Tage der Reue würden Sie beide mit Fesseln, die Sie nicht zerbrechen könnten, beladen sein. Was würden Sie dann tun? Ihre Jugend wäre dahin, die Zukunft meines Sohnes vernichtet, und ich, sein Vater, würde nur von dem einen meiner Kinder den Lohn erhalten, den ich von beiden erwartete.

Sie sind jung, Sie sind schön, das Leben wird Sie trösten. Sie haben ein edles Gemüt, und das Bewusstsein einer guten Handlung wird Ihnen ein süßer Ersatz sein für manches, was Sie aus der Vergangenheit zu bereuen haben. Seit sechs Monaten, da Armand Sie kennt, hat er mich vergessen. Viermal habe ich ihm geschrieben, ohne dass er mir geantwortet hat. Ich hätte sterben können, er wäre es nicht gewahr geworden, und Sie würden einst die Reue über diesen Undank mit ihm teilen.

Wie Sie auch immer ihren Lebensplan entworfen haben, und wie fest auch ihr Entschluss sei, anders zu leben, als Sie vormals gelebt haben, so wird doch Armand bei seiner Liebe zu Ihnen nie in die Abgeschlossenheit und

Einsamkeit willigen, zu der seine beschränkten Mittel Sie verurteilen würden und die für Ihre Schönheit nicht gemacht ist. Wer weiß, was er dann tun würde? Er hat gespielt, ich habe es erfahren, und ich weiß auch, dass er Ihnen nichts davon gesagt hat; aber in einem Augenblick der Trunkenheit hätte er einen Teil meines seit vielen Jahren ersparten und für die Ausstattung meiner Tochter, für ihn und für die Ruhe meiner alten Tage bestimmten Vermögens verlieren können. Was hätte geschehen können, kann noch geschehen! Wenn mein Sohn Schulden macht, wenn er verliert, so werde ich zahlen, denn ich will lieber ein Bettler werden, als auf Armands Ruf einen Makel lassen. Wer würde dann meine Tochter versorgen? Die Zukunft dreier Menschen würde durch diesen einen Schlag vernichtet werden; die Zukunft eines Mannes, den Sie lieben, eines Vaters, der Ihnen nichts getan hat, und eines armen jungen Mädchens, das mir vielleicht einst die Vereitlung des geträumten Glückes vorwerfen und meine Schwäche verwünschen würde. Dies alles, ich gebe es zu, sind Fantasiebilder, aber sie können Wirklichkeit werden. Überdies muss sich Armand eine Stellung gründen, er muss heiraten und eine Stütze im Alter haben.

Wissen Sie gewiss, dass das Leben, das Sie um seinetwillen aufgeben, nie wieder einen Reiz für Sie haben wird? Wissen Sie gewiss, dass Sie nie einen anderen lieben werden? Wird es Ihnen nicht weh tun, wenn Sie Ihrem Geliebten in seinem Fortkommen hinderlich sind, und wenn Sie ihm vielleicht weder Trost noch Ersatz bieten können für die Fruchtlosigkeit seiner ehrgeizigen Bestrebungen, die mit den Jahren an die Stelle der Liebesträume treten?

Bedenken Sie dies alles, mein Kind! Sie lieben Armand? Beweisen Sie es ihm durch das einzige Mittel, dass Ihnen noch übrig bleibt: Bringen Sie seiner Zukunft Ihre Liebe zum Opfer. Jetzt ist noch kein Unglück geschehen, aber es würde vielleicht ein noch größeres geschehen, als ich voraussehe. Armand kann eifersüchtig werden auf einen Mann, der Sie geliebt hat, er kann ihn herausfordern, kann sich schlagen und im Zweikampf fallen … und bedenken Sie, wie viel Sie leiden würden, im Angesicht des Vaters, der Rechenschaft von Ihnen fordern würde über das Leben seines Sohnes.“

Ich vergoss stille Tränen, als ich alle diese Gründe anhörte, die ich selbst oft erwogen hatte und die in dem Munde Deines Vaters eine noch ernstere Wirklichkeit annahmen. Ich sagte mir alles, was Dein Vater mir nicht zu sagen wagte und was ihm zwanzigmal auf den Lippen geschwebt hatte; dass ich im Grunde doch nur eine *Fille entretenue* sei und dass unser Verhältnis, welche Gründe ich auch immer dafür anführte, dennoch den Anschein einer Berechnung haben müsse; dass mein früheres Leben mich nicht berechtigte, eine solche Zukunft zu träumen, und dass ich eine mehrfache Verantwortlichkeit, für die mein Leben und mein Ruf keine Gewähr biete, zu übernehmen willens sei. Kurz, ich liebte Dich, Armand. Die väterlich warnenden Worte, die Dein Vater zu mir sprach, die keuschen Gefühle, die er in mir, dem unglücklichen, verlorenen Mädchen, weckte, die Achtung dieses ehrenwerten Greises und Deine Achtung, deren ich für die Zukunft gewiss war, – dies alles weckte in meinem Herzen edle Gefühle, die mich in meinen eigenen Augen erhoben und mich zu hohen Entschlüssen begeisterten. Als ich mir dachte, dass dieser Greis, der die Zukunft seines Sohnes in meine Hand legte, einst seine Tochter bitten werde, meinen Namen in ihr Gebet einzuschließen wie den Namen einer geheimnisvollen Freundin, fühlte ich mich ganz umgewandelt, und ich war stolz auf mich selbst.

Die Begeisterung des Augenblicks übertrieb vielleicht die Wahrheit dieser Eindrücke, aber dies waren meine Gefühle, lieber Armand, und diese neuen Gefühle brachten die Erinnerung an die glücklichen Tage, die wir zusammen verlebt hatten, zum Schweigen.

„Es ist gut, Herr Duval", sagte ich zu Deinem Vater, indem ich meine Tränen trocknete. „Glauben Sie, dass ich Ihren Sohn liebe?"

„Ja", erwiderte er.

„Halten Sie meine Liebe für uneigennützig?"

„Ja."

„Glauben Sie, dass diese Liebe die Hoffnung, der Wonnetraum und die Sühne meines Lebens war?"

„Ich bin fest davon überzeugt."

„Nun, so küssen Sie mich einmal, wie Sie Ihre Tochter küssen würden, und ich schwöre Ihnen, dass dieser Kuss, der einzige wahrhaft keusche, den ich je erhalten, mich stark machen wird gegen meine Liebe und dass Ihr Sohn binnen acht Tagen wieder bei Ihnen sein wird, – vielleicht unglücklich auf einige Zeit, aber geheilt auf immer."

„Sie sind ein edles Mädchen", erwiderte Dein Vater, indem er mich auf die Stirn küsste, – „und sie fassen einen Entschluss, den Gott nicht unbelohnt lassen wird. Aber ich fürchte sehr, dass Sie von meinem Sohne nichts erlangen werden."

„Oh! Tragen Sie keine Sorge, Herr Duval, er soll mich hassen."

Es musste eine Schranke zwischen uns erreicht werden, Armand, die für uns beide unübersteiglich war.

Ich schrieb an Prudence, dass ich den Anträgen des Grafen von N*** Gehör schenkte, und ersuchte sie, ihm zu sagen, dass ich mit ihr und ihm soupieren würde.

Ich siegelte den Brief, und ohne Deinem Vater zu sagen, was er enthielt, ersuchte ich ihn, den Brief nach seiner Ankunft in Paris abgeben zu lassen.

Er fragte mich, was er enthalte.

„Das Glück Ihres Sohnes", antwortete ich.

Dein Vater küsste mich noch einmal. Ich fühlte auf meiner Stirn zwei Tränen des Dankes, die gleichsam die Sühne meiner früheren Vergehen waren, und in dem Augenblick, wo ich einen Entschluss fasste, den Du für einen Verrat an unsere Liebe halten konntest, fühlte ich mich voll stolzen Selbstbewusstseins, wenn ich bedachte, was ich durch diesen Entschluss wieder gutmachte.

Es war ganz natürlich, Armand; Du hattest mir gesagt, Dein Vater sei der rechtschaffenste Mann, den man finden könne.

Herr Duval setzte sich wieder in den Wagen und kehrte nach Paris zurück.

Meine Liebe zu Dir blieb unverändert: Als ich Dich wieder sah, brach ich unwillkürlich in Tränen aus, aber mein Entschluss wankte nicht.

Habe ich recht getan? Diese Frage lege ich mir jetzt vor auf dem Krankenlager, das ich vielleicht lebend nicht wieder verlassen werde.

Du bist Zeuge gewesen von meinem Schmerz, der immer größer wurde, je näher die Stunde unserer unvermeidlichen Trennung kam. Dein Vater war nicht mehr da, um mich in meinem Vorhaben zu unterstützen, und es gab einen Augenblick, wo ich schon im Begriff war, Dir alles zu gestehen, so furchtbar war mir der Gedanke, dass Du mich hassen und verachten würdest.

Du wirst vielleicht nicht glauben, Armand, dass ich zu Gott inbrünstig um Kraft betete. Er nahm mein Opfer an, denn er gab mir die Kraft, um die ich ihn anflehte.

Bei Deinem Souper bedurfte ich noch einer Hilfe, um meinen Mund aufrechtzuerhalten. Wer hätte wohl jemals gedacht, dass Margarete Gautier bei dem bloßen Gedanken an einen neuen Geliebten so leiden würde? … Ich berauschte mich, mein unendlicher Schmerz wurde in Champagner ersäuft …

Dies ist die vollständige Wahrheit, lieber Freund. Urteile nun, ob ich recht gehandelt habe, und verzeih mir, sowie ich Dir allen Schmerz verzeihe, den Du mir seit jenem Tage verursacht hast.

Was sich seit unserer Trennung zugetragen hat, weißt Du so gut wie ich; aber was ich seitdem gelitten habe, weißt Du nicht und kannst es nicht einmal ahnen.

Ich hatte erfahren, dass Dein Vater Dich mit nach C*** genommen; aber ich dachte mir wohl, dass Du nicht lange fern von mir leben könntest. An dem Tage, als ich Dir in den Champs Elysées begegnete, war ich tief ergriffen, aber nicht erstaunt.

Nun begann jene Reihe von Tagen, deren jeder mir eine neue Verhöhnung und Beleidigung von Dir brachte. Ich nahm diese Beleidigung fast mit Freuden hin, denn ich sah darin nicht nur einen Beweis, dass Du mich noch liebtest, sondern es schien mir auch, dass ich einst, wenn Du die Wahrheit erfahren hättest, eben wegen dieser Verfolgungen in Deinen Augen größer erscheinen würde.

Wundere Dich nicht, Armand, über dieses mit Freuden übernommene Märtyrertum: Deine Liebe zu mir hatte mein Herz mit edler Begeisterung erfüllt.

Ich war jedoch nicht gleich anfangs so stark gewesen. Zwischen der Ausführung des Entschlusses, den ich Dir zuliebe gefasst hatte, und Deiner Rückkehr war eine ziemlich lange Zeit verflossen, in der ich mich durch beständige Zerstreuungen und rauschende Vergnügungen betäuben musste, um den Verstand nicht zu verlieren. Prudence wird Dir gesagt haben, dass ich an allen Festlichkeiten, Bällen und Gelagen teilnahm.

Ich hegte dabei die Hoffnung, meinem Leben schnell ein Ende zu machen, und heute glaube ich, dass diese Hoffnung halb in Erfüllung gehen wird. Meine Gesundheit wurde natürlich immer wankender, und an dem Tage, wo ich Frau Duvernoy zu Dir schickte, war ich körperlich und geistig völlig erschöpft.

Unsere letzte Unterredung, Armand, ließ mich recht deutlich erkennen, wie elend ich war. Ich sah die Unmöglichkeit ein, die zwischen uns liegende Kluft zu überschreiten und die Vergangenheit mit der Gegenwart zu verknüpfen. Ich beschloss daher, mich gewaltsam diesem quälenden Verhältnis zu entreißen; ich schrieb an den Grafen von N***, es sei alles aus zwischen uns. Olympia, die meine Stelle bei ihm ersetzt hat, soll ihm, wie ich erfahren habe, mit der Ursache meiner Abreise bekannt gemacht haben. Der Graf von G*** befand sich in London. Er gehört zu den Männern, welche in einem Liebesverhältnis mit Mädchen meinesgleichen nur einen angenehmen Zeitvertreib erblicken und in der Folge recht gute Freunde ihrer früheren Geliebten bleiben, denn da ihnen früher die Eifersucht fremd war, so hegen sie auch später keinen Hass. Kurz, er ist einer jener reichen Kavaliere, die uns nur einen sehr kleinen Winkel ihres Herzens, aber meist ihre ganze Börse öffnen. An ihn dachte ich nunmehr, und ich begab mich sogleich zu ihm. Er nahm mich sehr gut auf, hatte aber in London ein zärtliches Verhältnis mit einer vornehmen Dame angeknüpft und fürchtete sich zu kompromittieren, wenn er in ein offenkundiges Verhältnis zu mir träte.

Was sollte ich tun, lieber Armand? Mir das Leben nehmen? Dadurch würde ich ein Wesen, dass alle Ansprüche auf Glück hat, mit einer unnötigen Reue beladen haben, und warum soll man sich das Leben nehmen, wenn man fühlt, dass der Tod nicht mehr fern ist?

Ich wurde fast zum Automaten, zur gedankenlosen Maschine. Ich kehrte nach Paris zurück und erkundigte mich nach Dir; ich erfuhr, dass du eine lange Reise angetreten hattest. Ich fand nun keine Stütze mehr. Ich suchte den Herzog wieder zu versöhnen; aber ich hatte ihn zu tief verletzt, und Greise sind nicht geduldig, ohne Zweifel, weil sie wahrnehmen, dass sie nicht mehr lange zu leben haben. Mein Gesundheitszustand verschlimmerte sich mit jedem Tage; ich war blass und traurig … und wurde fast ganz vergessen.

Jetzt bin ich ganz krank. Ich habe an den Herzog geschrieben, denn meine Kasse ist erschöpft, und die Gläubiger, die sich wieder eingefunden haben, bestürmen mich mit ihren Rechnungen.

Ob mir der Herzog antworten wird?

Warum bist Du nicht in Paris, Armand? Du würdest mich besuchen, und Deine Besuche würden mich trösten.

20. Dezember.

Das Wetter ist fürchterlich, es schneit, ich bin allein zu Hause. Seit drei Tagen habe ich einen so heftigen Fieberanfall, dass ich Dir kein Wort schreiben konnte. Nichts Neues, lieber Armand. Es ist mir immer, als ob ich einen Brief von Dir zu erwarten hätte, aber der Brief kommt nicht und wird auch wohl nie kommen. Nur die Menschen haben die Kraft, nicht zu verzeihen. Der Herzog hat mir nicht geantwortet.

Prudence hat ihre Wanderung zum Leihhause wieder angefangen. Ich huste fast unaufhörlich Blut. Oh! Mein Anblick würde dir recht peinlich sein, wenn du mich sähest. Du bist sehr glücklich, unter einem warmen Himmel zu leben und Deine Brust von keinem eisigen Winter belastet zu fühlen. Heute bin ich aufgestanden und habe am Fenster das geräuschvolle Pariser Leben betrachtet, aus dem ich nun wohl für immer geschieden bin. Einige bekannte Menschen eilten heiter und sorglos vorüber. Nicht ein Einziger hat zu meinem Fenster heraufgeblickt, doch haben einige junge Herren ihre Karten abgegeben. Ich war schon einmal krank, und Du erkundigtest Dich jeden Morgen nach meinem Befinden, obwohl du mich nicht kanntest und sogar bei unserem ersten Zusammentreffen von mir verhöhnt worden warst. Jetzt bin ich wieder krank. Wir haben uns sechs Monate innig und aufrichtig geliebt … und nun bist Du fern und verwünschest mich, und ich erhalte kein Wort des Trostes von Dir. Aber ich bin überzeugt, dass diese Verlassenheit nur ein Werk des Zufalls ist; denn wärest Du in Paris, so würdest Du gewiss nicht von meinem Krankenlager weichen.

23. Dezember.

Mein Arzt hat mir streng verboten, täglich zu schreiben. Mein Fieber wird auch in der Tat immer heftiger, wenn ich mich all diesen Erinnerungen überlasse. Aber gestern erhielt ich einen Brief, der mich weit mehr durch die darin ausgedrückten Gefühle, als durch die materielle Hilfe, die er mir brachte, erfreut hat. Ich kann Dir also heute schreiben. Der Brief war von Deinem Vater und enthielt Folgendes:

„Mein Fräulein, eben erfahre ich, dass Sie krank sind. Wenn ich in Paris wäre, so würde ich mich persönlich nach ihrem Befinden erkundigen; wenn mein Sohn bei mir wäre, so würde ich ihn sogleich auffordern, sich zu

Ihnen zu begeben; aber ich kann mich von C*** nicht entfernen, und Armand ist tausend Meilen von hier. Erlauben Sie mir also, Ihnen mein inniges Bedauern über Ihre Krankheit schriftlich auszudrücken, und halten Sie sich überzeugt, dass ich Ihre baldige Genesung aufrichtig wünsche.

Ein Freund von mir, Herr H***, wird Ihnen in meinem Namen einen Besuch machen; er hat sich eines Auftrags bei Ihnen zu entledigen, und ich erwarte mit Ungeduld, dass er mir das Ergebnis seines Besuches anzeige.

Genehmigen Sie die Versicherung meiner wärmsten Teilnahme."

Dies ist der Brief, den ich erhalten habe, Armand. Halte Deinen Vater stets in Ehren, denn er ist ein edler Mann, und es gibt wenige Menschen, die der Liebe und Hochschätzung so würdig sind wie er. Dieses mit seinem Namen unterzeichnete Schreiben hat einen heilsameren Einfluss auf mein Befinden gehabt, als alle Rezepte meines berühmten Arztes.

Diesen Morgen kam Herr H***. Der Auftrag, den er von Herrn Duval erhalten hatte, schien ihn sehr verlegen zu machen. Er überbrachte mir tausend Taler von Deinem Vater. Ich wollte das Geschenk anfangs ablehnen, aber Herr H*** versicherte, eine Weigerung würde Deinen Vater beleidigen. Und er sei von diesem ermächtigt, mir diese Summe sogleich zu übergeben und sodann noch für alle meine Bedürfnisse zu sorgen. Ich nahm diesen Dienst endlich an, den ich nicht als Almosen betrachten kann, da Dein Vater ihn mir erwiesen hat. Wenn ich tot bin, so sage ihm, das arme Mädchen, dem er diesen Trostbrief geschrieben, habe Tränen des Dankes dabei vergossen und für ihn gebetet.

4. Januar.

Ich habe mehrere schmerzliche Tage verlebt. Ich wusste nicht, dass man so viel leiden könne. Oh, ich büße schwer für mein vergangenes Leben.

Meine Wärterin war alle Nächte hindurch vor meinem Bette. Ich konnte kaum noch atmen und fantasierte fast unaufhörlich.

Mein Speisezimmer ist voll von Leckerbissen und Geschenken aller Art, die mir meine Freunde gebracht haben. Einige unter ihnen hoffen wahrscheinlich, in der Folge noch manche Stunde mit mir vertändeln zu können. Wenn sie sähen, was die Krankheit aus mir gemacht hat, so würden sie erschrocken die Flucht ergreifen.

Prudence hat ihren Bekannten Neujahrsgeschenke gemacht mit den hübschen Sachen, die ich erhalten habe.

Es ist helles Frostwetter, und der Arzt sagt, ich könne in einigen Tagen ausfahren, wenn das Wetter anhält.

8. Januar.

Gestern bin ich in meinem Wagen ausgefahren. Das Wetter war herrlich. Die Champs Elysées waren voll von Menschen. Man hätte glauben können, der Frühling lächle den Parisern zum ersten Male wieder zu. Alles schien ein Festgewand angelegt zu haben. Ich hätte nie geglaubt, dass mir ein Sommerstrahl so viel Freude und Trost gewähren könne.

Ich sah fast alle meine Bekannten, und alle waren heiter und guter Dinge, das Streben aller war auf Lebensgenuss gerichtet. Wie viele Glückliche gibt es doch, die nicht wissen, dass sie es sind.

Olympia fuhr in einem eleganten Wagen, den ihr der Graf von N*** zum Geschenk gemacht hat. Sie machte einen Versuch, mich mit Blicken zu versöhnen. Das arme Mädchen! Sie weiß nicht, wie weit ich über solche Erbärmlichkeiten hinweg bin.

Ein junger Mann, den ich seit langer Zeit kenne, fragte mich, ob ich mit ihm und einem Freunde, der meine Bekanntschaft zu machen wünsche, soupieren wolle. Ich sah ihn mit traurigem Lächeln an und reichte ihm meine vom Fieber glühende Hand. Er war im höchsten Grade überrascht und betroffen.

Ich fuhr um vier Uhr nach Hause und speiste mit ziemlich gutem Appetit.

Diese Spazierfahrt hat mir wohl getan. O Gott! Wenn ich wieder gesund würde!

Wie stark wird doch durch den Anblick des Glückes anderer die Lebenslust erregt bei denen, die noch tags zuvor in ihrem einsamen, dunklen Krankenzimmer den Tod herbeiwünschten!

10. Januar.

Diese Gesundheitshoffnung war nur ein Traum. Ich bin wieder an das Bett gefesselt, und meine Leiden werden durch die brennenden Schmerzen, die mir die Zugpflaster verursachen, noch vermehrt. Armes Mädchen, wie schnell sind sie verschwunden, deine Bewunderer, die sich einst glücklich schätzten, ein Lächeln oder einen Kuss von dir zu erhaschen!

Wir unglücklichen Opfer der Eitelkeit müssen vor unserer Geburt viel Böses getan haben, oder es muss uns nach unserem Tode ein sehr großes Glück bestimmt sein, denn sonst würde Gott nicht alle Qualen der

Sühne und alle Schmerzen der Prüfung über uns verhängen.

11. Januar.

Ich leide große Schmerzen.

Der Graf von N*** schickte mir gestern Geld, ich habe es nicht angenommen. Ich will nichts von ihm, er ist die Ursache, dass Du nicht bei mir bist ... Oh, ihr schönen Tage von Bougival, wo seid ihr!

Wenn ich dieses Zimmer lebend verlasse, so wird mein erster Weg eine Wallfahrt sein zu dem Hause, wo wir einst so glücklich waren. Aber ich werde dieses Haus nur als Leiche verlassen. Wer weiß, ob ich Dir morgen schreiben werde!

25. Januar.

Seit elf Nächten habe ich keinen Schlaf gehabt, und ich bin oft dem Ersticken nahe. Der Arzt hat mir verboten, die Feder anzurühren. Julie Duprat, die bei mir wachte, erlaubte mir, diese wenigen Zeilen zu schreiben. Wirst Du denn nicht wiederkommen, ehe ich sterbe? Sollen wir uns denn nie wieder sehen? Es ist mir, als ob ich genesen würde, wenn Du bei mir wärest ... doch wozu könnte mir die Genesung nutzen?

28. Januar.

Diesen Morgen wurde ich durch einen großen Lärm geweckt. Julie, die in meinem Zimmer schlief, eilte in den Speisesaal. Ich hörte Männerstimmen, gegen die die Stimme des armen Mädchens vergebens ankämpfte. Sie kam weinend in mein Zimmer zurück.

Man hatte soeben die Pfändung vorgenommen. Ich sagte, sie möge nur der so genannten Gerechtigkeit ihren Lauf lassen. Der Gerichtsdiener trat in mein Zimmer, mit dem Hut auf dem Kopfe. Er öffnete die Schubladen, schrieb alles auf, was sich vorfand, und schien gar nicht zu bemerken, dass in dem Bette, das mir die Barmherzigkeit des Gesetztes glücklicherweise lässt, eine Sterbende lag.

Ehe er sich entfernte, zeigte er mir an, dass ich binnen neun Tagen Einspruch erheben könne, aber er ließ einen Hüter zurück. Mein Gott! Was soll aus mir werden? Dieser Auftritt hat mich noch kränker gemacht. Prudence wollte den Freund Deines Vaters um eine Summe Geldes ersuchen, aber ich gab es nicht zu.

30. Januar.

Diesen Morgen bekam ich Deinen Brief. Es war wirklich ein Bedürfnis für mich. Wirst Du meine Antwort noch zeitig genug erhalten, wirst Du mich noch sehen, der heutige glückliche Tag lässt mich alle seit sechs Wochen verlebten traurigen Tage vergessen. Mich düngt, dass ich mich besser befinde, ungeachtet der trüben Stimmung, in der ich geantwortet habe. Man muss ja auch nicht immer unglücklich sein.

Wenn ich mir denke, dass ich vielleicht doch nicht sterbe, dass Du wieder hierher kommst, dass ich den Frühling wieder sehe, dass Du mich noch liebst, und dass wir wieder so glücklich werden wie im verflossenen Jahre! … Oh, wie töricht bin ich doch! Ich bin ja kaum im Stande, die Feder zu halten, mit der ich diesen wahnwitzigen Traum meines Herzens niederschreibe.

Genug, Armand, ich bin auf alles gefasst. Ich wäre schon längst tot, wenn mich nicht die Erinnerung an unser Liebesglück und eine schwache Hoffnung, Dich noch bei mir zu sehen, aufrechterhielten.

4. Februar.

Der Graf von G*** ist wiedergekommen. Seine Geliebte hat ihn betrogen. Er ist sehr traurig, denn er war ihr zugetan. Er hat mir das alles erzählt. Der arme Graf befindet sich in etwas zerrütteten Umständen, aber er hat dennoch meinen Gerichtsdiener bezahlt und den Wächter fortgeschickt. Ich sprach von Dir, und er hat mir versprochen, Dir bei dem ersten Zusammentreffen von mir zu erzählen. In jenem Augenblick vergaß ich ganz, dass ich seine Geliebte gewesen war, und er bot ebenfalls alles auf, um meine Gedanken von diesem kurzen Verhältnisse, das nur peinliche Erinnerungen in mir wecken konnte, abzulenken. Er hat ein edles Herz.

Gestern ließ sich der Herzog nach mir erkundigen, und diesen Morgen kam er selbst. Ich weiß nicht, was den alten Mann noch am Leben erhält. Er blieb drei Stunden und hat nicht zwanzig Worte zu mir gesprochen. Zwei dicke Tränen rollten ihm über die Wangen, als er mich so blass und elend sah. Gewiss wurden ihm diese Tränen durch die Erinnerung an den Tod seiner Tochter entlockt. Der arme, alte Mann, er wird nun auch bald ihr Eigenbild sterben sehen. Sein Rücken ist gekrümmt, sein Haupt zur Erde gebeugt, seine Lippe hängt herab, sein Blick ist erloschen, Alter und Schmerz lasten mit ihrem doppelten Gewicht auf seinem erschöpften Körper. Er machte mir keinen Vorwurf. Es schien sogar, als ob er sich meines hoffnungslosen Zustandes innerlich freute. Er schien stolz zu sein, dass er in seinem hohen Alter noch umhergehen, während ich, trotz meiner Jugend, durch Krankheit an mein Schmerzenslager gefesselt war.

Das Wetter ist wieder stürmisch und unfreundlich geworden. Niemand besucht mich. Julie wacht bei mir, so viel als sie kann. Prudence, der ich nicht mehr so viele Geschenke machen kann wie sonst, fängt an, Geschäfte vorzuschützen, um sich entfernen zu können.

Ich habe die Überzeugung, dass ich dem Tode nahe bin, trotz den Versicherungen der Ärzte, denn ich habe deren mehrere, ein Beweis, dass sich die Krankheit verschlimmert. Jetzt bereue ich beinahe, den Vorstellungen Deines Vaters Gehör gegeben zu haben. Wenn es in meiner Macht gestanden hätte, nur ein Jahr von Deiner Zukunft zu nehmen, so würde ich dem Wunsche nicht widerstanden haben, dieses Jahr bei Dir zu verleben; ich würde dann in meinen letzten Augenblicken wenigstens die Hand eines Freundes halten. Wenn wir dieses Jahr beieinander gewesen wären, so würde ich freilich nicht so schnell sterben.

Doch der Wille Gottes geschehe!

5. Februar.

O komm, komm, Armand, ich leide entsetzlich! Mein Gott, sollte mein Ende schon so nahe sein? Ich war gestern so traurig, dass ich den Abend, der so lang wie der vorige zu werden versprach, außer dem Hause zubringen wollte. Der Herzog war vormittags da gewesen. Mich düngt, der Anblick dieses vom Tode vergessenen Greises beschleunigt mein Ende.

Trotz des Fiebers, das in mir glühte, ließ ich mich ankleiden und fuhr in das Vaudevilletheater. Julie hatte mich geschminkt, denn sonst hätte ich wie eine Leiche ausgesehen. Ich nahm die Loge, in der ich Dir unser erstes Stelldichein gegeben habe; ich ließ den Sperrsitz, den du damals innehattest, fast keine Minute aus den Augen. Gestern saß auf diesem Platze ein plumper, roher Mensch, der über alle schlechten Witze der Schauspieler aus vollem Halse lachte. Man hat mich halb tot nach Hause gebracht. Ich habe die ganze Nacht hindurch Blut gehustet. Heute kann ich nicht mehr sprechen, ich bin kaum im Stande, die Arme zu bewegen ... Mein Gott, mein Gott! Wenn das Vorzeichen des Todes wären! Ich war wohl darauf gefasst, aber ich kann mich nicht an den Gedanken gewöhnen, noch mehr zu leiden, als ich schon leide.

*

Alle Zeilen, die diesen Worten folgten, waren unleserlich. Julie Duprat hatte das Tagebuch fortgesetzt.

*

18. Februar.

Seit dem Tage, an dem Margarete in das Theater fuhr, wurde ihr Zustand mit jeder Stunde bedenklicher. Sie hat die Stimme ganz verloren und ist keiner freien Bewegung mehr mächtig. Was unsere arme Freundin leidet, ist nicht zu beschreiben. Ich bin an derlei Aufregung nicht gewöhnt und lebe beständig in Furcht und Schrecken.

Wie sehr wünschte ich, dass Sie bei uns sein könnten. Margarete hat fast unaufhörlich fantasiert. Aber sie mag nun bei Besinnung sein oder nicht, so spricht sie immer Ihren Namen aus, wenn sie von Zeit zu Zeit, einige Worte zu stammeln vermag.

Der Arzt sagt, es könne nicht mehr lange mit ihr dauern. Seit dieser großen Verschlimmerung ihres Zustandes ist der alte Herzog nicht wiedergekommen. Er hat zu dem Arzte gesagt, der Anblick sei ihm gar zu schrecklich.

Frau Duvernoy hat sich sehr schlecht gegen Margarete benommen. Diese Frau, die fast ganz auf Margaretens kosten lebte, glaubte, von dieser noch mehr Geld erhalten zu können, und hat Verpflichtungen übernommen, denen sie nicht nachkommen kann. Da sie nun sieht, dass ihre Nachbarin ihr nichts mehr nutzen kann, macht sie ihr nicht einmal mehr einen Besuch. Jedermann verlässt sie. Der Graf von G***, der von seinen Gläubigern verfolgt wird, hat sich genötigt gesehen, wieder nach London zu gehen. Vor seiner Abreise hat er uns eine kleine Summe geschickt; er hat getan, was er konnte, aber man hat wieder gepfändet, und Margaretens Gläubiger erwarten nur ihren Tod, um ihre ganze Habe zu verkaufen.

Ich wollte meine letzten Hilfsquellen daransetzen, um dieser Pfändung vorzubeugen; aber der Gerichtsdiener sagte mir, es sei unnütz: Es wären noch andere Urteile zu vollziehen. Da sie einmal nicht zu retten ist, so ist es besser, den Gläubigern alles zu überlassen, als ein Opfer zu bringen, aus dem doch nur Margaretens Verwandte, die ihr niemals gut waren, Nutzen ziehen würden. Sie können sich nicht vorstellen, in welchem schimmernden Elend das arme Mädchen stirbt. Gestern fehlte es uns an allen Mitteln. Bestecke, Geschmeide, Schals, alles ist versetzt, das Übrige ist teils verkauft, teils gepfändet. Margarete ist sich dessen, was um sie vorgeht, noch bewusst, und sie leidet am Körper, am Geist und am Herzen. Dicke Tränen rollen über ihre Wangen, die so eingefallen und bleich sind, dass Sie das Ihnen einst so teure Gesicht, wenn Sie es sehen könnten, kaum wieder erkennen würden. Ich musste ihr versprechen, Ihnen zu schreiben, wenn sie selbst zu schwach dazu sein würde, und ich schreibe vor dem Krankenbett. Sie wendet die Augen nach meiner Seite, doch sie sieht mich nicht, ihr Blick ist schon von dem nahen Tode verschleiert; aber sie lächelt noch immer, und ich bin überzeugt, dass alle ihre Gedanken bei Ihnen weilen.

Sooft die Tür aufgeht, fangen Margaretens Augen an zu leuchten, und sie glaubt immer, Sie wären es. Wenn sie dann sieht, dass Sie es nicht sind, so nimmt ihr Gesicht, den vorigen schmerzlichen Ausdruck wieder an, ein kalter Schweiß bedeckt ihre Stirn, und ihre Wangen werden glühend rot.

19. Februar, Mitternacht.

Welchen traurigen Tag haben wir heute erlebt! Diesen Morgen war Margarete dem Ersticken nahe, der Arzt hat ihr eine Ader geöffnet, und sie hat einigermaßen den Gebrauch der Sprache wiederbekommen. Der Doktor hat ihr geraten, einen Priester kommen zu lassen. Sie willigte ein, und er selbst holte einen Geistlichen. Unterdessen rief mich Margarete an ihr Bett, ersuchte mich, ihren Schrank zu öffnen, bezeichnete mir eine Haube und ein mit vielen Spitzen besetztes langes Hemd, und sagte mit matter Stimme zu mir:

„Ich werde jetzt beichten; dann bekleide mich mit diesen Sachen ... Es ist eine Eitelkeit, die ich selbst im Tode nicht verleugnen kann."

Dann küsste sie mich unter Tränen und setzte hinzu:

„Ich kann sprechen, aber ich ersticke, wenn ich rede. Luft! Ich ersticke!"

Ich brach in Tränen aus und öffnete das Fenster. Einige Augenblicke danach trat der Priester ein. Ich ging ihm entgegen.

Als er erfuhr, bei wem er war, schien er einen üblen Empfang zu fürchten.

„Treten Sie nur ein, hochwürdiger Herr", sagte ich zu ihm. „Fürchten Sie nichts."

Er blieb nicht lange in dem Krankenzimmer. Als er wieder herauskam, sagte er zu mir:

„Sie hat wie eine Sünderin gelebt, aber sie wird wie eine Christin sterben."

Einige Minuten später kam er zurück in Begleitung eines Chorknaben, der ein Kruzifix trug, und eines Messners, der klingelnd vor ihnen herging.

Sie traten alle drei in das Krankenzimmer. Ich kniete nieder. Ich weiß nicht, wie lange der Eindruck, den dieser feierliche Akt auf mich machte, dauern wird; aber ich glaube nicht, dass mich bis zu meinem letzten Augenblick irgendein Anblick so tief ergreifen wird.

Der Priester benetzte Hände, Füße und Stirn der Sterbenden mit dem heiligen Öl, sprach ein kurzes Gebet, und Margarete war bereit, aus diesem Leben zu scheiden. Gott wird ihr gnädig sein, wegen der Prüfungen, die sie im Leben überstanden, und wegen der Frömmigkeit, die sie im Tode bewiesen hat.

Seit jenem Augenblick hat sie kein Wort mehr gesprochen und keine Bewegung mehr gemacht. Zwanzigmal hätte ich sie für tot gehalten, wenn ich ihr schweres Atmen nicht gehört hätte.

20. Februar, 5 Uhr nachmittags.

Es ist vorüber. Margarete hatte in dieser Nacht etwa um zwei Uhr ihren letzten Kampf zu bestehen. Das arme Mädchen muss in ihrer letzten Stunde schrecklich gelitten haben, denn ihr Angstgeschrei war herzzerreißend. Zwei- oder dreimal richtete sie sich im Bette auf, als ob sie das zu Gott entfliehende Leben zurückhalten wollte.

Zwei- oder dreimal rief sie auch Ihren Namen, dann war alles still, sie sank erschöpft auf das Kissen zurück. Stille Tränen perlten aus ihren Augen, und sie verschied. Ich trat an das Bett und rief ihren Namen. Da sie mir nicht antwortete, drückte ich ihr die Augen zu und küsste sie auf die Stirn.

Arme, teure Margarete, ich hätte eine Heilige sein mögen, um durch diesen Kuss alle Deine Vergehen zu sühnen.

Dann kleidete ich sie an, wie sie es gewünscht hatte, holte einen Priester, zündete zwei Wachskerzen an und betete eine Stunde lang in der Kirche. Das wenige Geld, das ich vorfand, gab ich den Armen.

Ich weiß nicht viel von der Religion, aber ich glaube, der gütige Gott wird die Wahrheit meiner Tränen, die Inbrunst meines Gebetes und die Aufrichtigkeit meiner Almosen anerkennen. Ich hoffe, er wird sich der Verblichenen erbarmen, die in ihrer Jugend und Schönheit aus dem Leben geschieden ist und der nur eine Buhlerin die letzte Ehre erweisen wird.

22. Februar.

Heute hat das Begräbnis stattgefunden. Viele Freundinnen Margaretens waren in der Kirche. Einige weinten aufrichtige Tränen. Als sich der Leichenzug nach dem Friedhof Père Lachaise in Bewegung setzte, schlossen sich ihm nur zwei Männer an: der Graf von G***, der in dieser Absicht von London herübergekommen war, und der alte Herzog, der sich von zwei Dienern führen ließ.

Ich schreibe Ihnen dies in Margaretens Wohnung, mitten in meinen Tränen und vor einer düster brennenden Lampe. Da ich seit länger als vierundzwanzig Stunden keine Bissen gegessen hatte, so ließ mir Nanine Essen bringen, aber Sie können sich leicht denken, dass ich es nicht anrührte.

Diese traurigen Eindrücke werden nicht lange dauern, denn ich habe so wenig über mein Leben zu gebieten, wie Margarete über das ihrige zu gebieten hatte. Daher schreibe ich Ihnen dies alles an der Stelle, wo es sich ereignet hat. Wenn zwischen diesen Vorfällen und Ihrer Rückkehr eine allzu lange Zeit verginge, so würde ich vielleicht nicht mehr im Stande sein, sie Ihnen in all ihrer traurigen Genauigkeit mitzuteilen.

„Sie haben gelesen?“, sagte Armand zu mir, als ich das Manuskript aus der Hand legte.

„Ich begreife, was Sie haben leiden müssen“, erwiderte ich, „wenn das in diesen Blättern erzählte wahr ist.“

„Mein Vater hat es mir in einem Briefe bestätigt.“

Wir sprachen noch eine Weile über dieses traurige Geschick, was soeben in Erfüllung gegangen war, und ich ging nach Hause, um einige Ruhe zu genießen.

Armand war immer traurig, aber durch die Erzählung dieser Geschichte etwas erleichtert. Er genaß schnell, und wir machten zusammen einen Besuch bei Prudence und Julie Duprat.

Prudence hatte Bankrott gemacht. Sie sagte, Margarete sei daran schuld; sie habe ihr während ihrer Krankheit bedeutende Summen geliehen, über die sie Wechsel ausgestellt habe; Letztere habe sie nicht einlösen können, weil Margarete gestorben sei, ohne ihr Quittungen gegeben zu haben, mit denen sie sich hätte als Gläubigerin melden können.

Diese Fabel erzählte Frau Duvernoy allenthalben, um ihre zerrütteten Vermögensverhältnisse zu entschuldigen. Armand war weit entfernt, dies zu glauben, aber er tat so, als ob er es glaubte, und gab der Putzmacherin eine Banknote von tausend Frank.

Dann gingen wir zu Julie Duprat, der Armand zum Dank für das, was sie an Margarete getan, eine hübsche Wohnung in der Rue de Castellane hatte einrichten lassen.

Julie erzählte uns noch einmal die traurigen Vorgänge, deren Zeuge sie gewesen war, und die Erinnerung an ihre Freundin entlockte ihr aufrichtige Tränen.

Endlich besuchten wir Margaretens Grab, auf dem die ersten Strahlen der Aprilsonne die ersten Blätter hervortrieben.

Armand hatte noch eine Pflicht zu erfüllen; sich zu seinem Vater zu begeben. Auch auf dieser Reise sollte ich ihn begleiten.

Wir kamen in C*** an. Ich fand Herrn Duval so, wie ich ihn mir nach Armands Schilderungen vorgestellt hatte: würdevoll, edel und wohlwollend.

Er empfing seinen Sohn mit Freudentränen und drückte mir mit Wärme die Hand. Ich bemerkte wohl, dass das Vatergefühl alle übrigen Gefühle des Steuereinnehmers beherrschte.

Seine Tochter Blanche hatte jene Klarheit der Augen und des Blickes, jene Heiterkeit des Mundes, die beweist, dass der Geist nur Raum hat für fromme Gedanken und dass der Mund nur züchtige Worte spricht. Sie freute sich innig über die Rückkehr ihres Bruders; sie wusste ja nicht, dass fern von ihr eine Buhlerin um des keuschen Mädchens willen ihr Glück geopfert hatte.

Ich blieb einige Zeit bei dieser achtbaren, glücklichen Familie. Armand, der mit genesendem Herzen zurückgekehrt war, bekam nach und nach seine Heiterkeit und seinen Lebensmut wieder, in dem stillen, trauten Kreise.

Als ich nach Paris zurückgekehrt war, schrieb ich diese Geschichte, so wie sie mir erzählt worden war, nieder. Sie hat nur ein Verdienst, das ihr gewiss nicht abgesprochen werden wird: Nämlich, sie ist wahr.

Ich ziehe aus dieser Erzählung keineswegs den Schluss, das jede Verirrte dessen fähig sei zu tun, was Margarete Gautier getan hat. Ich habe nur die Geschichte einer Buhlerin erzählt, die durch eine wahre Liebe bekehrt worden ist, die in dieser Liebe ein kurzes Glück gefunden und für ihre früheren Vergehen durch ein trauriges Ende gebüßt hat.

Ich bin kein Apostel des Lasters, aber ich werde mich überall, wo ich den Angstruf edlen Unglücks höre, zum Echo desselben machen.

Die Geschichte Margaretens ist allerdings eine Ausnahme. Aber wenn sie nicht von der allgemeinen Regel abwiche, so hätte ich mir nicht die Mühe genommen, sie aufzuzeichnen.

Nachwort

Alexander Dumas, der Sohn des Vielschreibers gleichen Namens, 1824 in Paris geboren, 1895 gestorben, hat eine lange Reihe von Romanen und Dramen verfasst: Einen gewissen Wert haben indes nur die beiden Romane „La dame aux camélias“ (1848) und „L'affaire Clémenceau“ (1864). Rückständige in Vorurteilen befangene Kritiker haben in der „Kameliendame“ eine „Verherrlichung und Rehabilitierung des Lasters“ gesehn. In Wirklichkeit handelt es sich um einen moralisierenden Thesenroman mit allen Vorzügen und allen Gebrechen eines solchen. Dumas, persönlich liebenswürdig, hilfsbereit und gütig, schlägt als Schriftsteller oft schreiend falsche Töne an, und die Charaktere seiner Gestalten sind fast immer brüchig. Immerhin: Die „Kameliendame“ gehört zu den Büchern, die man gelesen haben muss. Der moderne Mensch steht freilich dem Thema der „*Femme entretenue*“ ganz anders gegenüber als die Zeitgenossen Dumas'. Wir sehen in diesen Geschöpfen nicht mehr schlechthin Verworfene, sondern urteilen von Fall zu Fall. Eine „*Femme entretenue*“ kann, wie der Börsenjobber, ein verachtliches Wesen sein; sie kann aber auch Anspruch darauf haben, ganz anders gewertet zu werden. Will man erfahren, wie ein echter Dichter einen solchen Stoff behandelt, so lese man Theodor Fontanes Romane „Cécile“ und „Stine“. Jedenfalls hat die Gesellschaft, die der Nährboden für solche zumeist tief unglückliche Wesen ist, durchaus kein Recht, den Stab über sie zu brechen … Man ist heute wieder mit dem Vorwurf der Unsittlichkeit schnell bei der Hand. Aber nicht der ist unsittlich, der Wunden und Schäden bloßgelegt, sondern der, der sie